Michael Böpel
Kopflose Meute

Michael Böpel, geboren 1980, studierte erfolgreich BWL mit dem Schwerpunkt Marketing an der Universität Hamburg.

Danach arbeitete er bei den Potsdamer Neuesten Nachrichten als Media Sales Trainee, ehe er in Hamburg bei der iq digital in den Verkauf von Online Medien wechselte. Danach war er für 7 Jahren in der Mediaplanung einer Hamburger Werbeagentur tätig, ehe es zum Verlag Gruner & Jahr an den Hamburger Hafen ging. Hier ist er seit 2017 im Digital Sales angestellt.

Michael Böpel lebt zusammen mit seiner Frau in der Hansestadt. Der Roman *Kopflose Meute* ist sein Debüt, in dem er seine Berufserfahrung in der Medienwelt mit ironischer Ernsthaftigkeit einfließen lässt.

Michael Böpel

Kopflose Meute

Roman

Bibliografische Information der Deutschen
Nationalbibliothek:
Die Deutsche Nationalbibliothek verzeichnet diese
Publikation in der Deutschen Nationalbibliografie;
detaillierte bibliografische Daten sind im Internet über
http://dnb.dnb.de abrufbar.

Herstellung und Verlag: BoD – Books on Demand,
Norderstedt

ISBN: 978-3-7526-8713-2

„Die faschistische Revolution zerstört den empfindlichen, vertrackten Mechanismus, genauer gesagt die Verwaltung eines großen Staates, nicht ganz und auf einen Schlag – sie geht schritt- und stückweise vor ..."

Benito Mussolini, 31. Januar 1923

„Wer sich der Geschichte nicht erinnert, ist dazu verurteilt, sie zu wiederholen."

George Santayna 1853 – 1963, Philosoph

Prolog

Ein kurzer Knall erfüllte die Häuserschlucht der engen Straße. Die Polizeibeamten lauschten angestrengt in die Dunkelheit. Die schlecht einzusehende Straße führte vom Altonaer Bahnhof in die verwinkelten Ecken des kultigen, ehemals zu Dänemark gehörenden Hamburger Stadtteils. Es war wieder still und niemand im Dunkeln zu erkennen.

Die gemischte Streife, bestehend aus einer jungen Frau und zwei nur unwesentlich älteren Männern, war wie so oft an den vergangenen Wochenenden zu Fuß unterwegs. Rund um den Bahnhof war es in den langen Wochenendnächten seit längerem unruhig. Das feierwütige Volk traf sich hier in Massen, um mit der S-Bahn in Richtung Reeperbahn aufzubrechen oder um zu Fuß in die Bars der umliegenden Gassen des Viertels zu strömen. Je später es wurde, desto stärker stiegen die Alkoholpegel. Die Polizeipräsenz half dabei, die entstehenden Aggressionen einigermaßen im Zaum zu halten. Heute war es bisher ruhig geblieben und jetzt, kurz vor 1 Uhr morgens, war kaum noch jemand auf den Straßen unterwegs.

Es knallte wieder, diesmal etwas weiter weg. Fragend wechselte einer der Beamten Blicke mit seiner Kollegin. „Das kam aus dieser Richtung!", sagte die Beamtin bestimmt und deutete auf die Erzberger Straße, die rechts von ihnen abging. Einer der Kollegen leuchtete mit einer Taschenlampe in die genannte Richtung, konnte aber weiterhin niemanden ausmachen. Der Lichtkegel streifte eine Laterne, kehrte zu ihr zurück und blieb dort hängen: Auf dem dunkelgrauen Metallmast war ein Aufkleber des FC St. Pauli durch einen schwarzen Sticker mit weißen Runen überklebt worden. Er ließ das Wort *Meute* erkennen, darüber eine

Art Axt mit einem zu langen Griff.

„Schon wieder eines dieser komischen Symbole. Ich dachte die Zivilfahndung wollte sich um diesen Vandalismus endlich kümmern?", brummte der Beamte und schüttelte den Kopf: „Der komplette Bahnhof ist damit bereits verunstaltet."

Alle drei gingen weiter in die Straße hinein. Der Lichtkegel wanderte mit – und erfasste auf dem Kopfsteinpflaster einen zersplitterten Seitenspiegel, der ursprünglich zu einem am Straßenrand parkenden Mercedes gehörte. Die Beamten sahen sich an und löschten das Licht. Leise setzten sie ihren Weg fort. Sie lauschten gespannt in die Dunkelheit des Nachtlebens.

Nach kurzer Zeit hörten sie leise ein entferntes Pfeifen. Dann wieder einen Knall begleitet vom zersplitternden Glas. Die Polizisten konnten etwa zwanzig Meter von sich entfernt zwei Schatten erkennen. Von einem ging eine fröhlich gepfiffene Melodie aus, der andere Schatten nahm Anlauf und sprang mit gestrecktem Bein einen parkenden Sportwagen an. Der Außenspiegel brach knallend ab und landete mit einem klirrenden Geräusch auf dem Asphalt. Wie auf Kommando rannten die beiden männlichen Beamten los, während ihre Kollegin via Funk Kontakt mit der Zentrale aufnahm.

Der pfeifende Schatten drehte sich um und verstummte abrupt, als er die Beamten bemerkte:
„Die Bullen, Amerigo!", rief er dem anderen zu und flüchtete selbst in die Dunkelheit der nächsten Seitenstraße. Der zweite Schatten war nach seinem Kung-Fu-Tritt unglücklich gelandet und zu Fall gekommen. Die beiden Polizisten erreichten ihn und hatten keine Mühe, den kräftigen Mann am Boden zu fixieren.

„Hier Peter 16-Zwo, haben eine Festnahme, Verdacht auf Vandalismus, Erzberger Straße. Brauchen

Verstärkung", sprach die Polizistin in ihr Funkgerät, während sie sich dem fixierten Mann und ihren Kollegen näherte.

„PK 21 hat verstanden", antwortete es aus dem Lautsprecher, der auf ihrer linken Schulter fixiert war.

„So, der Spaß ist vorbei." Die Beamten halfen dem muskulösen Mann auf die Beine und bedeuteten ihm, seine erhobenen Hände an das nächste Auto zu pressen. Dann durchsuchten sie ihn.

„Scheint unbewaffnet zu sein", sagte einer der Uniformierten und stutzte. „Aber was ist das?"

Er zog etwas aus der Hosentasche des Mannes. Es handelte sich um einen dicken Stapel schwarzer Sticker, die mehrere weiße Runen und weitere Symbole zeigten.

„Scheint als wenn wir jemanden gefunden haben, der endlich für die Sauerei finanziell belangt werden kann!", freute er sich. Er drehte den Mann zu sich um. „Haben Sie einen Ausweis bei sich?"

Der Verhaftete sah ihn verständnislos in die Augen und blieb stumm.

„Verstehen Sie mich? Verstehen Sie unsere Sprache?"

Er blieb weiter stumm. Der Beamte registrierte einen deutlichen Alkoholgeruch.

„Haben Sie getrunken oder andere Drogen zu sich genommen?", fragte er.

Der Mann fing lediglich an zu lachen.

„Alles klar, dann geht es erstmal zum Revier. Wir müssen Ihre Personalien feststellen."

Der Beamte löste die Handschellen von seinem Gürtel, um sie dem offenbar betrunkenen Mann anzulegen.

„Hier PK 21 – Peter 16-Zwo, bitte kommen!", ertönte eine tiefere männliche Stimme als vorhin aus dem Funkgerät der Beamtin, die sich die Szenerie mit einer Hand am Waffenholster anschaute.

„Peter 16-Zwo hört", antwortete sie vernehmbar ohne

die gefasste Person aus den Augen zu lassen.

„Entfernen Sie sich bitte aus der Erzberger Straße."

Die drei Beamten blickten sich verdutzt an.

„Wir nehmen gerade eine verdächtige Person fest und warten auf Verstärkung", antwortete die Polizistin irritiert.

„Entfernen Sie sich unverzüglich! Sie gefährden eine verdeckte Ermittlung ...", ertönte es bestimmt via Funk.

Das Lachen des Verhafteten wurde lauter.

„Dies ist die letzte Aufforderung Peter 16-Zwo, sonst wird das Ganze ein Nachspiel für Sie haben. Setzen Sie Ihre Tour unverzüglich fort."

Die drei jungen Beamten wussten einen kurzen Moment nicht, wie sie reagieren sollten. Dann ließen die beiden Polizisten von dem gefassten Mann ab, den sie doch ganz offensichtlich auf frischer Tat ertappt hatten. Der lachte nicht mehr, sondern ging auf den ihm am nächsten stehenden Beamten zu und nahm ihm die schwarz-weißen Aufkleber aus den Händen: „Schade, Kollegen. Beim nächsten Mal vielleicht."

Mit einem „Buona sera!" zum Abschied drehte der Mann ab und verschwand in der nächsten Gasse.

Die drei Streifenpolizisten blieben ratlos zurück.

1

Sharky schaute ungeduldig auf die große Uhr des Abholbereichs. Seine Mutter hätte nunmehr vor neunzig Minuten am Hamburger Flughafen landen sollen. Die Anzeigetafel verriet ihm immerhin inzwischen die erfolgreiche Landung der verspäteten Lufthansa-Maschine aus Kapstadt. Es konnte somit nicht mehr allzu lange dauern, bis sie aus den automatischen Schiebetüren treten würde.

Die Wiedersehensfreude würde sich in Grenzen halten. Sharkys Familie war seit jeher sehr reserviert zueinander gewesen. Umarmungen oder gar Küsse galten als absolute Ausnahme. Die Distanziertheit zwischen ihm und seiner Mutter hatte sich seit dem Tod des Vaters noch weiter verstärkt. Immerhin behielt Sharky die Familientradition bei und holte seine Mutter vom Flughafen ab. Er selbst hatte zwar kein Auto, nutzte aber ihren Wagen dafür. Sie freute sich trotz ihres ausschweifenden Lebensstils stets diebisch, Fahrtkosten für ein Taxi zu sparen.

Sharky tigerte ungeduldig durch die Empfangshalle. Er wusste gar nicht, warum er heute so unruhig war. Es war ein stinknormaler Sonntagnachmittag im Oktober und er würde nichts Besonderes verpassen. Sicher, vor dem Start des neuen Semesters fand gerade heute Abend eine Studentenfeier statt. Warum der ASTA sie ausgerechnet sonntags ausrichtete, konnten wohl tatsächlich nur die Vorsitzenden des Ausschusses beantworten. Vielleicht, weil sie stolz auf die studentischen Freiheiten waren. Vielleicht auch, weil für sie jeder Tag dem anderen glich. Sharky hatte sowieso keine Lust auf die Feier. Dort würde er sicherlich seine Ex-Freundin Claudia wiedersehen, die im Gegensatz zu ihm selbst bereits jetzt in ihr Ab-schlusssemester startete. Er hatte wahrlich keine Lust, sich wieder als Schluderer oder Langzeitstudent bezeichnen zu lassen. Immerhin war er gut genug gewesen, um knapp zwei Jahre den spaßigen Unterhalter für Claudia zu spielen – er war nur eine Episode ihres zu Ende gehenden Studienlebens. In Claudias restliches Leben passte Sharky nicht mehr hinein. Wieso mussten Menschen einander immer vergleichen und mit Leistungen überbieten, wo doch auch andere Eigenschaften liebenswert waren?

Gerade als er sich diese Frage selbst stellte, öffneten sich die automatischen Schiebetüren und eine Gruppe Reisender trat mit surrenden Rollkoffern heraus. Sharky blickte erwartungsfroh zu der Gruppe, erkannte aber schnell das Fehlen seiner Mutter. Dafür kam jemand anderes auf ihn zu, der ihm bekannt vorkam. Er konnte die Person aber partout nicht einordnen, bis der junge Mann direkt an ihm vorbeischritt, stehenblieb und verwundert fragte:
„Sharky? Du bist doch Sharky, oder?"
„Ähm, ja. Sicher und Du – Du kommst mir bekannt vor?", stammelte Sharky.
„Kay. Erkennst Du mich nicht? Wir haben zusammen Abi gemacht?"
Sharky musterte seinen ehemaligen Schulkameraden. Kay hatte sich in der Tat seit ihrem Abitur verändert. Sharky erinnerte sich an ihn als pickeligen Moppel, der Opfer von Hänseleien gewesen war und sogar von deutlich jüngeren Jahrgängen regelmäßig geärgert wurde. Nun hatte sich der Moppel in einen gut-aussehenden, durchtrainierten Typen entwickelt. Er strahlte Selbstbewusstsein und Offenheit aus, die Sharky regelrecht überrumpelte.
„Kay? Natürlich. Ich habe Dich kaum erkannt. Du bist so braun gebrannt", log Sharky immer noch irritiert.
„Wo kommst Du denn her, dass Du nochmal so viel Sonne tanken konntest?"
„Aus Kroatien. Leider hatte mein Flug Verspätung,

eigentlich wäre ich längst zu Hause in meinem Bett. Ich muss morgen früh raus. Du musst wissen, ich war beruflich in Kroatien."

Da war sie wieder, die menschliche Eigenart sich mit Leistungen zu profilieren. Sharky fiel nichts Besseres ein, als darauf einzusteigen:

„Tatsächlich. Was hast Du denn dort zu tun gehabt?", fragte er gekünstelt interessiert.

„Ich habe doch schon früher in der Schule immer gerne geschrieben. Tja, das habe ich beibehalten und nun bin ich mit meinem Blog ein richtiger Influencer geworden", antwortete Kay voller Stolz.

Sharky hatte sich nie sonderlich in sozialen Netzwerken getummelt und auch keine genauen Vorstellungen, was er mit dem Berufsbild eines Influencers anfangen sollte. Er antwortete dennoch so anerkennend wie möglich:

„Wow, meinen Respekt. Da hast Du Dein Hobby zum Beruf gemacht. Glückwunsch!"

„Danke – das kann man wohl so sehen. Und ich verdiene sogar richtig gut Geld damit ..."

Sharky hörte gar nicht mehr richtig zu, ihn ermüdeten solche Smalltalks. Hilfesuchend sah er sich um, wie konnte er der Situation nur schnell entfliehen?

„Sven! Hier hinten. Komm doch mal! Hilf mir mit den Koffern!" Seine Mutter stand an der automatischen Ausgangstür und winkte ihm hektisch zu. Sie war bepackt mit allerlei Umhängetaschen und zog einen riesigen Gucci-Rollkoffer hinter sich her. Sharky hätte nicht gedacht, wie schön Wiedersehensfreude doch sein konnte. Dankbar verabschiedete er sich von seinem ehemaligen Mitschüler: „Sorry, Kay. Meine Mutter wartet. Es war schön Dich mal wieder zu sehen. Schade, dass es so kurz war."

„Ja, das fand ich auch", bedauerte Kay.

Sharky wandte sich bereits ab, als Kay ihm hinterherrief:

„Ich heiße jetzt Kosmo! Du findest mich bei Instagram!"
Sharky überhörte den nett gemeinten Hinweis und eilte
zu seiner Mutter.

„Hallo Mutti!" Keine Umarmung. Keine Küsse. Alles wie
immer.

„Hier mein Junge. Kannst Du die Taschen nehmen? Ich
zieh den Koffer. Ich habe Dir viel zu erzählen. Wo stehst
Du denn? Ist es weit? Der Flug war furchtbar. Selbst in
der Business Class ist es reine Folter ... hab ich schon
erwähnt wie froh ich bin, die Taxi-Kosten zu sparen?"
Seine Mutter plapperte wie ein Wasserfall.

„Glaub ich Dir, Mutti." Er nahm ihr die Taschen ab.
„Ich werde übermorgen ja bei Dir zum Geburtstag sein.
Da kannst Du mir alles in Ruhe erzählen. Lass uns
jetzt schauen wie wir hier schnell wegkommen."

Sharky eilte seiner Mutter zum Parkhaus voraus. Er
würde froh sein, wenn er sie zu Hause abgeliefert hatte.
Bis dahin musste er noch einen ausgiebigen Reise-
Monolog seiner Mutter über sich ergehen lassen. Er
spürte instinktiv, er würde nachher seiner
Stammkneipe, dem *Bürgereck*, noch einen Besuch
abstatten.

2

Kay betrachtete stolz das Foto: Die Sonne strahlte vom
blauen Himmel. In den Gläsern seiner Ray-Ban
Sonnenbrille spiegelte sich das Türkis des Pools. Sein
Lächeln präsentierte perfekt angeordnete Zahnreihen,
die durch den braunen Teint seiner Haut noch weißer
erschienen als sie ohnehin schon waren. Auch die
Grübchen und dunkelblonden Haare kamen gut zur
Geltung. Kay musste keinen Fotofilter benutzen und
auch seine vermeintlichen Freunde lobten das Bild und
beneideten ihn reihenweise um die Vier-Sterne-

Location direkt an der Adriaküste, die sich am blauen Horizont abzeichnete ...

„Nächster Halt – Hauptbahnhof Süd!"

Kay blickte von seinem vorgestern Abend geposteten Selfie auf und in zwei missmutige Gesichter, die sich bereit machten zum Ausstieg aus der vollbesetzten Hamburger U-Bahn.

Es war jetzt kurz nach acht Uhr morgens, die Rush Hour an diesem Oktobermontag also in vollem Gange. Auch Kay steckte nun sein Smartphone ein und stand mit einem Seufzen auf. Die mehrstündige Warterei gestern am Flughafen Split und seine verspätete Ankunft führte bei ihm zu einem Schlafdefizit, das er heute Morgen deutlich spürte. Aber er musste früh raus. Seine Agentur hatte wirklich ganze Arbeit verrichtet und ihm einen lukrativen Job beschert.

„Ausstieg in Fahrtrichtung rechts!"

Der Zug hielt an und Kay drängte zur nächstgelegenen Waggontür. Sie sprang bereits automatisch auf und entließ erste Fahrgäste auf den vollen Bahnsteig. Er drängelte sich im schmalen Gang an einem fülligen Anzugträger vorbei, wurde dann jedoch von einer Lederjacke mit brauner Haarmähne abgeblockt.
„Entschuldigung", sagte Kay.
„Entschuldigen Sie bitte ..."
Er bemerkte jetzt erst, dass der braune Haarschopf von einem Bose-Kopfhörer eingerahmt war und gedankenverloren auf den Boden blickte. Da konnte er lange um Durchlass bitten.
Er tippte der Lederjacke auf die Schulter. Der Schopf samt Kopfhörer drehte sich zu ihm um. Zwei weibliche braune Augen blickten ihn verständnislos an.

„Hallo, ich müsste bitte vorbei", sagte Kay nun etwas lauter und winkte dabei mit seiner rechten Hand. Die Frau grinste und wippte ihren Kopf im Rhythmus der Musik auf und ab. Dann winkte sie ihm debil grinsend zurück.

„Hallo, ey – ich muss hier raus!", rief Kay nun ärgerlich. Hinter ihm wurden andere Fahrgäste ebenso ungeduldig und drehten schimpfend ab, um den weiter weg gelegenen anderen Ausgang zu erreichen.

„Ey, mach mal jetzt Platz ...", motzte Kay.
Der Haarschopf nahm tatsächlich die Kopfhörer vom rechten Ohr: „Häh?"
„Ich muss mal vorbei, das gibt es doch gar nicht."
Der Schopf schaute überrascht nach rechts und sah die Haltestelle: „Oh Gott, ich muss hier raus!", rief er erschrocken.

„Zurückbleiben bitte!"

Piep. Piep. Piep. Die Türen waren dabei automatisch zu schließen, als der braune Schopf sich ruckartig dazwischenwarf und sich somit auf den Bahnsteig retten konnte. Gleich hinter ihm zwängte sich auch Kay noch durch den sich schließenden Türspalt.
Außer Atem pampte er den Kopfhörer-Schopf an: „Wahnsinn, bist ja eine richtige Blitzmerkerin."

„Entschuldigung. Ich war in Gedanken. Sowas ist mir lange nicht passiert."
Ihre Stimme klang nett und die Entschuldigung hörte sich wirklich ernst gemeint an. Kay konnte gar nicht mehr groß böse sein. Zumal die Frau in ihrer Leder-jacke, den Kopfhörern und einer passenden Boyfriend Jeans sportlich, attraktiv und jung aussah.

„Ja, schon gut – wir sind ja beide nochmal rausgekommen."

Er zeigte ihr sein Lächeln. Sie stockte.

„Kennen wir uns?", fragte sie überrascht.

„Nicht, dass ich wüsste."

„Doch, doch – dieses Grinsen kenne ich. Du kommst von hier, oder?"

„Ja, ich bin Hamburger – aber viel unterwegs. Du verwechselst mich wahrscheinlich."

„Warte mal ..." Sie griff in ihre Handtasche und wühlte nach ihrem Smartphone.

„Warte, warte – hier habe ich es doch: Da, das bist doch Du!?"

Sie hielt Kay das Display hin und er schaute auf das Bild: Es zeigte ihn in einem engen T-Shirt mit einem grellen Logo auf der Brust. Er lehnte lässig an einem Crossfit-Gerät. Sein durchtrainierter Körper kam gut zur Geltung. Seine Haare waren deutlich länger als aktuell – aber sein unverwechselbares Lächeln verriet ihn.

„Wow! Das Bild habe ich seit Ewigkeiten nicht mehr gesehen. Muss so vor zwei Jahren gewesen sein. Für die Website eines Kumpels. Er betreibt einen Sportklub. Und Du bist da wohl Mitglied, wie?"

„Na ja, mal mehr mal weniger. Sagen wir: Ich spende da monatlich einen Betrag, um mein Gewissen zu beruhigen", erwiderte sie lachend.

„Ich bin halt nicht die disziplinierte Sportlerin. Und eben auch keine Blitzmerkerin – in allen Belangen." Jetzt lachten beide.

„Ich muss weiter – schönen Tag noch", sagte Kay und drehte sich in Richtung Treppenaufgang.

„Na, Du musst mir jetzt wenigstens verraten wie Du

heißt – wo ich Dich schon jahrelang in meinem
Instagram-Account mit mir rumschleppe?"
„Ich bin Kosmo", erwiderte Kay im Umdrehen.
„Ich heiße Bea!", rief sie ihm hinterher.
Kay reagierte nicht mehr, sondern eilte endlich die
Treppe hinauf. Er musste sich beeilen, um rechtzeitig
in der Agentur zu sein.

3

Die Türklingel läutete. Einmal. Zweimal. Dreimal.

Sharky wälzte sich auf seiner Matratze, drehte sich
schließlich auf den Rücken. Sein Kopf schmerzte. Es
war der dumpfe Schmerz, eindeutig zurückzuführen
auf die letzte Runde Jägermeister. Er war gestern noch
ins *Bürgereck* gegangen, nachdem er seine Mutter heil
abgeliefert hatte. Wollte er nicht trotzdem gestern
pünktlich zum Tatort zu Hause sein? Wieso hatte das
denn wieder nicht geklappt? Ach ja - langsam kam er
zu sich. Maler-Jens und Media-Marko waren auch
noch mit in seiner Stammkneipe im Viertel.
Immer wenn seine zwei Freunde dabei waren, konnte er
den Absprung nicht finden. Zumal das gestrige
Fußballspiel einiges an Diskussionen hervorrief, die
letztlich in einer unaufschiebbaren Generalkritik an der
FIFA und in der Infragestellung des gesamten
Gesellschaftssystems mündeten. Da spielte es dann
auch keine Rolle, dass sowohl Jens in seinem
Malerbetrieb als auch Marko in seiner Mediaagentur
pünktlich sein mussten. Den Zweien konnte es
unmöglich besser gehen als ihm. Sharky brachte
trotzdem kein Mitgefühl auf. Im Gegenteil, er machte

die beiden für seinen eigenen Brummschädel verantwortlich.

Es klopfte nun an seiner Tür.
„Ey, Sharky – mach auf. Du bist doch da, oder?"

Er stöhnte und schaute auf seinen Wecker, der direkt neben seiner Matratze stand. Es war 8:52 Uhr.
Erneut ertönte ein Klopfen, nun mit Nachdruck.
„Sven! S-V-E-N!"
Wie er es hasste, wenn man ihm mit seinem richtigen Vornamen ansprach. Das machten nur seine Uni-Dozenten oder seine Mutter. Selbst die meisten Lehrer nannten ihn früher in der Schule Sharky. Eigentlich hieß er Sven Schark. Scharky wurde er ab der Grundschule gerufen, da es in seiner Stufe drei weitere Svens gab. Später hatte er sich angewöhnt, diesen Spitznamen ohne C zu buchstabieren. Sharky klang nach Raubtier und somit deutlich cooler.

Es klingelte und klopfte nun gleichzeitig.
„Ich komme ja!", rief Sharky und hievte seine nackten Beine von der am Boden liegenden Matratze auf das Laminat seiner Einzimmerwohnung und setzte sich langsam Richtung Wohnungstür in Bewegung.
„Einen Moment noch!"
Er blickte kurz in den Spiegel, der im Eingangsbereich neben der Tür hing. Man, sah er fertig aus. Er öffnete.

Im Treppenhaus stand ein untersetzter Muskelprotz mit Stoppelhaarschnitt in DHL-Uniform. Er hatte ein Paket der Größe Mittelklassefernseher in seinen Händen und plapperte froh drauf los:
„Moin Sharky, wusste ich es doch. Ein Student wird doch am Montagvormittag zu Hause sein. Kannst Du ein Paket für Familie Mommsen annehmen? Da macht gerade keiner auf."

„Fabian – Alter. So dringend? Ich dachte schon, es wäre weiß Gott was passiert. Die Mommsens sind meines Wissens verreist und sicher erst in vierzehn Tagen wieder da. Ich habe keine Lust, so lange deren Warenlager zu spielen!"

„Kannst Du das Paket nicht nehmen? Bitte! Ich werfe denen einen Zettel rein und sie holen es doch sicher gleich ab, wenn sie wieder da sind – ich muss jetzt echt weiter. Montags habe ich immer die große Tour und die Menschen haben scheinbar am Wochenende nichts Besseres zu tun, als das Internet leer zu kaufen."

Sharky betrachtete den Amazon-Karton in Fabians dicken Armen und gab nach:

„Na, gib schon her. Aber mach das nie wieder. Wenn jemand nach dreimal klingeln die Tür nicht öffnet, ist er nicht da. Klar!?"

Fabian gab ihm dankbar das Paket. Es war wesentlich leichter als es die Größe vermuten ließ.

„Ja, ist gut. Danke Dir. Deine Laune ist ja heute echt so wie Dein Aussehen", sagte er, während er mit einem Kugelschreiber etwas auf den Zustellschein schrieb.

„Jetzt lass mal gut sein und übertreib es nicht. Mir geht es nicht sonderlich", antwortete Sharky müde.

„Das sieht man – aber sag mal: Bist Du heute Abend trotzdem im *Sport District*? Danach wird es Dir sicher besser gehen." Er klebte den Zustellschein an die Wohnungstür der Mommsen.

Sharky konnte sich vieles vorstellen, aber abgesehen von einer Runde Jägermeister war eine Runde Hantelstemmen im miefigen Sportklub das Letzte, was er machen wollte.

„Nein, Fabian. Ich glaube nicht. Ein anderes Mal."

„Das sagst Du schon seit Wochen. Du verlierst den Anschluss. Habe ich Dir schon erzählt, dass ich gerade eine Kreatin-Kur angefangen habe? Schau mal, ich finde am Bizeps siehst Du schon was ..." Fabian war drauf und dran, seinen rechten Ärmel hochzukrempeln.

„Ja, glaube ich Dir. Aber mir geht es echt nicht gut. Ich melde mich bei Dir, ja? Ich hoffe, Du kommst gut durch mit Deiner Montagstour", noch während er das sagte, schloss Sharky die Tür und ließ das Paket in seinem winzigen Flur stehen.

„Bis dann", hörte er noch dumpf durch die Tür, ehe sich entfernende Schrittgeräusche nach unten anschlossen.

„Puh", seufzte Sharky. „Das ist ja ein Start in die Woche."

Was dachte sich Fabian eigentlich? Der kannte ihn noch nicht einmal richtig gut. Nur weil sie beide im gleichen Sportstudio waren, waren sie ja nicht gleich beste Freunde, sondern eher lose Bekannte.

Gut, Sharky war schon stolz darauf, dass der massige Fabian beim Sport seine Nähe suchte. So gehörte er gleich zum Inner Circle und konnte sich dem Respekt anderer Klubmitglieder sicher sein. Dafür nahm er auch gerne die einseitigen Gespräche mit dem redseligen Fabian in Kauf. Der wusste nämlich kaum etwas über Sharky, während dieser bestens über Fabians Leben im Bilde war:

Fabian Gonzalez. Mutter Deutsche. Vater Venezolaner und früh abgehauen. Verheiratet, keine Kinder. Abitur, aber auf der Suche nach der Erfüllung. Seit vier Monaten DHL-Fahrer und leidenschaftlicher Hobby-Bodybuilder, den man so gut wie jeden Tag im Fitnesscenter *Sport District* antreffen konnte.

Sharky schlurfte durch seine Wohnung, nahm sich seine Jeans von einem Stuhl und zog sie sich im Gehen Richtung Küche an. Er brauchte erst einmal einen

Kaffee, ehe er überhaupt noch einen weiteren Gedanken fassen konnte. In der Küche angekommen, sah er schon das Elend:
Neben dreckigen Kaffeebechern und vollgekrümelten Teller stand die Kaffeedose. Sie war leer.
„War ja klar", stöhnte er.

4

Kay stellte seinen E-Scooter vor der Agentur ab und loggte sich mit Hilfe seines Smartphones aus. Es war noch nicht viel Betrieb in den Straßen der künstlich hochgezogenen Hafencity. Nur einige Touristen stromerten in Richtung Elbphilharmonie und ließen sich vom trüben Hamburger Oktober-Himmel nicht einschüchtern. Kay war etwas zu früh und konnte nochmal seinen Instagram-Account checken:

„Hey Kosmo, geile Sonnenbrille. I like!"
„Dein Leben möchte ich haben."
„Diese Grübchen – so süß..."
„Spast, geh sterben und nich anderen auf die Eier."
„Kroatien ist so so schön – ich wünschte, ich könnte auch da sein!"

Kay löschte den Spast-Beitrag und steckte sein Smartphone wieder in seine Bauchtasche, die er sich lässig quer über den Oberkörper geschnallt hatte. Gerade wollte er noch einen Coffee-to-Go aus dem Starbucks gegenüber holen, als er ein entferntes Brummen hörte. Es wurde schnell lauter. Er blickte nach rechts und sah einen weißen Porsche Cayenne zügig die Straße herauffahren. Er kam direkt vor ihm an der Tiefgarageneinfahrt der Agentur zum Stehen. Das getönte Fahrerfenster fuhr herunter.

„Hey Kosmo, willkommen zurück in der schönsten Stadt der Welt. Schön, dass Du es pünktlich geschafft hast."

„Hallo Robert, freue mich Dich zu sehen. Bei Deiner guten Nachricht musste ich einfach pünktlich sein."

„Haha, ja – da hast Du sicher Augen gemacht. Geh schonmal hoch, ich komme gleich!"

Der Cayenne setzte sich in Bewegung und brauste die Einfahrt hinab. Kay sah seinem Auftraggeber hinterher und betrat das Agenturgebäude.

Der Fahrstuhl hielt in der vierten Etage: *Modern Media Agency*. Inhaber Dr. Robert Breitzke.

Die Tür schwang auf und gab einen Blick auf den edlen, schwarzgefliesten Eingangsbereich frei. Im Zentrum stand ein breiter Holztresen, der den Blick auf zwei Schreibtische dahinter verdeckte. Der Tresen und die beiden Arbeitsplätze dahinter waren verwaist, wie Kay enttäuscht feststellen musste.

„Anna ist heute nicht da – sie ist im Homeoffice", ertönte es hinter ihm.

Kay drehte sich um und erblickte Robert, der in einem schicken Jersey Jacket und weißen Hosen aus dem zweiten Aufzug trat. Er sah trotz seiner knapp 50 Jahre immer noch recht jugendlich aus. Das Gesicht zeigte nur vereinzelt leichte Falten, seine braunen Haare kein einziges graues Haar.

„Ob er sich die Haare färbte?", schoss es Kay durch den Kopf als seine Aufmerksamkeit auf zwei Personen fiel, die in einem gläsernen Besprechungsraum zu Gange waren. Die eine trug eine Nerdbrille im 80er Look und ein Jeanshemd. Es war weit aufgeknöpft, so dass die prachtvolle Brustbehaarung erkennbar war. Die andere Person trug einen Hipster-Oberlippenbart und einen lässigen Sweater mit riesigem Sportlabel auf der Brust. Beide Männer hatten Headsets auf, beugten sich über ein Tablet und schienen sich mit einer dritten Person per Videostream zu unterhalten.

Kay war irritiert. Sollte Robert den lukrativen Job nicht nur ihm, sondern auch den zwei Stylern nebenan unterbreitet haben?

„Ich weiß doch, Du fährst auf Anna ab!"
„Wie?" Kay erwachte aus den Gedanken.
„Na, kann Dir ja niemand verdenken. Sowohl Anna als auch Yasmin sind nicht umsonst mein Empfangs-komitee und entsprechend ausgestattet. Haha …", scherzte Robert und zwinkerte ihm kumpelhaft zu.
Kay errötete. Er fand die dunkelhaarige Anna in ihren knappen Röcken, flachen Brüsten und dezenten Tattoos in der Tat mehr als nett, wollte sich über seinen Frauengeschmack aber mit Sicherheit nicht mit seinem Auftraggeber austauschen.
„Wie viele Influencer hast Du eigentlich inzwischen im Portfolio?", lenkte er plump ab und deutete auf den Glaskasten, wo die Styler gerade Sendepause hatten und an ihren Coffee-to-Go-Bechern nippten.
„Was? Ach so, die beiden da. Nein, das sind zwei neue Mitarbeiter im Rechnungswesen. Heute sehen die alle wie MTV-Moderatoren aus. Find ich ok, solange die keine weiteren Ansprüche stellen", Robert grinste wieder. „Nur wenn sie mir zu teuer werden, ziehe ich die Notbremse. Solange können die von mir aus täglich fünf Latte-Macchiato oder Mate-Tee trinken. Mir ist doch eh klar, dass die nur den halben Tag total wichtig rumquatschen. So ist das in modernen Startups!"
Er deutete Kay mit einer einladenden Handbewegung an, ihm zu seinem Büro zu folgen:

„Auch Anna und Yasmin nehmen sich ja regelmäßig Homeoffice-Auszeiten, weil sie dort angeblich konzentrierter arbeiten können. Aber wir wissen doch alle, die jungen Dinger von heute sind einfach mal froh, sich nicht aus dem Haus bewegen zu müssen."
Robert zuckte mit den Schultern und schloss die Bürotür auf.
„Nach Dir", sagte er und schloss die Tür hinter ihnen.

„Also Kosmo, ich habe Deine Kroatien-Stories gesehen. Regelmäßig mehr als dreitausend Interaktionen und fast sechsstellige Reichweiten können sich sehen lassen. Ich denke unser gemeinsamer Kunde Ray-Ban ist zufrieden!",
Robert blätterte durch die Zahlen der Reporting-Unterlagen des letzten Jobs.
„Danke", erwiderte Kay stolz. „Ich habe bereits gesehen, dass auch jetzt noch viele Kommentare eingehen. Ich meine, die Marke passt einfach zu mir."
„Das denke ich auch und genau dafür hast Du ja uns, die *Modern Media Agency*. Du musst glaubwürdig bleiben und der Produktfit muss immer stimmen. Daher auch die neue Anfrage von der Goltz-Brennerei. Die brauchen für ihren *Göltzenen Klaren* dringend eine Markenauffrischung und dafür ein junges Gesicht!"
„Das hattest Du mir bereits in Deiner Sprachnachricht mitgeteilt. Aber nicht wann, wie und wo genau."
„Der Goltz Senior hat in Winterhude seine Stadtvilla stehen. Dorthin wird er Freitag diverse Promis zum Empfang einladen. Anlass ist das am Samstag startende Tennisturnier."

Kay schaute Robert stirnrunzelnd an.
„Startet das Turnier nicht am Montag?", fragte er irritiert. Tennis war zwar nicht seine favorisierte Sportart, aber die Großereignisse der Stadt bekam er

stets mit.

„Korrekt. Die Hauptrunde beginnt Montag. Am Wochenende vorher findet die Qualifikation für das Hauptfeld statt. Seitdem die Sportstadt Hamburg erkannt hat, dass der Oktober deutlich attraktiver als der Mai für die Profis ist, sind auch fast alle Stars dabei! Bereits bei der Quali werden viele bekannte Gesichter der Tennisszene zugegen sein".

Kay erinnerte sich zwar an eine Diskussion darüber, die Hamburg Open terminlich weiter weg von den French Open zu datieren, aber was daraus geworden war, wusste er nicht. Und es war ihm eigentlich auch egal – bis jetzt.

„Nicht zuletzt deshalb," belehrte Robert ihn weiter, „sind die Hamburg Open attraktiv für Sponsoren. Und genau daher engagiert sich die Goltz Brennerei als Sponsor. Für Dich ist es die Chance: Jede Menge Touchpoints, um ordentlich aufzufallen. Du sollst Dich Freitag unter die Leute mischen, ein paar Bilder mit bekannten Personen machen – und natürlich den einen oder anderen *Göltzenen Klaren* zu Dir nehmen!"

Robert deutete mit der rechten Hand ein imaginäres Schnapsglas an, das er mit einer Handbewegung leerte.

„Speis und Trank sind natürlich umsonst", ergänzte er. „Zusätzlich wirst Du im Vorfeld je Social Post bezahlt. Details besprechen wir morgen direkt mit dem Kunden."

„Bezahlt werden fürs Feiern – sowas lobe ich mir!"

Kay setzte sein Sunnyboygrinsen auf und lehnte sich in seinem Sessel zurück.

5

Bea war langweilig. Sie hatte gerade einmal viereinhalb Stunden des Arbeitstages geschafft und schaute gefühlt schon zum zehnten Mal in den letzten zwanzig Minuten auf das Display ihres Smartphones.
Sie kannte das inzwischen schon, aber heute fühlte sich der Montag in der Parfümerie noch länger an als in den letzten Wochen. Wenn das so weitergehen sollte, wären die restlichen sechs Wochen des Praktikums wahrlich eine Qual. Bea stand in ihrem Firmendress, bestehend aus körperbetonter Stoffhose und kurzärmliger heller Bluse, an der Kasse und scrollte zum wiederholten Male durch den digitalen Newsfeed. Die Klatsch-und-Tratsch-Nachrichten aus der bunten Promiwelt verschafften ihr aber auch schon länger keine Ablenkung mehr.

Eigentlich hatte die Stellenbeschreibung gut zu ihr gepasst:
Sechs Monate in den Beruf der Einzelhandelskauffrau reinschnuppern und das auch noch in einer Parfümerie, direkt in der Shopping Mall unweit ihrer WG. Die Inhaberin Frau Spahn war sofort von ihr begeistert gewesen. Beas Traum war es, irgendwann einen eigenen Mode- und Beautyblog zu betreiben und so ihr Hobby zum Beruf zu machen. Sie hatte ein Faible für Kosmetik und achtete sehr auf ihr Äußeres. Generell sollte der aktuelle Job also als Start gut passen. Jetzt nervte er sie aber nur noch. Das lag nicht an der schlechten Praktikumsbezahlung. Schließlich sollte es eine Art Sprungbrett für ihre berufliche Zukunft sein. Es lag daran, dass einfach kaum etwas zu tun war. Der Laden war so gut wie nie voll und die paar Kunden, die sich mal hinein verirrten, stöberten und schnupperten an den Proben, kauften aber so gut wie nie etwas.

Auch ihre Chefin wusste dies wohl und ließ Bea regelmäßig nach dem morgendlichen Warenauspacken tagsüber allein im Laden. Das beste am Ganzen war noch, dass sie sich dann selbst wie die Filialleitung vorkam. Auch kamen ab und an ein paar Jungs rein, die mehr oder weniger versuchten mit ihr zu flirten. Manche von ihnen waren auch ganz süß. Bea machte sich einen Spaß daraus, ihnen vorzugaukeln, tatsächlich die Ladenchefin zu sein und den ganz sympathischen Typen sogar ihre eigenen Visitenkarten gönnerhaft zu geben. Letztlich war aber auch das nur reiner Zeitvertreib für sie.

Bea scrollte immer noch in ihrer Timeline, als sich, verbunden mit einem Ping eine Nachricht ankündigte:
„Huhu Süße, heute Abend Netflix auf der Couch?"
Ihre Mitbewohnerin Andrea, genannt Andi.
„Ja. Endlich was Positives heute. Ich bring Sushi aus der Mall mit."
„Treffpunkt um viertel nach acht auf der Couch!"
„Top!"

Wenigstens der Abend war gerettet. Bea prüfte mit Hilfe der Smartphone-Kamera ihr Gesichts-Makeup und ihr weißes Lächeln. Alles sah wie immer gepflegt aus. Der Laden war weiterhin unbesucht. Auch in der Mall schlenderten kaum potenzielle Kunden vorbei. Sie scrollte unmotiviert weiter.

Ihr wurde ein Foto vorgeschlagen. Ein Sonnenbrillenboy namens Kosmo. Das war doch der sympathische Typ aus der U-Bahn! Sie klickte auf das vorgeschlagene Bild und schaute sich auf dem Instagram-Profil des Typs um. Es schien gut zu laufen, er hatte mehrere Tausend Follower.
Ein Poolbild jagte das andere und bei den meisten kam Kosmos Körper gut zur Geltung. Gerade als Bea Kosmo abonnierte, betrat ein junger Mann den Laden. Er ging gezielt in die Damenecke.

Bea legte ihr Handy unter die Kasse. Sie ging auf den etwas schlumpfig aussehenden Mann zu und fragte hilfsbereit: „Guten Tag, kann ich Ihnen behilflich sein?"

„Ich schau erstmal. Danke!", antwortete Sharky.

„Alles klar, für wen schauen sie denn? Für Ihre Freundin?"

„Ehrlich gesagt für meine Mutter. Sie hat Geburtstag und wird übermorgen fünfundfünfzig. Können Sie etwas empfehlen? Ich glaube, sie nutzt immer so ein Parfum in einer hellgrünen Farbe."

„Grün? Also, da gibt es einige. Die meisten Kunden entscheiden aber nicht nach Farbe, sondern nach Duft", scherzte Bea. „Vielleicht dieses hier von Giorgio Armani? Wollen Sie es mal testen?"

Sharky verzog sein Gesicht und zuckte unschlüssig mit den Schultern.

„Es ist wirklich ein moderner Duft, der seit einiger Zeit angesagt ist. Auch für die reifere Dame. Sie haben gegebenenfalls ein vierwöchiges Rückgaberecht, wenn sie den Kassenbeleg aufheben. Ich packe es Ihnen gerne als Geschenk ein!" Bea witterte endlich Umsatz.

6

Fabian lenkte den gelben DHL-Bus in die Einfahrt der Bezirkssammelstelle. Das Radio vermeldete gerade die 15 Uhr-Nachrichten. Er war gut und vor allem schnell durch seine Tour gekommen. Lediglich fünf Pakete konnte er nicht abgeben und musste sie in einem Paketshop deponieren. Gekonnt parkte Fabian rück-wärts in einer Parkbox ein. Der große DHL-Parkplatz war nur spärlich mit gelben Fahrzeugen belegt. Er war heute als einer der ersten Fahrer zurück und schlenderte zufrieden in Richtung Hauptgebäude.

Auf dem Weg dorthin begegnete Fabian seinem Vor-
gesetzten. Herrn Kinkel konnte er bereits von weitem
erkennen: Seine Glatze und der unverkennbare
Kinnbart erinnerten ihn immer an die Rolle des
Strombergs in der gleichnamigen Fernsehserie.
Genauso wurde Herr Kinkel auch von seinen
Mitarbeitern hinter vorgehaltener Hand genannt; und
zwar nicht respektvoll, sondern despektierlich. Auch
Fabian mochte ihn nicht. Diesen alten Besserwisser,
der stets so tat, als ob es bei jeder Lieferung um Leben
oder Tod ging.

„Na, Herr Gonzalez? Haben sie neuerdings einen
Halbtagsjob?", fragte Stromberg herausfordernd.
„Guten Tag Herr Kinkel. Nein, ich bin einfach sehr gut
durchgekommen. War aber auch bereits sehr früh
heute Morgen hier ..."
„Da können sie ja die nächsten Tage die Tour von
Andrzej Romanski mit übernehmen. Der hat sich
nämlich für die ganze Woche krankgemeldet!"
„... ja, ähm... ich komme ja nicht immer so gut durch."
Fabian hatte wahrlich keine Lust, für das gleiche Geld
mehr Arbeit zu haben.
„Normalerweise habe ich außerdem auf meiner Tour
auch mehr Lieferungen", ergänzte er ausweichend.
„Echt? Aber dann wussten Sie ja bereits heute früh,
dass Sie nachmittags frei haben würden. Melden Sie
sich doch bitte in solchen Fällen unverzüglich bei mir.
Kann ja nicht sein, einer fährt zum Kaffee und Kuchen
nach Hause, während die Kollegen noch bis abends im
Feierabendverkehr feststecken."

Fabian hatte Mühe, ruhig zu bleiben. Seine
Halsschlagader pochte deutlich sichtbar. Am liebsten
hätte er Stromberg eine verpasst oder ihm zumindest
eine passende verbale Antwort gegeben. Er kam allerdings nicht mehr dazu, denn sein Vorgesetzter eilte
bereits im Stechschritt weiter.

„Alter untervögelter Klugscheißer", flüsterte Fabian zu sich selbst und betrat das Hauptgebäude.

Er ging den Flur zum kargen Aufenthaltsraum hinunter. Es stank nach kalten Zigarettenrauch, obwohl es eigentlich schon seit Jahren untersagt war, im Gebäude zu rauchen. Auf dem großen Tisch in der Mitte des Raumes standen schmutzige Kaffeebecher herum. Fabian ging zu den Postfächern auf der rechten Seite und holte eine Wahlerinnerung des Betriebsrates sowie einen länglichen Briefumschlag mit der Lohnabrechnung aus seinem Fach. Er prüfte, ob in der Marlboro-Packung auf dem Tisch noch eine Zigarette war. Dies war nicht der Fall. Er zerknüllte die rot-weiße Pappschachtel und warf sie arglos auf den Tisch zurück.

Zurück auf dem Parkplatz wandte er sich dem Haupttor zu. Genau davor hatte er seinen silbergrauen 3er BMW geparkt. Dem Auto sah man sein Baujahr von vor über zwanzig Jahren nicht an, dafür pflegte Fabian die Karre viel zu sehr. Gerade heute, kurz nach dem Wochenende strahlte der Lack noch von der allwöchentlichen Sonntagswäsche. Er schwang sich in seiner DHL-Montur auf den Fahrersitz und öffnete den Umschlag mit seiner Abrechnung. Wie jedes Mal wich die Freude über die erträgliche Bruttozahl schnell der Wut darüber, was nach allen Abzügen netto letztlich überblieb.

„Saftladen. Und dann soll ich auch noch zusätzlich für den blaumachenden Polen mitarbeiten ...", brummte Fabian ärgerlich in den leeren Fahrerraum hinein. Er zerknüllte das Papier und schmiss es auf die Rückbank. Dort verschwand es zwischen Sitzpolster und Sporttasche.

Er startete den Motor und fuhr schlecht gelaunt Richtung Sportcenter. Schon an der ersten roten Ampel fielen ihm merkwürdige Motorengeräusche auf.

Irgendwie hörte es sich anders als sonst an. Er drehte die Musik leiser, aber beim Anfahren kam ihm wieder alles wie gewohnt vor. Bis zur nächsten roten Ampel. Dort hörte er es sehr deutlich: Im Leerlauf klapperte der BMW wie ein Zweitakter.

Er gab im Stand ein wenig Gas und spielte mit der Kupplung. Bis ihm der Motor absoff. Schnell drehte er den Schlüssel wieder im Zündschloss.

Der Motor hustete, sprang aber nicht sofort wieder an. Die Ampel war inzwischen wieder seit einigen Sekunden auf Grün gesprungen und die wartenden Autos hinter ihm hupten ungeduldig.

„Ja, ja ...", schimpfte Fabian.

Er fummelte hektisch am Zündschlüssel und endlich sprang der BMW wieder an.

„So eine Scheiße!", fluchte er und entschied, noch einen kleinen Umweg zu fahren.

Er fuhr langsam, während er sein Handy aus der Hose nestelte, in seinen Kontakten scrollte und schließlich eine Sprachnachricht aufsetzte:

„Hi Daniel, so eine Scheiße. Mein Auto muckt rum. Ich fahre jetzt kurz zu Dir in die Werkstatt, dann kannst Du Dir das ja mal anschauen. Bis gleich!"

Eine Viertelstunde später fuhr Fabian vor einer Hinterhofwerkstatt vor und stieg aus seinem Auto. Den Motor ließ er laufen. Vor dem geöffneten Tor stand ein kleiner kräftiger Mann in einem blauen, ölverschmierten Overall.

„Boah Fabian! Dich habe ich ja schon drei Straßenblocks weiter gehört!", sagte er und grinste.

„Moin Daniel, sag ich ja. Die Dreckskarre muckt rum!"

„Hört sich nach einer größeren Sache an. Mach den mal auf!"

Fabian setze sich in den BMW und fummelte im Fußraum herum. Es machte klack als die Haube aufsprang. Daniel öffnete sie und beugte sich in den

Motorraum.

„Ok, Fabi! Mach den Motor mal aus."

Der BMW verstummte.

„Was meinst Du, Daniel? Wird das teuer?"

„Abwarten. Ist Dir das Klappern schonmal aufgefallen? Gerade bei längeren Fahrten?"

Fabian runzelte die Stirn, konnte sich aber nicht erinnern. „Glaub nicht", sagte er zaghaft.

„Dann schalte den Motor mal wieder an."

Es ruckelte und ruckelte und schließlich klöterte der Motor wieder.

„Habe ich es mir gedacht."

„Was denn!?", fragte Fabian.

„Geh mal in die Garage. Dort steht Links ein Kühlschrank. Hole Dir ein Bier und mir auch gleich eins."

„Ich will kein Bier, Alter! Was ist mit der Karre?"

„Dann hole mir halt eins, dann sag ich´s Dir", grinste Daniel.

Fabian grunzte mürrisch und verschwand schließlich im Dunkeln der Garage. Einen Augenblick später kehrte er mit einer Halbliter-Dose Holsten auf den Hof zurück. Er öffnete sie und reichte Daniel das Bier.

„Hier – und nun erzähl..."

„Die Lichtmaschine muss neu."

„Aha. Dauert das lange? Und was kostet das!?"

„Ich habe die nicht hier. Muss sie erst organisieren – denke so drei Tage wird es dauern. Vielleicht vier. Für Dich mache ich einen Freundschaftspreis. 500 Euro und einen Kasten Pils."

„500 Euro? Super – genau das habe ich gebraucht. So eine verdammte Kacke! Da arbeitet man einen halben Monat und dann ist die Kohle auch schon wieder so gut wie weg!"

Fabian stand kurz vor einem Wutanfall und kickte einen herumliegenden Stein mit dem Fuß quer über den Hof. Er landete in einem Stapel alter Reifen.

„Ey, ganz ruhig. Ich schau mal, was sich machen lässt. Du kannst auch in Raten zahlen, wenn es Dir hilft", versuchte Daniel zu beschwichtigen.

„Es ist nicht nur das Auto. Ich ärgere mich so. Dieser stinklangweilige Job kotzt mich an. Mein Chef Stromberg, der blinde Vogel, sieht meine guten Leistungen nicht! Und als Dankeschön darf ich noch Zusatzschichten für den angeblich totkranken Kollegen Andrzej schieben. Unbezahlt!"

Ein weiterer Stein flog quer über den Hof.

„Ja, soweit ist es gekommen bei uns im Land. Die, die wirklich Leistung bringen, sind am Ende die Dummen. Erst heißen wir alle willkommen und dann dürfen wir für die auch noch mitmalochen!"

Daniel zückte sein Smartphone aus der Brusttasche seines Overalls.

„Schau Dir das mal an." Er deutete Fabian an, zusammen mit ihm auf das verschmierte Display zu schauen.

Es lief ein Video, das eine Menschenmenge zeigte. Die Menschen lachten und zeigten scherzhaft den Surfergruß in die Kamera. Die meisten hatten eine dunkle Hautfarbe. In der nächsten Sequenz erschienen arbeitende Klischeedeutsche am Fließband. Dann kamen wieder lachende Gesichter und Fabian erkannte die Szenen von der Kölner Domplatte aus der Silvester-Nacht 2015.

„So sieht das aus, wir arbeiten und zahlen für alle mit. Während die sich kaputt lachen über unsere Dummheit", ätzte Daniel.

„Meinst Du echt? Der Andrzej ist eigentlich ganz okay. Ich möchte halt nur nicht für den die Schichten machen", grübelte Fabian.

„Die Polacken sind genauso. Ständig faul und dazu noch versoffen. Glaub mir. Ich hatte hier auch mal eine polnische Aushilfe. Der Typ war kaum drei Wochen da, dann krank und dann auf nimmer wiedersehen. Ich glaube, er hat auch noch Werkzeug mitgehen lassen." Daniel deutete wieder auf das Video. Dort sprach jetzt ein Mann mit kalten Augen auf einer Bühne. Er wirkte wie ein Politiker im Wahlkampf.

„Schau Dir den mal in Ruhe an." Daniel nahm einen Schluck aus der Dose, bevor er weitersprach:

„Ich find der hat total Recht. Wir machen uns krumm und die Reichen und Ausländer leben in Saus und Braus. Warte. Ich teile den Link mal gerade mit Dir." Er tippte zweimal auf das Display.

„So, hast es jetzt. Schau es Dir an und sag mir dann, ob der Pole immer noch so nett ist."

Er klopfte Fabian kumpelhaft auf die Schulter, so als ob er ihn trösten wollte für seine offenbare Blindheit.

„Nichts für Ungut. Dein Auto kannst Du dann in drei Tagen hier abholen. Zahlen kannst Du später."

Er nahm noch einen großen Schluck Bier.

Wenig später war Fabian mit seiner Sporttasche über der Schulter auf dem Weg zur nächsten U-Bahn Haltestelle. Er ärgerte sich immer noch. Über Stromberg, über die nötige Autoreparatur und über das Leben an sich. Hatte Daniel Recht? Waren nicht sie, die ehrlichen Arbeiter, die Verlierer in diesem Spiel? Allen ging es doch immer besser – dicke Autos, neue Wohnungen, schicke iPhones und weiße Sneaker. Er merkte es doch, er trug schließlich jeden Tag die Amazon-Pakete mit den Bestellungen zu den Leuten hoch. Und er selbst? Er stiefelte tief in Gedanken versunken die Treppe zur U-Bahn hinab. Den Ticketautomaten ignorierte er geflissentlich, wenigstens diese Kohle konnte er sich hoffentlich sparen.

Auf dem Bahnsteig zeigte die Anzeige fünf Minuten Wartezeit an. Er zückte sein Telefon und tippte emotionslos auf dem Display herum. Schnell gelangte er, bewusst oder unbewusst, auf den geteilten Link von Daniel. Das inzwischen bekannte Grinse-Video startete.

Es war ursprünglich von einem offensichtlich radikal konservativ-nationalen Verein veröffentlicht worden. Er schaute sich auf dessen Facebook-Profil um:
Es zeigte diverse Bilder mit Parolen und Symbolen sowie bebrillte Politiker an Rednerpulten. Vor allem enthielt es aber auch Witze. Meist über Minderheiten. Fabian drückte den Like-Knopf und abonnierte den Newsfeed. Die U-Bahn fuhr ein.

7

Sharky schlenderte mit einer Handvoll anderen Kunden durch die Shopping Mall. Seine Kopfschmerzen waren immer noch da. Der Besuch in der Parfümerie war nicht förderlich gewesen. Sowohl das grelle Licht als auch die vernebelte Luft waren genau das, was er heute nicht brauchte. Da konnte die Angestellte noch so hübsch und nett sein. Immerhin war er seiner Pflicht nachgekommen und hatte nun ein Geschenk für seine Mutter. Die freute sich, im Gegensatz zu ihm, auf seinen Besuch. Vor allem, um ihm zu erzählen und zu zeigen wie viel sie erlebte und wie wenig sie angeblich seinen Vater vermisste. Das war schon immer ihr Problem gewesen, der Narzissmus.

Sharky blieb stehen und entschied sich für einen kleinen Snack beim Pizza-Imbiss an der nächsten Ecke. Er bestellte ein Stück Tonno-Pizza und setzte sich auf eine Bank vor dem Imbiss. Während er seinem Körper mit dem zerlaufenden Käse neue Lebensenergie einhauchte, konnte er von hier die Mall-Besucher in Ruhe beobachten. Diese gaben allesamt ein merk-würdiges Bild ab. Es war geradezu komisch wie sie mit gebeugten Köpfen auf ihre Displays starrten, sich ihre Sprachnachrichten mit erhobenem Handy direkt ins Ohr säuseln ließen oder wie geistig Verwirrte einfach ins Nichts redeten, bis man ihre Air Pods oder Headsets bemerkte. Jeder war hier für sich in seiner eigenen Welt, die kein anderer in diesem Augenblick mit ihm teilen konnte. Das Höchstmaß an individueller Vielfalt. Auch wenn alle letztlich die gleichen Kommunikationsgeräte und Marken nutzten ...

„Ach nee! Da genießt aber einer seine Mitgliedschaft in der Konsumgesellschaft, was?"
Sharky fuhr herum und blickte in ein überraschend frisches Gesicht. Es war Jens in Malermontur.
„Mensch Jens! Hast Du mich erschrocken! Was machst Du hier? Schon Feierabend?", fragte Sharky.
„Ja sicher, habe heute um kurz nach sechs angefangen – da kann man auch mal früher Schluss machen. Und Du? Kleines Parfüm gekauft, damit man den Thunfisch nicht so stark riecht?"

Sharky hob die Geschenketüte an und antwortete mit vollem Mund:
„Mpf-nee, dapf ist eimpf Geschenkpf für Muttern ..."
„Ja, ja – schon gut. So genau wollte ich es gar nicht wissen. Kommst Du noch kurz mit ins *Bürgereck* oder stalkst Du noch ein bisschen weiter Leute, die sich wichtigmachen und später alle gesehenen Sachen im Netz kaufen werden?"
Sharky blickte Jens von unten nach oben an. Seine Latzhose war genau wie seine Schuhe mit weißen Farbsprenkeln bedeckt. Seine Hände und das Gesicht waren aber sauber, so als wenn er nach der Arbeit geduscht, sich dann aber wieder in die Arbeitskluft geworfen hatte.
„Du bist echt nicht totzukriegen, was? Merkst Du das letzte Bier von gestern gar nicht? Und überhaupt: Was willst Du mir sagen? Das ich wie die anderen hier", er deutete auf die mit sich selbst beschäftigten Passanten, „dem Konsum fröne? Das machst Du ja auch oder wieso treffen wir uns ausgerechnet in einer Mall?"

„Naja, ich musste heute hier die Nummerierungen im Parkhaus auffrischen." Jens grinste.

„Wollen wir mal gucken gehen? Ich glaube die Zahlen siebzig bis zweiundachtzig sind richtig gut geworden. So direkt nach dem Mittag bin ich immer in Hochform!" Er zwinkerte Sharky zu und motivierte seinen antriebslosen Freund:

„Jetzt komm, die gedrückte Stimmung hier macht mich fertig. Lass uns kurz ins *Bürgereck*, ich gebe aus."

Die hölzerne Theke des *Bürgerecks* war abgenutzt, aber sauber. Die Kneipe war eine rustikale Location mit einem gepflegten Charme aus den fünfziger Jahren. Dunkle Vertäfelungen, goldene Zapfhähne, breiter Tresen und eine so genannte Pissrinne als stilles Örtchen. Sybille betrieb ihn bereits seit mehr als zwanzig Jahren und gehörte somit ebenfalls zum Laden wie das Mobiliar. Sie warf gekonnt zwei Bierdeckel vom Zapfhahn aus in ihre Richtung. Beide landeten punktgenau vor Jens und Sharky, die es sich auf ihren Stammplätzen am Ende der Theke bequem gemacht hatten. Wenig später folgten zwei frischgezapfte Biere mit einer gekonnten Schaumkrone.

„Jungs, lasst es Euch schmecken", sagte Sybille und drehte die Gläser so zu ihnen, dass das Brauerei-Branding gut lesbar für sie war. Jens nahm das kühle Glas und trank einen großen Schluck. Sharky tat es ihm gleich. Die kühle Flüssigkeit rann seine Kehle hinunter und tat seinem Kopf überraschenderweise gut. Er wischte sich den Schaum von der Oberlippe als sein Blick auf Jens gesprenkelte Hose fiel.

„Sag mal Jens, Du hast doch echt was auf dem Kasten. Wieso bist Du eigentlich auf die Idee gekommen Maler zu werden?", fragte er interessiert.

Jens sah ihn verständnislos an als er antwortete:

„Was ist denn verkehrt am Handwerk? Das hilft doch jedem im Leben, insofern ist es im Gegensatz zu vielen anderen Beschäftigungen doch eine sinnvolle Tätigkeit! Was studierst Du nochmal?"
„Medienmanagement gekoppelt mit BWL und Kul..."
„Ja, siehste!"
„...turwissenschaften."
„Und Du fragst, warum ich Maler bin, obwohl ich was auf dem Kasten habe?" Jens nahm einen weiteren Schluck und schaute ihn verschmitzt an.
„Ist nicht böse gemeint: Aber genau das ist das Problem unserer heutigen Zeit."
Sharky richtete sich auf seinem Barhocker auf. Er merkte, wie das Bier Jens redselig machte und nun eine seiner berüchtigten Grundsatzreden anstand.

Und genau so kam es natürlich auch:
„Es ist doch so, dass es uns als Menschen sehr gut ergeht in der heutigen Zeit. Zumindest hier bei uns. Sogar so gut, wir müssten streng genommen noch nicht mal mehr arbeiten."
Sharky wollte etwas erwidern, aber Jens bedeutete ihm mit einer Handbewegung, sich den Gedanken für später aufzuheben.
„Natürlich wirst Du sagen: Aber wie soll ich denn Leben ohne meinen Job, ohne Geld? Und ich sage Dir: Du hast Recht!" Jens grinste „Zumindest, wenn Du nach gängigem Denkmuster argumentierst. Denn das Mantra lautet Wachstum. Wachstum über alles. Das gilt nicht unbedingt für einen selbst. Und wenn, dann nur am Rande. Es gilt in erster Linie für unsere Wirtschaft und Politik. Ein Konzern in der heutigen Zeit muss seine Aktionäre befriedigen. Das geschieht nur mit möglichst hohen Gewinnen. Manchmal sogar auch nur mit unrealistischen Visionen, die sich gut verkaufen lassen."
Er machte eine Pause und nahm einen weiteren Schluck Bier. Sharky nutzte den Moment:

„Ja, ja. Höher. Schneller. Weiter. Soweit kenne ich die Geschichte schon. Und die oberen machen sich die Taschen voll. Was hat das denn aber nun mit meinem Studium zu tun?"

„Warte, mein Lieber. Was benötigt denn ein jedes Unternehmen. Ob das Café an der Ecke oder der Elektronikriese aus Asien?"

Jens gab sich die Antwort auf seine Frage gleich selbst: „Kunden! Zahlungsfähige Kunden. Und davon möglichst viele. Die Kunden müssen natürlich auch noch das Bedürfnis nach seinen Produkten und Leistungen entwickeln. Sie müssen glauben, nicht ohne seine Ware weiterleben zu können. Die aktuelle Schwierigkeit ist der erreichte Wohlstand. Theoretisch brauchen wir gar nicht so viel mehr als wir bereits besitzen. Die Bedürfnisse müssen also künstlich mit Hilfe von Werbung, von sehr viel Werbung, geweckt werden."

Jens orderte mit einem Handzeichen für sich und Sharky zwei weitere Biere bei Sybille.

„Da unser ganzer Staatsapparat, die komplette Gesellschaft, nur mit Wachstum funktioniert, findet die Politik das Ganze grundsätzlich gut. Es sichert unsere aktuelle Lebensweise. Deshalb arbeiten wir, um möglichst viel Geld zu verdienen. Wir kaufen uns dann davon möglichst viele Dinge, die wir vermeintlich unbedingt benötigen." Jens blickte den aufmerksamen Sharky an und führte seinen Monolog weiter aus: „Allerdings überholt sich dieses System zuweilen selbst. Durch das ganze Wachstum steigt auch die Produktivität. Man benötigt weniger Menschen, um bestimmte Tätigkeiten auszuführen. Handwerk zum Beispiel. Durch moderne Maschinen braucht man heute längst nicht mehr so viele wie vor fünfzig Jahren. Auch wenn sich das Bedürfnis nach deren Tätigkeiten grundsätzlich nicht verkleinert hat. Die überflüssigen Handwerker haben keinen Job mehr und fallen aus der Rolle des zahlungswilligen Kunden. Das System muss im

Laufe der Zeit neue Rollen finden, um neue Arbeitsplätze zu schaffen. Es muss sich sozusagen selbst
erneuern, um zu überleben. Zum Beispiel schafft es
Stellen für Werbetexter, die mit ihrer Kunst
Bedürfnisse bei Menschen wecken, die sonst womöglich
gar nicht entstanden wären. Manche sagen dazu:
Bullshitjob."

Er nahm den letzten Schluck und stellte das leere Glas
auf die Ablage hinter dem Tresen.
„Ok, ich habe es verstanden", sagte Sharky. „Du hast
einen der wenigen sinnvollen Jobs, während ich mit
meinem BWLer Kram letztlich unnötige Aufgaben
mache, damit ich viel Geld verdiene und der
Kapitalismus überleben kann."
Der ironische Unterton in Sharkys Stimme war kaum
zu überhören.
„Es kommt natürlich darauf an, was Du mit Deinem
Studium anfängst", beschwichtigte Jens. „Letztlich
kann wirtschaftliche Entwicklung ja auch viel Gutes
hervorbringen." Er zuckte mit den Schultern.
„Allerdings sehe ich davon in der Regel kaum etwas.
Die Bedürfnisse oder sagen wir lieber besser, die
Statussymbole wechseln nur. Du hast es selbst in der
Mall gesehen. Früher hatten wir alle ein Auto, was wir
sonntags immer gewaschen haben. Über dieses
Produkt haben wir uns definiert. Heutzutage besitzen
wir riesige Flatscreens, Sonnenbrillen, Tattoos und
Reisen – und natürlich Smartphones mit denen wir
unsere Reisen präsentieren können. Denn letztlich
meinen wir, ist es Freiheit und Individualität, die wir
leben. Und merken gar nicht wie unser Dasein als
Konsument ständig weitergeht, sich schneller und
schneller dreht ..."

Sybille kam mit zwei frischen Bieren in ihre Richtung.
Sharky schaute auf das leere Glas von Jens und dann
auf sein halbvolles. Wie schaffte sein Freund es, so viel

zu reden und dabei sein Bier so zügig zu leeren?
Schnell setzte Sharky sein Glas an und kippte den
Inhalt in zwei großen Schlucken in sich hinein.
„Gemach, gemach. Oder seid Ihr auf der Flucht?",
fragte Sybille. Sie nahm die leeren Gläser und ersetzte
sie durch die neue Lieferung.
„Na Jens? Infiltrierst Du die Jugend wieder mit Deinem
linken Idealismus? Nicht jeder kann damit seine Zeit
vergeuden. Ich jedenfalls könnte gut Werbung
gebrauchen, damit hier eine paar mehr
KONSUMENTEN auftauchten," die Wirtin betonte das
K-Wort absichtlich, um Jens nachzuäffen.
„Sonst ist hier bald Schluss mit Eurer politischen
Talkrunde."

8

„Neununddreißig, vierzig…!"

Kay schnaufte, während er seine letzten Sit-Ups in
seiner Drei-Zimmer Wohnung in Hamburg-Eimsbüttel
bewältigte. Die Joggingrunde um die Alster sowie das
Workout danach halfen ihm dabei, einen klaren Kopf
zu bekommen. Er schaute auf seine Smartwatch: Puls
139 und er sank schnell.
Er war in einem ausgesprochen guten körperlichen
Zustand, obwohl er durchaus ein paar Stunden Schlaf
gebrauchen konnte. Er ging ins Bad, entledigte sich
seiner Laufklamotten bestehend aus Adidas-Hoodie
und kurzer Air-Jordan-Hose. Dann legte er Air Pods
samt Smartwatch ab und stieg unter die Dusche. Das
kalte Wasser nahm ihm kurz den Atem, ehe er sich
daran gewöhnt hatte. Nach einer Viertelstunde kam er
schließlich frisch geduscht, rasiert und nur mit einem
Handtuch um die Hüften aus dem Badezimmer.

Er schnappte sich sein Smartphone und besuchte den Instagram-Account vom *Göltzenen Klaren*. Dort waren jede Menge Gewinnspiele mit spärlicher Beteiligung und auch einige altbackene Fotos feiernder Menschengruppen zu sehen. Viel Schlager und Festzelt-Feeling. Jemand wie er kam da gerade recht, die Marke seines neuen Auftragsgebers musste jünger werden und sich anders positionieren. Er alias Kosmo war seiner Meinung nach dafür mehr als geeignet. Er abonnierte den Account und checkte dann routinemäßig die hervorgerufenen Reaktionen auf seine Laufstrecke, die er wie jedes Mal über eine App veröffentlicht hatte:

„Mega-Kosmo! Super wie diszipliniert Du bist...“
„Ich gehe auch gleich laufen. Du bist mein schlechtes Gewissen.“
„Lappen“
„Angeber-Horst“
„So fleißig – kannst stolz auf Deinen Körper sein“

Er löschte die Hater und bedankte sich mit einem Like bei den positiven Stimmen. Dann verwuschelte er seine Haare, machte ein Selfie mit seiner weißen Ledercouch als Hintergrund und postete es unter dem Hashtag *#Quality_Time*. Sofort erhielt er einige Likes, unter anderem wieder von der Userin, die auch den Körper-Post gesetzt hatte. Er ging auf ihr Profil. Sie war hübsch und kam ihm irgendwoher bekannt vor. Kay fühlte sich geschmeichelt.

Er zwinkerte sich selbst im Wohnzimmerspiegel zu und betrachtete prüfend seinen Waschbrettbauch. Seine Fäuste machten ein dumpfes Geräusch als er die Muskeln auf ihre Festigkeit testete. Ohne Frage: Er war schon eine heiße Nummer geworden! Das war längst nicht immer so gewesen. Das zufällige Treffen mit seinem früheren Mitschüler Sharky am Flughafen hatte ihn mit Grausen an die Hänseleien während der Schulzeit erinnern lassen. Er war moppelig und hatte in der Pubertät mit starker Akne zu kämpfen. Seine naive Verträumtheit isolierte ihn noch zusätzlich. Teenager liebten es, auf wehrlosen Einzelgängern herumzutrampeln. Sie taten das nicht zuletzt, um Mädchen damit zu beeindrucken. Kay war die Lachnummer der Klasse.

Seine selbstverfassten Gedichte und Geschichten wurden ihm von Mitschülern heimlich geklaut und dann auf dem Pausenhof vor allen ins Lächerliche gezogen. Wehrte er sich, wurde er auf dem Nachhauseweg von mehreren Jungen gejagt und verprügelt.

Eine Szene war Kay besonders schmerzlich in Erinnerung geblieben: Vor dem Sportunterricht hatte man ihm sein T-Shirt aus dem Turnbeutel gestohlen und es zerschnitten. Der Sportlehrer kannte trotzdem kein Erbarmen, so dass er mit nacktem Oberkörper die Stunde absolvieren musste und zum Gespött der Klasse wurde. Besonders die Mädchen machten sich über seine speckige Figur lustig. Noch Monate später galt er in der Klasse als derjenige mit der größten Oberweite. Und das als Junge.

Erst nach seinem mittelmäßigen Schulabschluss erholte er sich langsam von den Demütigungen.

Er schrieb unter dem Namen Kosmo weiterhin kleine Texte für seinen Blog, über den niemand mehr lachte, und auch sein Äußeres besserte sich. Er achtete penibel auf die Ernährung, trieb täglich Sport und pflegte seinen Körper. Er wollte nie wieder ein Außenseiter sein.

Diese Disziplin hatte ihn schließlich zur *Modern Media Agency* geführt. Er war damals überglücklich gewesen, als Robert ihm eine Anfrage gesendet hatte. Endlich konnte er nicht nur privat Blogberichte schreiben oder Freunde durch Promotion unterstützen. Dank Robert verdiente er nun Geld damit. Der aktuelle Goltz-Auftrag war dabei der vorläufige Höhepunkt. Er freute sich auf den morgigen Kundentermin. Dort würde festgelegt werden, was die Goltz Brennerei erwartete und wie er das Produkt am besten in Szene setzen sollte.

Kay checkte ein weiteres Mal seinen eigenen Account. Die Nutzerzahlen hatten sich weiter gut entwickelt. Es fehlte nicht mehr viel bis zu seinem lang ersehnten Durchbruch. Dann würde der Teenager, über den alle lachten, endgültig der Vergangenheit angehören. Er selbst würde stattdessen über alle anderen lachen!

9

„Elfi! Elfi Elfi!" Mike, Dustin und Lucas starrten verzweifelt auf das am Boden liegende Mädchen, dem Blut aus der Nase rann ... die bekannte Abspannmusik folgte, ehe ein Countdown auf dem Bildschirm erschien.

„*Stranger Things* ist wirklich meine absolute Lieblingsserie!", sagte Andi und wälzte sich zufrieden auf der Couch. In ihrem Schlafoutfit, bestehend aus einer grauen Frotteehose und einem zu weiten gelben Puma T-Shirt, sah die rothaarige Frohnatur noch fülliger aus als sie tatsächlich war.
„Wollen wir gleich die nächste Folge anschauen?"
Sie blickte voller Erwartungen zu Bea, die an dem einfachen Wohnzimmertisch ihrer WG saß. Auf dem Tisch stapelten sich Plastikverpackungen und Tüten. Der traurige Rest ihres Sushis. Bea schreckte auf und löste ihren Blick vom Smartphone.
„Du hast das Ende gar nicht mitbekommen, oder?", fragte Andi ihre Freundin enttäuscht.
Im Hintergrund schrien die drei Kinderhelden schon wieder los. Der Countdown war heruntergelaufen und die nächste Folge begann automatisch über den TV-Bildschirm zu flimmern.

„Was gibt es denn so Spannendes. Ich dachte, wir machen uns einen gemütlichen Netflix-Abend und Du kannst Deinen öden Tag vergessen?"

„Ach Andi, ich weiß auch nicht. Irgendwie bin ich abgelenkt. Ich habe Dir doch erzählt, dass der Tag schon so komisch anfing, als ich in der Bahn total verträumt fast die Haltestelle verpennt habe."

„Ja, ja ...", stöhnte Andi, „und Du diesen Typen total hirnverbrannt angestiert und Dich in seinen Augen verloren hast. Dieser tolle Dreamboy ..."

„Andi, hör bitte auf Dich lustig zu machen! Der war echt süß. Hier schau mal, ich habe ihn gefunden."

Sie deutete auf ihr Handy, wo ein Instagram-Profil zu sehen war. Von weitem konnte Andi nur ein grinsendes Gesicht vor einer hellen Couch erkennen.

„Das ist dieser Kosmo! Habe ich zu viel versprochen?", fragte Bea. Andi stand nun auf und nahm Bea ihr Handy aus der Hand.

„Ehrlich gesagt, sieht der aus wie fast jeder zweite Typ bei diesen Casting Shows", sagte sie naserümpfend. Sie hielt das Telefon schief, so als ob sie wirklich angewidert war von dem was sie sah.

„Und überhaupt: Kosmo. Haha, sehr originell."

Bea verstand nicht und blickte ihre Mitbewohnerin fragend an:

„Wieso originell? Nun mach mal halb lang, echt. Du weißt, solche Typen kriegen mich immer irgendwie dran. Und was hast Du gegen Kosmo?"

„Weißt Du was der Name bedeutet?", fragte Andi besserwisserisch.

„Nein, aber Du wirst es mir ja gleich sagen."

„Kosmo - der Schöne. Ach, was für ein toller Name für einen Märchenprinzen! Komm schon, Bea. Schau Dich an: Du kannst echt jeden haben, da brauchst Du Dich nicht erniedrigen und jedem X-Beliebigen Typen auf Insta folgen."

„Du bist doch nur eifersüchtig. Schau Du Deine Serie

weiter."

Bea stand auf und ging Richtung Küche, um sich einen Energydrink aus dem Kühlschrank zu holen. Als sie zurückkam, hatte Andi es sich schon wieder auf der Couch unter einer Decke gemütlich gemacht und schaute konzentriert TV. Mit einem Zischen öffnete Bea die Getränkedose und setzte sich ebenfalls auf ihren alten Platz. Sie nahm einen Schluck von dem nach süßem Kaugummi schmeckenden Zeug. Sie wusste nicht, was Andi hatte. Kosmo sah doch gut und vor allem nett aus. Wieso nur glaubte Andi immer, gutaussehende Typen wären in Wahrheit miese Machoarschlöcher, die Frauen wie Trophäen sammelten? Sie scrollte durch Kosmos Profil, kommentierte voller Respekt seinen Trainingspost mit *„So fleißig – kannst stolz auf Deinen Körper sein"* und abonnierte ihn schließlich.

Sie scrollte weiter und blieb schon beim nächsten Post hängen:

Diese Woche ist es soweit – freut Euch auf das große Stelldichein der Stars!
Am Hamburger Rothenbaum und natürlich auf der Eröffnungsparty zu den Hamburg Open.
Der GÖLTZENE KLARE hat viele Stars und Sternchen am Freitag in die Stadt geladen.
Da darf Kosmo natürlich nicht fehlen!
#hamburg_open #goltzbrennerei #partynight #goeltzene_klare

Der *Göltzene Klare*?
Den Schnaps kannte Bea noch von ihren Großeltern. Die tranken, so lange sie lebten, immer einen Klaren zum Nachmittagskaffee. Sie fand es schon fast witzig, dass Kosmo für eine solch alte Marke Platz auf seinem

Profil hatte. Sie likte auch diesen Eintrag und betrachtete das Bild. Es zeigte einen hünenhaften
Tennisstar und eine blonde TV-Moderatorin, die beide
einen älteren Herrn mit leicht angegrauten Schläfen in
die Mitte nahmen. Bea kannte das Gesicht des Herrn
aus den regionalen Zeitungen. Es handelte sich um
diesen Goltz Junior, der zukünftige Erbe der
Schnapsbrennerei, sofern sie sich richtig erinnern
konnte. Das Event sollte am Freitag ab 20 Uhr in
Winterhude stattfinden. Das konnte ja nicht so schwer
sein, herauszufinden, wo genau die Party stieg.

Denn egal was Andi auch sagte – Kosmo ging ihr den
ganzen Tag nicht aus dem Kopf. Da konnte ein zweites
ausgiebigeres Treffen nicht schaden. Vielleicht hatte
Andi Recht und er war ein eingebildeter Schönling.
Oder die einmalige Chance für ihre Zukunft als
Modebloggerin. Bea lächelte und schaute auf. Der
schleimige Demogorgon bewegte sich drohend über den
TV-Schirm – die Kinderhelden der Netflix-Serie flohen
panisch vor dem Monster.
Manchmal waren die Bösen leicht zu erkennen. Ob
Kosmo auch ein Monster war? Bea wollte es heraus-
finden.

10

Sharky saß müde in der U-Bahn und wollte schnellst-
möglich in sein Bett. Er hatte es tatsächlich geschafft
und konnte sich rechtzeitig von Jens im *Bürgereck*
loseisen. Sonst hätte es heute sicherlich wieder böse
enden können. So aber fühlte er nach den drei großen
Bieren eine gesunde Müdigkeit, die es nun galt
auszunutzen, um sich endlich richtig auszuschlafen.

Er dachte an die Standpunkte, die Jens zum Besten gegeben hatte. Sicher hatte sein Freund Recht, Verzicht war die Lösung für viele heutige Probleme. Auch wenn seine Sicht der Dinge schon radikal war. Er gab der Politik die Schuld, die munter das Spiel der Unternehmen mitmachte, solange ihre Macht erhalten blieb. Und er gab den Konsumenten die Schuld, die blind immer weiteren Verlockungen anheimfielen, ohne ein Bewusstsein dafür zu haben, dass es in diesem Tempo nicht weitergehen konnte.
Oder schlimmer: Sie hatten das Bewusstsein, aber sie waren nicht willig etwas an ihrem Verhalten zu verändern.

Sharkys Blick wanderte durch den Waggon, der relativ gut besetzt war. Waren das die Ignoranten, die nicht an die Folgen ihres zügellosen Konsums dachten?
Rechts neben ihm saß ein speckiger Mann, dessen Businesshemd spannte und vom Arbeitstag zerknittert war. Er blickte nach unten und tippte wild auf seinem Smartphone herum. Sharky erhaschte einen Blick von der Seite und sah, dass der Mann voll konzentriert darauf war, ein NFL-Team in einem eSports-Game zum Erfolg zu führen. Er war vollends damit beschäftigt und merkte nicht, wie Sharky ihn fixierte. Der Mann vergaß alles um sich herum, so sehr war er mit dem Game beschäftigt.

Ein Viererabteil weiter saßen zwei Anfang Zwanziger in trendigen Destroy Jeans mit dicken Bauchtaschen quer über den Marken-Hoodie. Sharky konnte nicht ausmachen, ob sie sich kannten. Beide scrollten über ihre Displays, ab und zu tippten sie etwas und grinsten dann vor sich hin. Sie sprachen auch nicht miteinander. Als der Waggon an der nächsten Halte-stelle anhielt, stieg tatsächlich einer der beiden aus, ohne den anderen zu beachten. Sie schienen sich also nicht zu kennen.

Der eine ging, drei andere kamen. Ein braungebrannter Typ stieg mit Sonnenbrille in die Bahn, machte es sich direkt an der Tür gemütlich und kramte seinerseits sein Smartphone heraus.

„Na, dem würde Jens was erzählen. Sonnenbrille in der Bahn, mehr unnötiges Statussymbol geht aus seiner Sicht ja kaum", dachte Sharky grinsend bei sich und wunderte sich dann auch nicht mehr sonderlich, als der Typ anfing lautstark zu telefonieren und alle anderen Fahrgäste an seinem Gespräch teilhaben ließ.

Sharky widmete seinen Blick den beiden weiteren neuen Fahrgästen. Es waren zwei hübsche Mädels, die ganz offensichtlich aus oder zu einer angesagten Location unterwegs waren. Zumindest waren sie entsprechend zurecht gemacht – beide enge Lederleggins und coole Ugly-Sneaker. Die eine im bauchfreien Shirt, die andere im schwarzen Oversize-Blazer. Die Gesichter waren frisch geschminkt. Sharky schnappte Gesprächsfetzen auf, als sie in seine Richtung gingen:

„... die Klingel ist immer noch nicht neu gemacht. Da steht kein Name dran."

„Nein, echt!?"

„Ja man, voll nervig. Meine Bestellungen lass ich jetzt immer auf Schneider liefern. Der einzige Name, der dransteht."

„Wahnsinn, wie scheiße ist das denn ..."

Als sie an ihm vorbei zum nächsten vierer Abteil des Waggons gingen, zog Sharky ein süßes Aroma in die Nase. Es erinnerte ihn an seine Ex-Freundin Claudia, sie hatte ein ähnliches Parfüm ... Parfüm!?

Sharky schreckte auf und schlug sich an die Stirn.

„Oh man, jetzt habe ich Muttis Geschenk im *Bürgereck* stehen lassen. Ich Idiot!", schoss es ihm durch den Kopf. Es schien wahrlich nicht sein bester Tag zu sein.

11

Sharky war nicht der Einzige, der den heutigen Tag am liebsten vergessen hätte.

Fabian stiefelte mit seiner Sporttasche über der Schulter die dunkle Straße entlang. Selbst das Workout im *Sport District* hatte ihn heute nicht aufbauen können. Er spulte sein Pensum ab, betrachtete seine stattlichen Muskelberge im Spiegel – sah aber lediglich einen Verlierer, der morgen eine Doppelschicht fahren musste und eine imaginäre, noch nicht ausgestellte Reparaturrechnung in Höhe von 500 Euro in der Tasche hatte. Fabian stoppte an der nächsten Fuß-gängerampel und wartete auf das grüne Signal, als sich seine Miene weiter verfinsterte. Sein Blick fiel auf ein beleuchtetes LED-Wechselplakat. Dort verschwand gerade eine überdimensionale E-Zigarette vor blauen Grund und gab den Blick auf zwei lachende, inter-nationale Gesichter frei.

Daneben stand geschrieben:
Deutschkurs in 1 Wochen | 3 Stunden am Tag | 295 €

Fabian blieb stehen und blickte den beiden ab-gebildeten Gesichtern verächtlich entgegen.
„Ein neues Leben in einem toleranten Land, wo man weder arbeiten noch sonst irgendwelche Einschränkungen vornehmen muss. Alles für 295 Euro!", dachte er.
„Fast die Hälfte meiner Autorechnung ... und sicherlich zahlt irgendeine Behörde gerne die Weiterbildung für diese äußerst wichtigen Mitglieder der Gesellschaft."

Er zückte sein Smartphone schoss ein Foto, ehe die E-Zigarette zurückkam, und postete es in seinem Social Account. Dazu schrieb er: „Sprachkurs? Wer will denn dieses Pack verstehen?"

Fabian ging gedankenversunken weiter. Deutschkurs, dass er nicht lachte. Auch sein Vater hatte angeblich einen Kurs besucht, als er aus Venezuela kam. Laut seiner Mutter hatte er sich dort aber kaum blicken lassen. Stattdessen hing er mit seiner spanischsprechenden Community ab. Er ließ sich von Woche zu Woche dabei mehr gehen – bis er schließlich komplett aus dem Leben seiner Mutter verschwand. Damals war Fabian fünf Jahre alt gewesen und verstand sich seitdem als Aufpasser für seine Mutter. Niemals durfte ihr irgendjemand wieder so weh tun. Vor allem kein dunkelhaariger Latino. Da tat es auch nichts zur Sache, dass er mit seinem braunen Teint selbst als einer durchging.

Fabian spuckte auf dem Bürgersteig aus und bog die nächste Straße rechts ein. Es waren noch knapp fünfzehn Minuten bis zu seiner Wohnung. Seine Frau Tanja würde kaum zu Hause sein und auf ihn warten. Seit ihrem letzten Streit vor vier Tagen hatte er sie nicht mehr gesehen. Sie schaffte es, ihre Anwesenheit in der gemeinsamen Wohnung auf seine Schichtzeiten zu begrenzen und verbrachte den Rest des Tages und die Nächte bei irgendeiner ihrer billigen Schlampenfreundinnen. Ihr Umgang mit denen machte Fabian verantwortlich dafür, dass er und Tanja keine Kinder hatten und keine glückliche Familie waren. Das teilte er ihr auch präzise und lautstark mit. Es war der Grund für ihren spontanen Wohnungsstreik.

Fabian bog wieder rechts ab. Mit dem Auto wäre er schon vor vierzig Minuten auf der Couch gewesen. Nun waren es noch schier endlose Straßenzüge, die er langlaufen musste. Er kam sich gedemütigt vor. Natürlich fing es nun auch noch zu tröpfeln an. Er beschleunigte seine Schritte und sah am Ende der Straße zwei ihm entgegenkommende Gestalten auf dem Bürgersteig.

Ohne den Gang zu beschleunigen näherte Fabian sich den beiden Schatten, deren Umrisse im Lichtkegel der Laternen näherkamen. Er erkannte zwei Männer, einer in olivgrüner Bomberjacke und einer mit Baseballjacke der White Sox. Sie unterhielten sich miteinander. Fabian verzog sein Gesicht, plusterte sich auf und hielt mit seiner Sporttasche über der Schulter auf die beiden zu. Die machten keine Anstalten, um dem eingeschlagenen Kollisionskurs auszuweichen. Im Näherkommen hörte Fabian noch Fetzen einer Sprache, die er nicht verstand – dann rammte seine Sporttasche die White Sox Jacke.

„Ey, man! Was tust Du!?" und „Pass Du mal auf!" erklang es, als die beiden Gestalten schon fast wieder an ihm vorbei waren.
„Halt´s Maul", entfuhr es Fabian. Sein Herz pochte und ehe er noch groß nachdenken konnte, ließ er seine Tasche auf den regennassen Bürgersteig fallen.
„Ihr Kanaken müsst ja wohl nicht nebeneinander gehen! Hier ist doch Platz genug für alle."
Er zog seinen Bauch ein und streckte die Brust heraus.
„Was hast Du gesagt?" Die White Sox Jacke drehte um und kam kurz vor Fabian zum Stehen.
„Lass gut sein, Alter!", besänftigte die Bomberjacke und hielt White Sox an der Schulter fest.
„Ja, Öl-Auge! Hör auf Deinen Freund. Lass gut sein, ich hatte heute echt keinen guten Tag, da möchte ich nicht auch noch Deinen verderben. Mach dass Du mit Deinem Homo weiterkommst!"
„Komm, Mo. Lass uns weiter…wir haben noch zu tun."

Fabian grinste in sich hinein, wenigstens ein kleines Erfolgserlebnis an diesem miesen Tag. Die Möchtegerns hatte er zumindest noch im Griff! Nicht alle konnten auf ihm herumtrampeln wie sie wollten!
Er bückte sich, um seine Tasche aufzuheben, als ihm

ein Tritt gegen sein rechtes Bein aus der Balance
brachte und er ins Straucheln geriet. Ehe Fabian
begriff was los war, hatte er schon den nächsten Tritt
gegen seine Beine und schließlich eine satte Rechte ins
Gesicht kassiert. Er schlug längs auf den Bürgersteig
und hatte Glück, dass sein Kopf nicht direkt auf die
Bordsteinkante geknallt war. Er wollte sich aufrappeln,
allerdings ließ ihn ein weiterer geübter Tritt in den
Bauch und noch einer gegen den Rücken zurückfallen
und nach Atem ringen.
Er hatte einen metallenen Blutgeschmack im Mund
und rollte sich hilflos zusammen, um möglichst wenig
weitere Angriffsfläche zu bieten. Seinen Kopf versuchte
er panisch mit seiner Sporttasche zu verdecken, die
auch tatsächlich einen weiteren Fausthieb abfederte.

„Komm jetzt Mo, los!"
„Ja, Musti man, warte. Der Bastard … "
Mit einem Ruck wurde die Sporttasche aus Fabians
Händen gerissen und die White Sox Jacke namens Mo
bückte sich zu seinem Gesicht herunter:
„Pass auf, was Du beim nächsten Mal sagst, klar? Nur
weil Du fette Sau so aufgepumpt bist, kannst Du Dir
nicht alles erlauben. Du weißt nicht wen Du vor Dir
hast, Alter!"

Fabian bekam eine abschließende Backpfeife, die er
ohne weitere Regung mit einem leisen Wimmern
hinnahm. Dann entfernten sich die beiden Männer
mitsamt seiner Tasche und stiegen einige Meter weiter
in einen Sportwagen. Der Wagen fuhr dröhnend an und
verschwand im Dunkeln der Nacht.

Fabian blieb auf dem nassen Beton zurück, geohrfeigt
wie ein Schuljunge.

12

Bea setzte ihre Kopfhörer ab und bückte sich, um das untere Schloss der Eingangstür zur Parfümerie aufzuschließen. Sie hatte gestern doch noch zusammen mit Andi zwei weitere Folgen der Netflix-Serie geschaut und war wie so oft zu spät ins Bett gekommen. So stand sie heute Morgen wieder ordentlich unter Zeitdruck und hätte fast die Bahn verpasst. Dennoch war sie es wieder einmal, die als Erste am Laden ankam. Bea wunderte sich schon gar nicht mehr und rechnete auch erst in einer halben Stunde mit ihrer Chefin. Auch wenn es bereits jetzt kurz vor halb zehn war und die offizielle Öffnungszeit begann.

Im Eingangsbereich stapelten sich vier Plastikboxen, in denen neue Ware darauf wartete, ausgepackt und eingeräumt zu werden. Auch hier war es Bea bereits gewohnt, die meiste Arbeit machen zu müssen. Sie beschwerte sich auch nicht und nahm es klaglos hin. Denn schließlich wusste sie, dass sie diese Tätigkeit nicht von Dauer machen würde. Sie schnappte sich die oberste Box als sie plötzlich ein Geräusch hinter sich wahrnahm. Vor Schreck entglitt ihr der Behälter, der mit einem Scheppern zurück auf den Stapel plumpste und dabei den Plastikdeckel verlor. Einige kleinere Pappkartons fielen heraus und zerstreuten sich auf dem Boden des Eingangsbereichs.

Erschrocken drehte Bea sich um.

„Guten Morgen, entschuldigen Sie bitte, falls ich Sie erschreckt habe!", sagte Sharky und lächelte verlegen. „Ach, Sie sind es wieder? Ich bin es gar nicht gewohnt, so früh schon Kunden im Laden begrüßen zu dürfen", erwiderte Bea und zeigte bereits wieder ihr freundliches Lächeln, obwohl sie doch wütend auf ihre eigene Schreckhaftigkeit und auch ein wenig sauer auf den frühen Überraschungsgast war.

Sharky fand die junge Verkäuferin heute Morgen noch schöner als gestern. Das konnte zum einen an der süßen Unausgeschlafenheit der Verkäuferin liegen oder aber daran, dass seine Sinne im Gegensatz zu gestern deutlich schärfer waren als nach einem langen Abend im *Bürgereck*. Er hatte es in dieser Nacht tatsächlich geschafft, zehn Stunden am Stück zu schlafen, fühlte sich fit und hatte zur Feier des Tages seine feinste Hose und sogar ein sauberes, lässiges Business-Hemd angezogen.

Er stand da und war ganz verzaubert von ihrem Lächeln. Dabei blickte er die Verkäuferin ein wenig zu lange an, so dass sie ungeduldig fragte:
„Ja? Ähm... gibt es einen Grund, warum Sie mich bereits am frühen Morgen so dringend besuchen müssen?"
„Oh, Entschuldigung. Ja klar, ich habe... nun ja eine Bitte. Ich habe gestern doch hier einen Duft gekauft. Sie erinnern sich? Sie haben es eingepackt. Für meine ... nun ... für meine Mutter."
Das klang jetzt noch dämlicher als gestern. Sharky errötete leicht.
„... ja und ich Idiot habe dieses Geschenk nun verloren. Nein, nicht verloren. Eher deponiert. Und zwar dort deponiert, wo ich gerade nicht hinkomme. Aber ich brauche es schon jetzt."
Bea lächelte wieder breiter.
„Was ist das für ein verplanter Typ?", dachte sie bei sich und stichelte:
„Ich verstehe es zwar nur halb, glaube aber dennoch, es ist nicht mein Problem, sondern eher das Ihrige?"
„... ja richtig. Das stimmt schon. Ich bin manchmal so ein Schussel. Also ich habe das Päckchen im *Bürgereck* ... also in einer Bar stehen lassen. Da komme ich erst heute Abend wieder hin, um zu schauen, ob es noch dort ist", Sharky eierte weiter herum.
„...und ... und ich wollte nun mal fragen, ob ich das

Parfüm nochmal haben könnte und dann, ... wenn ich das alte wiederhabe, dieses zurückgeben kann."
„Sie wollen also einen Duft kaufen. Das geht!" Bea lachte. „Und sie wollen einen gekauften Duft zurückgeben. Das geht auch!"
Sie schenkte dem sympathischen Schussel, dem sie nicht mehr richtig böse sein konnte, ein Augenzwinkern.

„Ja ... genau. So wollte ich es ausdrücken", erwiderte Sharky mit hochrotem Kopf.
„Danke. Ich ... soll ich Dir ... ich meine Ihnen noch kurz helfen den Eingang freizuräumen ...?"
„Na, das wäre aber nett. Wo ich doch gerade fast einen Herzinfarkt bekommen habe. Das Du ist auch ok, so alt sind wir ja beide nicht. Ich heiße Bea und Du?"
Bea lächelte freundlich.
„Ich bin ... alle nennen mich nur Sharky."
„Alles klar. Also wie wäre es: Ich hole Dir den Duft, packe ihn ein und Du schleppst die vier Kisten dahinten in die Ecke. Die einzelnen Kartons kannst Du gerne wieder in die obere Box zurücktun."
Sharky bemerkte voller Respekt wie selbstverständlich und organisiert Bea trotz ihrer Jugendlichkeit die Aufgaben dirigierte.
„Das Parfüm für deine Mutter kannst Du so mitnehmen und wenn Du das andere zurückbekommen hast, bringst Du es mir einfach wieder vorbei. Falls es aber weg ist, muss das Zweite leider auch bezahlt werden. Sonst bekomme ich Ärger." Sie blickte ihn mit ernsten Augen als sie fragte: „Ich kann Dir ja vertrauen, oder?"
„Natürlich, ich bin ein bisschen schusselig. Aber ehrlich in jedem Fall. Das gehört vielleicht zusammen", lachte Sharky erleichtert.

Er mochte Bea und war froh, noch eine Weile in ihrer Nähe sein zu können. Artig hob er eine der Kisten an. Das Gewicht überraschte ihn.

„Wow, die sind schwerer als sie aussehen. Und Du schleppst die sonst immer allein?", fragte er respektvoll.
„Ja, klar. Man gewöhnt sich daran", antwortete Bea, während sie mit Sharkys Parfüm zur Kasse ging.
„Es ist sicher nicht einfach, allein einen Laden zu schmeißen?", fragte Sharky weiter, er wollte mehr von Bea erfahren.
„Alleine bin ich nicht, wir sollten eigentlich immer zu zweit im Laden sein." Bea riss einen Streifen Geschenkpapier von der Rolle und wickelte den Duft darin ein.
Sharky schnappte sich die nächste Kiste und bemerkte: „Tja, gute Angestellte sind halt knapp, oder?"
Bea lachte auf, Sharky fielen ihre süßen Grübchen um den Mund auf.
„Ja, kann man so sehen – gute Chefs aber auch!"
„Achso, ich dachte Du bist hier die Chefin. Ich sehe Dich hier immer nur allein im Laden rumstehen."
Sharky bemerkte seine flapsige Art, ihre Arbeit zu beschreiben: „Ich meine rumstehen jetzt nicht negativ … im Sinne von Nichtstun oder so."
„Hihi!", Bea kicherte. „Das ist schon in Ordnung. Das trifft es ziemlich gut, weißt Du, im Einzelhandel geht langsam das Licht aus. Es sind nur noch so wenige Kunden im Einkaufscenter unterwegs, dass es sich kaum lohnt zehn Stunden am Stück geöffnet zu haben. Aber mir kann es egal sein, ich mache hier nur ein Praktikum. Und das auch nur noch wenige Wochen lang. Danach werde ich versuchen, meinen Traum als Modebloggerin zu verwirklichen."
Bloggerin. Sharky musste unwillkürlich an seine Begegnung mit dem kaum wiederzuerkennenden Kay denken.
„Interessant", anders als bei Kay, zeigte er bei Bea wirkliches Interesse, „ich kenne auch jemanden der damit sein Geld verdient. Dich kann ich mir aber auch sehr gut in dem Business vorstellen. Mit Deinem Aussehen sowieso."
„Danke, Du machst mich noch ganz verlegen!"

Bea legte übertrieben die Rückseite ihrer rechten Hand an ihre Stirn.

„So, hier ist Dein Geschenk. Wenn Du die letzten Kisten auch noch ins Lager gebracht hast, kannst Du es haben. Das andere aber bitte wirklich schnell zu mir in den Laden zurückbringen."

„Zu Befehl!" Sharky stand stramm und lachte als er sich die letzten beiden Kisten auf einmal nahm.

Er mochte Bea und glaubte, dass dies auf Gegenseitigkeit beruhte.

13

Kay mochte ihn nicht. Weder seine aufgesetzte und übertrieben lockerlässige Art noch das kumpelhafte Getue. Er war mittags um kurz vor zwölf Uhr in der *Modern Media Agency* angekommen, nun war es beinahe 16 Uhr geworden. Seit gut vier Stunden, inklusive eines Mittagessens, hatte Kay nun das monotone Gesabbel von Toralf Gottschalk ertragen. Toralf war Marketingleiter der Goltz-Brennerei. Er nahm sich in Abwesenheit seines Chefs, Herrn Goltz Junior, deutlich wichtiger als er tatsächlich war.

„… ich denke also, dass wir mit der Bespielung der Social Kanäle unsere weiteren Mediamaßnahmen smart ersetzen und so dann eine komplett neue PR-Klaviatur bespielen, um auch der jungen Zielgruppe den *Göltzenen Klaren* wieder näher zu bringen."

Das hatte Toralf in anderen Worten bereits viermal gesagt. Kay ließ sich seinen Unmut nicht anmerken und lächelte tapfer. Auch Robert stimmte zum vierten Mal zu. Er nickte übertrieben mit dem Kopf:

„Genau, Toralf. Und mit Kosmo haben wir einen der begehrtesten Makro-Influencer aus unserem Portfolio. Aufgrund der Mischung aus Jugendlichkeit und Männlichkeit passt er exakt zum Anforderungsprofil. Gerade die weiblichen Follower werden aufmerksam auf die Goltz-Produkte. Der Klare wird dann wohl auch zum ersten Mal von unter Zwanzigjährigen heiß nachgefragt werden!", frohlockte Robert.

Kay grinste gequält. Er hasste es als eine Art Produkt gesehen zu werden, fühlte aber auch einen gewissen Stolz, wenn Robert ihn so anpries.

„Ja, das wäre cool. Habe schon gesehen, dass der süße Boy jede Menge knackige Mädels begeistert." Toralf kniff ein Auge übertrieben deutlich zu und deutete mit seinem Kopf auf Kay, so als wenn dieser nicht persönlich anwesend wäre oder überhaupt nicht sprechen könnte. Kay selbst sagte nichts, sondern grinste einfach weiter, obwohl ihm Toralfs schmierige Wortwahl weiterhin missfiel.

Die Tür zu Roberts Büro öffnete sich und ein kleiner Kopf erschien.

„Entschuldigung. Herr Gottschalk, Ihr Wagen ist da", flüsterte Anna in den Raum hinein.

„Oh ja, ich komme!" Toralf erhob sich, gab Robert die Hand und sagte abschließend:

„Dann sehen wir uns am Freitag. Das wird ein tolles Event. Und Kosmo", er sprach wieder in dritter Person von Kay, „Kosmo wird dann mindestens sechs Instagram-Stories im Vorfeld der Hamburg Open posten und auch auf seinem Blog vom großen Goltz Event berichten. Alle Rechte für die Texte und Bilder erhalten wir."

„So machen wir es", antwortete Robert glücklich. Er schlug in die ihm entgegengestreckte Hand ein und deutete dann auf die Tür, die seine Sekretärin bereits für den Gast aufhielt. Ohne etwas zu Kay zu sagen, gingen die beiden Geschäftspartner bestens gelaunt hinaus. Kay sah ihnen nachdenklich hinterher. Sicher, die Gage stimmte und sein Ego wurde geschmeichelt, dennoch kam er sich benutzt und belächelt vor. Während er gedankenverloren in sich hineinhorchte, merkte er, wie Anna ihn lächelnd ansah. Sie sah heute wieder gut aus, in ihren hochhackigen Schuhen, die perfekt zu ihrem dunklen engen Oberteil und der engen Jeans passten. Wie auf Knopfdruck schaltete er sein Grübchen-Lächeln ein:

„Komischer Typ dieser Toralf", bemerkte er mit einem lässigen Kopfnicken zu den im Flur verschwindenden beiden Männern.

„Ich mag ihn auch nicht. Es ist wie so oft ein oberflächlicher Kunde, der einen ständig sabbernd auf den Hintern schaut und denkt, er könnte sich alles erlauben, nur weil er gut mit Robert kann."

Sie kam auf Kay zu, ging um den Chefschreibtisch herum und sah aus dem Fenster. Kay ertappte sich, wie er nun seinerseits auf ihren Hintern stierte. Ruckartig löste er den Blick, als Anna sich herumdrehte.

„Wie hältst Du es nur mit solchen Leuten aus?", fragte sie: „Ihr redet doch den gesamten Tag nur oberflächliches Zeug! Er sieht in Dir doch auch keinen Geschäftspartner oder gar Menschen, sondern nur ein digitales Werkzeug, was er letztlich jederzeit austauschen kann."

„Na ja …", Kay fühlte sich ertappt, schließlich hatte er eben in eine ähnliche Richtung gedacht.

Allerdings war es etwas anderes, vor jemanden anderem zuzugeben, dass man gerade wie ein Objekt behandelt wurde – gerade auch noch, wenn dieser jemand hübsch und weiblich war.

Kays Ego siegte und er sagte: „Eigentlich ist es gar nicht so oberflächlich. Wir besprechen schon auf Augenhöhe, was wir wie umsetzen wollen, um das gemeinsame Kampagnenziel zu erreichen. Außerdem geht es ja auch noch um Cash …", er zwinkerte Anna verschwörerisch zu, „… und da werde ich schon konkret. Da gibt es keine oberflächlichen Sachen! Höhö!"

Als er diesen Punkt mit seinem dämlichen Lachen beendet hatte, bereute er es schon wieder und machte sich Gedanken, ob es Anna gegenüber nicht doch etwas zu angeberisch wirken konnte.
Er ärgerte sich, ihr gegenüber nie so souverän sein zu können, wie er es eigentlich wollte.

„Na, das glaube ich Dir. Wenn Du ihn so anschaust wie mich, dann kannst Du sicher jede Summe verlangen."
Kay war irritiert - war das eine Anmache?
„Aber Du kannst sicher auch hart verhandeln, ernst und undurchschaubar sein, habe ich recht?"
Wie meinte sie das denn – war er für sie undurch-schaubar?
„Ich finde es trotzdem bewundernswert, wie Du den halben Tag mit solchen Business-Affen rumhängen kannst, ohne selbst einer zu werden."
Das war doch ein Kompliment – jetzt oder nie:
„Höhö!", wieder dieses dumme Lachen. „Tja, also ich könnte Dir das ja ..."
Ein Klingeln aus dem Nachbarbüro unterbrach ihn.
„Oh, das Telefon. Das ist sicher die Fitness-Tante, da wartet Robert schon sehnsüchtig drauf!" Anna tippelte eilig aus dem Raum. Kay konnte nicht mehr reagieren und ihr nur hinterher auf ihren wippenden Hintern gucken.
„... nachher in Ruhe bei einem Abendessen erläutern", nuschelte er seinen Satz zu Ende.
Er raffte sich auf, steckte sein Smartphone ein und ging schnurstracks in Richtung Fahrstuhl. Ohne Anna auf Wiedersehen zu sagen oder ihr zu winken. Falls sie etwas von ihm wollte, dann sollte sie es doch direkt sagen. Ein Kosmo hatte auch andere Dinge um die Ohren. Zum Beispiel musste er heute noch sein Workout durchziehen und natürlich die Aktion für den

Göltzenen Klaren seinen Fans weiter schmackhaft machen. Er stieg in den Fahrstuhl, kontrollierte den Sitz seiner Frisur und stopfte sich seine Air Pods in die Ohren. Der neueste Deutsch-Rap brachte ihn in eine andere Welt und ließ ihn den Termin um Robert, Toralf und Anna bald wieder vergessen.

14

Sharky starrte aus dem Fenster der U-Bahn. Untergrund-Bahn war für die Strecke nach Eppendorf der falsche Begriff. Es war in der Tat die Hamburger Hochbahn, die ihn auf Pfählen oberhalb der Straßen in Richtung seines Elternhauses brachte. Seine Blicke streiften die Autos und Fußgänger, die hektisch an diesem grauen Dienstag hin und her wuselten, seine Gedanken waren aber ganz woanders.

Die nette Verkäuferin von heute Morgen hatte ihn glücklich gemacht und ihm aus der Bredouille geholfen. Da machte es ihm nichts aus, für sie Kisten zu heben und ihr bei der Ladenöffnung zu helfen, obwohl er ja eigentlich Kunde und nicht Angestellter war.
Im Gegenteil, er unterhielt sich prächtig mit ihr und kannte nun auch ihren Namen: Bea! Ihre Sorgen, dass der Einzelhandel bald komplett vom bequemeren eCommerce ersetzt würde, konnte er teilen. Auch wenn er persönlich weiterhin den direkten Kontakt vorzog und noch nicht einmal ein Amazon-Konto besaß. Die Bekanntschaft mit Bea bestätigte ihn wieder. Sie hätte er sonst kaum kennenlernen können. Und schließlich war sie wirklich nett und hübsch und sie gab auch noch den entscheidenden Tipp für das Geschenk seiner Mutter.

Seine Mutter. Sharkys Gedanken machten einen Sprung. Heute war ihr Geburtstag, und der Besuch im noblen Eppendorf unaufschiebbar. Seine Besuche waren seit dem Tod seines Vaters vor fünf Jahren immer seltener geworden. Sharky konnte es nicht ertragen wie sich seine Mutter seitdem veränderte. Sein Vater war bis zu seinem plötzlichen Unfall vor fünf Jahren eine Art Klebstoff für die Familie gewesen. Er sorgte für die Einhaltung von Familientraditionen, war genauso Ruhepol wie Anschieber und für Nachbarn sowie Freunde erster Ansprechpartner, während seine Mutter stets im Stillen blieb, sich komplett auf sich und ihre berufliche Karriere als Chefredakteurin konzentrierte. Nachdem sie nun im Ruhestand war, mutierte sie zur Dekadenz in Person. Jeder neueste Trend, teure Klamotten, exklusive Reisen sowie oberflächliche Prosecco-Treffen bestimmten nun ihren Alltag. Vielleicht war es ihre eigene Art mit der Trauer fertig zu werden. Sharky vermochte es nicht zu sagen, so sehr hatte er sich von ihr inzwischen entfernt.

Sicher, seine Mutter hatte ein sorgenfreies Leben. Die eigene Stadtvilla und der Nachlass seines Vaters gaben ihr finanzielle Unabhängigkeit. Der Verlust ihrer Stelle als Chefredakteurin eines renommierten Frauen-magazins tat dem keinen Abbruch. Auch hier gehörte sie zu den Gewinnerinnen. Anders als einfache Angestellte kassierte sie als Führungskraft eine stattliche Abfindung mit deren Höhe andere Mitmenschen locker ein halbes Jahrzehnt gut über die Runden kamen. Aber war dieser Reichtum gleichzeitig Ausgleich und Legitimation den verstorbenen Ehemann und alle bisherigen Werte und Einstellungen über Bord zu werfen? Immerhin vereinsamte sie nicht. Seit ein paar Monaten hatte sie sich nun sogar einem Tennis-club verschrieben, auch wenn sich Sharky seine Mutter kaum mit einem Schläger in der Hand auf dem Tennis-platz vorstellen konnte.

Er blickte in die Tüte mit dem edlen Frauenduft auf seinem Schoß – sofort waren die Gedanken wieder zurück bei Bea. Sie hatte ihm das Päckchen genau wie gestern hübsch zurecht gemacht. Er musste heute nach seinem Besuch in jedem Fall noch ins *Bürgereck*. Hoffentlich lag dort das andere Päckchen. Das schuldete er Bea ja noch und er würde ihr auch ein kleines Dankeschön organisieren. Wäre eine Einladung ins Kino zu viel? Vielleicht dann doch lieber ein Kaffee in der Mall oder ...

Mit einem Ruck wurde Sharky angestoßen. Er blickte auf. Neben ihm nahm ein Mittzwanziger Platz, der sein Smartphone fixierte auf dem irgendeine TV-Serie lief. Sharky machte sich genervt Platz und rückte ein wenig zum Fenster, um den Krümeln zu entgehen, die dem Typen beim Biss in seinen Frühstücksbagel wieder aus dem Mund fielen, während er sein Display nicht aus den Augen verlor.
Sharky blickte durch den vollen Waggon. Die Fahrgäste waren ausnahmslos mit sich beschäftigt und genossen scheinbar ihre Isolation, die ihnen das technische Wunderwerk in ihren Händen schenkte. Sie chatteten, streamten und scrollten mit Kopfhörern in den Ohren oder auf ihren Köpfen und nahmen ihre Umwelt kaum war. Eine skurrile Szenerie. Jeder schien permanent kommunizieren und konsumieren zu müssen. Dabei wirkten sie geistig komplett abwesend. Sharky war froh als er zwei Haltestellen später endlich aussteigen konnte. Er stand auf und drängte sich an dem ihn nicht beachtenden Serienjunkie mit Frischkäse im Mundwinkel vorbei Richtung Ausgang.

Der Weg von der Bahnstation zu seinem Elternhaus war kurz. Sharky nutzte die Zeit und versuchte sich mental auf den Besuch und die unvermeidlichen Diskussionen mit seiner Mutter vorzubereiten. Sie würde ihn mit Sicherheit daran erinnern, dass er nicht umsonst so eine gute Ausbildung auf einen Privatgymnasium bekommen hatte und ihm alle Türen für eine erfolgreiche Karriere offenstanden. Auch würde sie ihm wohl mal wieder daran erinnern, dass er sich öfters blicken lassen könnte, allein als Dank dafür, dass er jeden Monat mit einem vierstelligen Betrag von ihr subventioniert wurde.

Es stimmte ja, er war komplett sorgenfrei. Seine Miete ging pünktlich vom Konto seiner Mutter ab. Auch ein Taschengeld gab es monatlich. Er war aktuell wirklich ein verwöhnter Snob aus dem Villenviertel. Ohne finanzielle Sorgen konnte er sein Studentenleben und seine Freiheiten auskosten, sich ohne Druck entfalten, Dinge ausprobieren oder sich gar selbstverwirklichen. Wer würde nicht gerne mit ihm tauschen? Sharky war trotzdem nicht glücklich. War er abgestumpft vom verwöhnten Leben eines Einzelkindes, das stets behütet war und alle bisherigen Herausforderungen problemlos absolviert hatte? Lief einfach alles zu glatt, um sich noch über Dinge freuen zu können? Was stimmte denn nicht mit ihm?

Sharky bog grübelnd in die Straße seiner Eltern ein und verwischte die Gedanken. Er seufzte als er das strahlend grüne Tor öffnete und durch den gepflegten Garten zur Haustür schritt. Rechts vor der schwarzen Tür mit goldenem Messinggriff begrüßte ihn ein dickbäuchiges Nilpferd. Ein debil grinsendes Souvenir gefertigt aus kostbarem Edelholz. Das Tier hatte seine Mutter wohl von ihrer Südafrika-Reise mitgebracht. Er würde es sicherlich in Kürze erfahren. Der Ton eines 90er Jahre Telefons erklang, als er die Klingel des Elternhauses drückte.

15

„Fabi, ich hatte Dir doch gesagt, dass ich ein paar Tage
für Deine Karre benötige," bemerkte Daniel. Es zischte
als er sich vor seiner Autowerkstatt eine Dose Pils
aufzog.
„Und Du warst doch gestern erst hier und hast Dein
Auto abgegeben." Er trank einen Schluck und
schüttelte sich. „Puh, der erste Schluck aus der Dose
schmeckt immer komisch. Wie siehst Du überhaupt
aus? Hast Du Deinem asozialen Kollegen jetzt endlich
mal die Meinung gesagt? Hattest gar nicht erzählt, dass
er Kampfsport betreibt ..."

Daniel lachte über seine eigene Schote, die Fabian
unkommentiert im Raum stehen ließ. Er sah nach dem
Vorfall gestern Abend wahrlich mitgenommen aus.
Seine Lippe wies eine verkrustete Wunde auf und an
seinem rechten Auge war eine Beule, die bereits eine
bläuliche Farbe angenommen hatte. Er war tatsächlich
heilfroh, heute eine Doppelschicht gehabt zu haben. So
war er früh an der Paketzentrale angekommen und
spät wieder zurück. Er begegnete damit wenigstens
kaum Kollegen und wenn doch, dann welchen die er
nicht namentlich kannte. Er wollte nicht zum Wochen-
gespräch in der Firma werden.
Unglücklicherweise war er dennoch auf Stromberg
getroffen, als er die Schlüssel seines Paketautos im
Aufenthaltsraum ans dafür vorgesehene Brett gehängt
hatte. Der hatte ihm gleich eine Standpauke gehalten:
Auch Paketboten hätten auf ihr Äußeres zu achten. Sie
wären quasi die persönlichen Aushängeschilder des
Unternehmens. Das müsste ihm doch bewusst sein,
wenn er nicht komplett dumm wäre. Welche alte Dame
würde denn schon gerne ihr Päckchen von einem
zerschundenen zweitklassigen Kirmesboxer zugestellt
bekommen?
Zu allem Überfluss, das wusste Fabian auch, würde

ihm diese Witzfigur von Chef noch monatelang Gehaltsgespräche mit dem Hinweis auf seine verdellte Visage verweigern.

Und was noch schlimmer war: Stromberg würde ihm ständig Sprüche reindrücken, die er sich einfach gefallen lassen musste, um seine Stelle nicht zu gefährden. Schon heute gab es einen Vorgeschmack. Als er sein blaues Auge mit einem missratenen Boxkurs erklärte und einen „Schönen Feierabend, Herr Kinkel" wünschte …

„Ach, Herr Gonzalez?", hatte Stromberg harmlos gefragt. Fabian hatte sich fast schon zur Tür umgedreht.

„Ja, Chef?" Er ging ein paar Schritte zurück in den Aufenthaltsraum. „Was gibt es?"

„Kommen Sie noch an einem Briefkasten vorbei?" Fabian war irritiert. Sie befanden sich doch in einem Postamt und überhaupt - er blickte nachdenklich an die Betondecke und antwortete schließlich:

„Ich glaub nicht, ach doch – Ecke Wachtelstraße ist noch einer. Wieso?"

„Na, dann passen Sie mal auf, dass Sie da nicht auch noch gegenlaufen?", feixend hatte sich Stromberg umgedreht und steuerte den Flur zu seinem Büro an. Fabian kochte auch jetzt noch, als er an diesen Vorfall dachte. Gestern geohrfeigt wie ein Bub und heute verarscht werden wie ein Trottel … er wischte die dunklen Gedanken beiseite.

„Ich bin auch nicht hier wegen meiner Karre", erwiderte er bitter. „Hast Du vielleicht auch noch eins für mich?" Fabian deutete auf die goldene Dose in Daniels Hand.

„Na klar, mein Lieber."

Daniel verschwand für einen kurzen Augenblick, dann kam ein Geschoss aus der Werkstattgarage auf Fabian zu. Er fing die Bierdose gekonnt auf.

„Danke!"

„Aber immer – wäre schön, wenn Du noch einen Euro

in die Kaffeedose dahinten schmeißen könntest."
Daniel lehnte sich an den Rahmen des geöffneten Garagentores.

„Jetzt erzähl mal, wieso schaust Du so aus, naja, wie Du ausschaust?"

„Eine blöde Sache. Gestern war einfach nicht mein Tag." Fabian nestelte sein Telefon aus der Tasche. „Aber ehe ich es vergesse: Kennst Du die hier?"
Er drehte sein Smartphone in Daniels Richtung und zeigte ihm eine Instagram-Story des Vereins, dem er seit gestern auf Instagram folgte.

Daniel betrachtete die Story kurz und antwortete wie aus der Pistole geschossen:

„Ob ich die kenne? Hör mal, ist das eine Fangfrage?"
Er schwenkte prüfend die Dose in seiner Hand. Dann fügte er an: „Ich bin Mitglied von denen."

Fabian schaute ihn ahnungslos an.

„Du weißt es echt nicht, oder? Das Video, was ich Dir gestern gezeigt hatte, war von Balbo. Das ist der Anführer der *Meute*." Fabian runzelte fragend die Stirn. „Die *MEUTE* kennst Du auch nicht?"

„Also, sie ist mir noch nicht wirklich aufgefallen. Was ist das? Sind das Nazis oder was?"

„Iwo, nein. Keine Nationalsozialisten. Aber es ist komisch, gestern zeige ich Dir ein Video und heute fragst Du mich direkt nach denen, aber kennst sie überhaupt nicht. Zufall?"

„Na, ich hatte gestern selbst ein cooles Foto gepostet, das wurde gut geliked – und da waren eben einige von diesem Profil, dieser *Meute* dabei …" Fabian stutzte: „… *Meute* hört sich so harmlos an, könnte auch ein Fanklub oder eine Band sein!"

„Wenn Du wüsstest!" Daniel lachte kurz und erklärte weiter: „Die *Meute*. Das sind gute Jungs, wie gesagt, ich kenne die. Es ist ganz gut, dass der Name so harmlos daherkommt. Es ist auch nicht schlimm, dass Du sie nicht kennst. Kannst Du vielleicht auch gar nicht, irgendwie ist es auch zu früh dafür."

Fabian schaute wieder verständnislos und blickte suchend auf seine Armbanduhr.

„Nein, nicht das zu früh!" Daniel grinste.

„Ich erklär Dir alles. Aber erst, wenn Du mir von Deinem beschissenen Tagesabschluss erzählst."

„Ja, weißt Du ..." Fabian wurde etwas verlegen und befühlte beschämt seine Wange mit der Hand, so als ob die gestrige Ohrfeige dort noch sichtbare rote Flecken hinterlassen hätte.

„Warte", bat Daniel noch, verschwand wieder im Dunkel der Garage und tauchte wenige Sekunden später mit einer weiteren Dose wieder auf:
„So, jetzt. Nochmal von ganz vorne."

16

„Mmmh... ha, ha!", ein gekünsteltes Lachen erklang, während Sharky seine Beine überschlug und sich im Wohnzimmersessel zurückfallen ließ.

„Ja, witzig. Du wirst Dich kaputtlachen. Frau Lehmann hat wahrlich einen gesegneten Appetit. Und auf dem Schiff gab es jeden Morgen ein traumhaftes Frühstücksbuffet."

Ein Beweisfoto erschien auf dem Tablet, das auf dem Couchtisch zwischen Sharky und seiner Mutter lag.

„Sie aß sicher immer drei Croissants und jede Menge Rührei zum Frühstück. Die vier Löffel Zucker in jedem Kaffee? Geschenkt."

Ein weiteres Bild, diesmal eine Ansicht von oben, scheinbar von einer der oberen Decks des Kreuzfahrtschiffes aufgenommen. Sie zeigte einen blauen Pool mit braunen Tischen und reichlich Korbstühlen drum herum. Auch das eben aus der Nähe betrachtete Buffet ließ sich erkennen.

„Wir, also ich, Frau Lehmann, Ingrid, Claudia und Clark saßen immer dort. Clark hatten wir am ersten Tag an der Bar auf Deck Zwei kennengelernt, ein witziger Typ. Der konnte Tricks mit seinen Zigaretten, die muss ich Dir erzählen."

„Mmmmh …"

„Aber später. Also, wir saßen immer da, ziemlich zentral." Sharkys Mutter zeigte auf einen Punkt auf dem Bildschirm. „So gut wie jeder der Gäste konnte uns sehen und wir hatten auch wirklich eine lustige Truppe beisammen. Wir waren wahrhaftig nicht leise und hatten immer einiges an Aufmerksamkeit der anderen Gäste. Und Frau Lehmann isst da jeden Morgen ihr Rührei mit Croissants – und dann kam eines morgens die Durchsage, dass wir in einer Stunde in Port Elizabeth anlegen würden."

Sie holte Luft, tatsächlich seine Mutter holte Luft.

„… und dann.", warf Sharky ein. Er wollte nicht unhöflich sein und heuchelte Interesse.

„Ja, Du musst wissen: Man hat immer nur wenig Aufenthalt an Land. Also wollten wir natürlich auch pünktlich vom Schiff. Frau Lehmann schaufelt, wirklich wortwörtlich, schaufelt sich nochmal einen Berg Rührei mit Speck rein und wollte dann ruckartig aufstehen, um ja rechtzeitig an einem der Ausgänge zu sein. Ich glaube, sie hatte noch gar nicht heruntergeschluckt. Da steht sie auf und der Stuhl blieb an ihrem dicken Hinterteil hängen. Der Stuhl war wie angewachsen. Sie verlor das Gleichgewicht und strauchelte nach vorne."

Sharkys Mutter konnte sich kaum halten, die Worte überschlugen sich beinahe und auch ihre Stimmlage sprang nochmal eine Spur nach oben als sie weiter erzählte: „Sie strauchelt nach vorne, reißt den Tisch mit ihrem nicht komplett aufgegessenen Rührei sowie den übrigen Tellern mit sich und läuft quasi alleine mit einem Stuhl am Hintern in den Pool hinein!"

Jetzt prustete sie endgültig los. Eine Träne lief ihr die

Wange herunter.

„Hier, schau mal!" Ein Foto zeigte eine dunkelhaarige Frau mit Sonnenbrand in einem blauen Blümchenkleid. Sie trieb hilflos im Pool. Ein Korbstuhl und jede Menge Frühstücksgeschirr trieben neben ihr im Wasser.

„Frau Lehmann in Aktion. Besser sind die Bilder vom Whale Watching auch nicht." Seine Mutter lachte schallend. Sharky schaute auf das Tablet, brachte aber mehr als ein weiteres „Mmmh" sowie ein gekünsteltes Lachen nicht heraus.

Die Story war tatsächlich nicht schlecht. Allein, er kannte weder Frau Lehmann, noch Claudia oder Ingrid – und einen Clark schon gar nicht. Nachdem er sich bereits zwei Stunden Anekdoten von fremden Menschen auf einer Südafrika-Kreuzfahrt anhörte, war einfach mehr als ein „Mmmh" nicht drin.

„Ich sehe schon", stellte seine Mutter fest, ihr lief noch eine weitere Träne herunter, so sehr hatte sie selbst über ihre eigenen Erlebnisse lachen müssen. „Du bist nicht sehr begeistert."

„Doch Mutti. Das ist witzig. Schön, dass Dir die Kreuzfahrt so einen Spaß gemacht hat."

„Ja, die Kreuzfahrt war herrlich. Aber der Flug nach Kapstadt. Puh. Selbst in der Business Class ist das kaum zum Aushalten. Das grenzte an Folter."

„Ja, Mutti, Du hattest mir schon davon berichtet."

„Ach so? Na gut", sie klang enttäuscht - oder auch angriffslustig.

„Und bei Dir? Was macht das Studium an der Universität. Kommst Du voran oder nerven Dich die vollen Hörsäle inzwischen doch? Ich sage es Dir schon die ganze Zeit, öffentliche Hochschulen sind ein Graus. Gerade heutzutage, wo jeder der bis drei zählen kann das Abitur hinterhergeworfen bekommt. Ein Wort von Dir und ich werde Gustav um ein Stipendium für eine Privatuni bitten."

Gustav? Sharky versuchte sich zu erinnern. Kam der Name vorhin im Zusammenhang mit Restaurants, Barbekanntschaften, Waltouren oder Safaris vor?

Er war sich nicht sicher. Aber der Name sagte ihm auch wieder nichts. Zum Glück war seine Mutter mitteilungsbedürftig, er konnte sich eine eventuell peinliche Nachfrage sparen.

„Gerade gestern hatte er mir beim Weinchen wieder von seinen glänzenden Verbindungen zur Polizei-Akademie berichtet und wen er da alles kennt", plapperte sie. „Ich glaube, er wollte nur schnell ablenken, da es ihm peinlich war, den Satz nur 6:4 gegen mich gewonnen zu haben."

Tennis! Aha, dieser Gustav hatte etwas mit dem Tennisclub zu tun.

„Du musst wissen, ich bin inzwischen recht gut geworden. Die Empfangsdame im Club begrüßt mich sogar schon mit Namen und auch mein Coach lobt mich für meine gute Vorhand. Gerade für jemanden in meinem reifen Alter, der erst spät mit dem Spielen begonnen hat." Der Stolz in ihrer Stimme war kaum zu überhören, auch wenn Sharky glaubte, dass sowohl die Empfangsdame als auch der Coach des Tennisclubs einfach froh waren, eine zahlungskräftige Neukundin an Bord zu haben.

„Das freut mich Mutti, dass es Dir so einen Spaß bringt."

„Nun lenk nicht ab. Gustav kann Dich von Deinen vollen Hörsälen befreien. Dann kannst Du auch endlich vorwärtskommen."

„Aber ich habe doch gar nicht ...", protestierte er.

„Du hast noch nicht gefragt, stimmt!", unterbrach ihn seine Mutter. „Aber ich bin Deine Mutter. Ich wünsche mir einen Sohn, der bald auf eigenen Beinen steht. Dein Vater und ich haben Dir doch alle Möglichkeiten geboten und Du hast einen guten Schulabschluss, der Dir Tür und Tor öffnet. Gehe doch endlich durch.

Komm, tue mir den Gefallen!"

Wusste er es nicht gleich? Der Verlauf eines Mutter-Sohn Gespräches im Hause Schark würde genauso ablaufen.

„Glaub mir, ich möchte auch ruhig schlafen können, wenn ich an meinen kleinen Sven denke."

„Mutti ..."

„Ja! Es ist so", fuhr sie fort, „im Tennisclub erzählen die anderen immer von ihren Kindern. Die sind schon eine Stufe unterm Vorstand oder haben zumindest eigenen Nachwuchs - und was kann ich dazu beitragen?"

Jetzt wurde Sharky klar, woher der Wind wehte. Kurz dachte er daran, ihr von seiner Bekanntschaft mit Bea zu erzählen. Aber er kam nicht zu Wort.

„Ich sag dann immer nur, mein Sohn studiert. Aber nicht was und vor allem nicht wo. Bitte Sven, nutze die Gelegenheit und spreche mit Gustav."

Sharky verdrehte die Augen, es gab heute wohl kein Entrinnen mehr.

„Ja, Mutti. Okay", stimmte er zu:

„Ich spreche mit ihm. Aber ganz ehrlich, wenn er oder auch ich dann sagen: Nein, das passt nicht. Dann ist es so. Dein Sven ist nun auch erwachsen und muss eigene Entscheidungen treffen."

„Ja, sprich mit ihm!" Den Zusatz hatte seine Frau Mutter geflissentlich überhört:

„Du wirst sehen, das wird gut. Am Freitag ist eine Feier anlässlich des großen Tennis-Events in Hamburg. Da wird er da sein. Eine hervorragende Gelegenheit mit ihm darüber zu sprechen. Es sind nur geladene Gäste dort. Es wird nicht zu voll und er wird gut greifbar sein. Hier nimm!" Seine Mutter reichte ihm eine Visitenkarte und eine längliche Eintrittskarte. Wo kamen die denn so plötzlich her, hatte sie etwa alles genau so geplant und vorbereitet?

„Du kannst meine Einladung haben. Ich muss schließlich übermorgen nach Rom mit Michaela. Den

Trip hatten wir schon seit Weihnachten geplant. Ich hoffe es ist nicht so heiß dort um diese Zeit ..."

„Ja, Mutti – in Ordnung, ich spreche mit diesem Gustav ..." Sharky blickte auf die Visitenkarte, stutzte und blickte zur Sicherheit noch einmal darauf.

„Ich ... ich spreche mit diesem Gustav Gantz. Heißt der tatsächlich so?", fragte er ungläubig.

Seine Mutter nickte ernst.

„Ok. Also ich spreche am Freitag mit ihm, Mutti. Versprochen."

Er deutete mit seiner Hand zur Wohnzimmeruhr an der Wand und sagte bedauernd:

„Ich muss nun leider echt los. Es ist schon später als ich dachte und ich muss noch ins *Bürger...* ähm, also noch woanders hin. Ich hoffe sehr, mein Parfum gefällt Dir. Es wurde mir wärmstens empfohlen."

„Ja, sicher – ich glaube Petra hat den Duft auch."

Er kannte keine Petra.

„Zumindest kommt mir die Verpackung und das Logo bekannt vor."

„Also gut, Mutti ..."

„Du willst wirklich schon los? Du solltest aber auch öfters zu Deiner Mutter zu Besuch kommen. Ich hätte Dir noch viel zu erzählen ... hast Du eigentlich mein neues Nilpferd am Eingang gesehen?"

Er hatte es schon weit gebracht. Der Geburtstagsbesuch war so gut wie bewältigt.

„Also, als wir im Hafen von Port Elizabeth ankamen...", setzte seine Mutter an.

Sharky stand tatsächlich eine halbe Stunde später endlich auf der Straße und schritt den Weg zur Haltestelle zurück. Er konnte die Diskussion um das Nilpferd etwas abkürzen und glaubhaft versichern, es bereits bei seiner Ankunft ausgiebig bewundert zu haben. Die Tatsache, dass dieses arme Tier aus Holz ein geheimes Schubfach aufwies, das ihm in den Hinterleib - ja in den Hintern - geschreinert wurde und durch Ziehen am hölzernen Schwanz geöffnet werden konnte, hatte Sharky letztlich doch noch herzlich zum Lachen gebracht.

Kopfschüttelnd taperte er die Treppe zum Bahnsteig hoch:
„Eine Schulblade im Arsch", dachte er, „es geht immer noch schlimmer. Ich habe lediglich eine Verabredung mit Gustav Gantz."
Er schielte auf die Stationsanzeige, noch fünf Minuten Wartezeit. Er müsste so gegen viertel vor Neun im *Bürgereck* ankommen.

17

Es war dunkel geworden. Fabian saß inzwischen auf einem niedrigen Stapel alter Reifen vor dem offenen Garagentor von Daniels Werkstatt. Er war froh, den Vorfall mit den beiden dunklen Gestalten jemanden geschildert zu haben. Er fraß sonst immer gerne Dinge in sich hinein und machte sie ausschließlich mit sich allein aus. So etwa die bevorstehende und unvermeidliche Trennung von Tanja. Aber die ehrlich interessierte Teilhabe von Daniel am gestrigen Geschehen war ihm diesmal tatsächlich ein Trost. Er merkte, wie sein in stundenlangen Workouts mühsam aufgebautes Selbstvertrauen langsam zurückkam. Der Zuspruch tat ihm gut. Er fühlte sich wieder stärker in seinem Körperpanzer aus Muskeln, der gestern so schnell in sich zusammengefallen war. Die Sache mit der Ohrfeige hatte er allerdings lieber doch verschwiegen. Die Szene war ihm peinlich und rief finsterste Kindheitserinnerungen in ihm wach.

„Die zwei nannten sich also Mo und Musti?", grübelte Daniel und löste sich ruckartig vom Torbogen. „Die Namen sagen mir persönlich jetzt nichts. Aber ich werde einmal bei unseren Jungs nachfragen."

„Unseren Jungs?" Fabian zog mit seinem Fuß einen
imaginären Kreis auf dem im Werkstattlicht glänzenden
Asphalt und blinzelte fragend in Daniels Richtung. Der
machte es sich ihm gegenüber auf einem Stapel aus
Altholz und Autoteilen gemütlich und nestelte eine
Zigarette aus einer Marlboro-Packung. Er schob sich
eine in den Mund und im nächsten Augenblick
flackerte sein Gesicht hell im Schein eines Feuerzeuges
auf.

„Die *Meute* meine ich." Er stieß eine Rauchwolke aus.
„Ich wollte Dir ja eh von uns erzählen."
Er räusperte sich und fuhr in einem geheimnisvollen
Ton fort:
„Also die *Meute* besteht aus Squadristen. Du weißt, was
das sind?" Er zog ein weiteres Mal an seiner Zigarette
und blickte Fabian herausfordernd an.
„Das kommt von Squadra, was Gruppe auf Italienisch
heißt", ergänzte Daniel und stieß eine Rauchwolke aus.
Fabian runzelte die Stirn und rutschte ungeduldig auf
seinem Reifenstapel umher.
„Interessant", meinte er schließlich lapidar.
„Du verstehst es nicht, Fabi! Die *Meute*, also wir, sind
der Fascio. Der heilige Zorn des Volkes!"
„Also doch Nazis", stellte Fabian fest und grinste.
„Keine Nationalsozialisten. Das sagte ich doch bereits
vorhin!", Daniel klang verärgert. Er löste sich vom
Stapel und ging wieder Richtung Garage.
„Möchtest Du auch noch ein letztes?"
Er schnippte seine halbaufgerauchte Kippe auf den
Hof.
„Ja klar! Aber für mich klingt es eben nach Nazis", rief
Fabian fast entschuldigend hinter Daniel her, der jetzt
wieder kurz aus seinem Sichtfeld verschwunden war.
„Hier fang!" Daniel tauchte wieder auf und warf ihm
eine Dose zu. Mit einem Zischen öffnete er selbst sein
Bier und nahm wieder auf dem Stapel Platz.

„Der Faschismus ist doch nicht der National-
sozialismus. Im Gegenteil: Der Fascio ist kultivierter
und er ist das Original. Der Strahl des Volkszorns, der
sich gegen das Establishment wenden wird. Die Nazis
sind da eher ein übertriebener Abklatsch. Sie können
aufgrund ihrer ultranationalen Einstellung noch nicht
einmal zugeben, die eigene Ideologie von anderen ab-
geschaut zu haben."
„Für mich war das immer Eins irgendwie", murmelte
Fabian und nahm einen Schluck.
„Ja, weil das Ende für beide nahezu identisch war. Weil
die mutierte Art seinen Vorgänger gefressen und ihn
auf diese Weise mit in den Abgrund gerissen hat. Du
darfst eines nicht vergessen: Der Fascio um seinen
Duce hat bereits zehn Jahre sehr erfolgreich existiert,
ehe in Deutschland die Braunhemden durchs
Brandenburger Tor marschierten."
Eine weitere Zigarette fand den Weg aus der Packung in
Daniels Mund, trotzdem nuschelte er weiter:
„Im Gegensatz zum Deutschen Reich stand Italien
1918, also nach dem Ersten Weltkrieg, auf der
Gewinnerseite. Aber dennoch lag das Land in
politischen Trümmern. Die Kriegsheimkehrer waren
keine Helden, sondern kaum beachtete Idioten in einem
Staat, der sich als Gewinner klein machte."
„Puh, Daniel. Geschichtsstunde um diese Zeit ist echt
nichts für mich", stöhnte Fabian auf.
Daniel entzündete die Zigarette und nahm einen tiefen
Zug. Beim Ausatmen wedelte er mit der Zigarette in der
Hand, als Zeichen die Erklärung abzukürzen.
„Ich mache es kurz: Letztlich schaffte es Mussolini die
unzufriedene und gedemütigte Mehrheit zu einen und
für seinen Fascio zu begeistern. Es war sehr ähnlich
wie aktuell hier bei uns: Der Parlamentarismus, das
Establishment, redete und redete in Rom - und kam
nicht zu Potte. Die Mehrheit war unzufrieden mit der
Regierungsleistung. Sie hatten doch die Knochen im
Krieg hingehalten und den Sieg davongetragen! Die

Politik war aber nicht in der Lage, diesen Erfolg angemessen zu vergolden. Italien war höchstens ein belächelter Juniorpartner des Westens oder das Russland nachlaufende rote Hündchen – je nach politischer Sichtweise. Kommt Dir was bekannt vor!?"

Daniel redete sich in Rage und sah seinen Freund herausfordernd an. Fabian dachte laut nach:
„Du meinst, aktuell haben wir auch ein funktionierendes System aufgebaut und sollten somit Gewinner sein. Es gibt aber in diesem Land eine schreiende Ungerechtigkeit. Wir sind die, die den Laden am Laufen halten und andere sind die Profiteure?"
Fabian dachte wütend an Stromberg, der sicher einen guten Jahresboni einstreichen würde, da er Kostenziele erreichte, indem er Mitarbeiter wie ihn Doppelschichten fahren ließ.
„Du hast es, mein Lieber! Du denkst, wir leben in einem demokratischen Rechtsstaat? In Wahrheit ist es eine Diktatur des Geldes! Und falls Du versuchst, daran etwas zu ändern, kannst Du nicht bis drei zählen und Du wirst als extremistisch mundtot gemacht oder gleich verboten und weggesperrt."
Er zog ein weiteres Mal an der Zigarette und lehnte sich verschwörerisch nach vorne:
„Die *Meute* ist darauf vorbereitet", er flüsterte nun fast. „Wir machen es wie der Fascio: Wir bleiben im Untergrund und in kleinen Squadren sammeln wir uns. Wir informieren nach und nach die schweigende Mehrheit und dann schlagen wir los! Erst besetzen wir unauffällig Schaltstellen des Systems, Polizeistellen oder auch Stadtverwaltungen, dann verbünden wir uns. Und ehe sich das Establishment versieht, steht es einer sichtbaren Mehrheit gegenüber, die es abschaffen will und wird. Wir schlagen die vermeintliche Demokratie mit ihren eigenen Waffen!"

Daniel lehnte sich wieder zurück und schnippte die Zigarette in den Hof zu den anderen Kippen.

„Pass auf, Fabi: Komm morgen mit! Wir haben unseren monatlichen Austausch. Da wirst Du unseren Anführer Balbo kennenlernen. Der koordiniert die Aktivitäten in Hamburg. Er ist ein schlauer Typ – und kennt wahnsinnig viele Leute. Vielleicht auch die beiden Chaoten, die Dir die Fresse poliert haben."

Fabian fuhr aufgeregt zusammen. Daniel wirkte nun wie ein großer Bruder, der ihn beschützen wollte.

„Hört sich gut an, ich würde mich freuen. Wo findet denn ...", setzte er fragend an.

„Komm einfach gegen 18 Uhr zu mir in die Werkstatt. Mit Chance habe ich Dein Auto fertig – und wir fahren dann gemeinsam zum Treffpunkt."

Er stand auf, löschte das Garagenlicht und schloss das Tor. Es wurde Dunkel auf dem Hof und Fabian hörte nur noch Daniels Stimme:

„Fabian, glaub mir: Morgen wird sich Dein Leben verändern!"

18

Ich hab viel zu lange arm gelebt
Heute hol ich Dich im AMG, im AMG.
Baby, fahr mit mir im Cabriolet.

Aus Kays Kopfhörern erklangen die Töne des angesagten Hits *Tempomat* von Bausa, während er mit einem E-Scooter durch die sonnigen Straßen der Hafencity zur *Modern Media Agency* düste. Es war kurz vor 11 Uhr und er somit sehr gut in der Zeit. Er stoppte beim Starbucks gegenüber der Agentur, ließ dort seinen elektrischen Flitzer stehen und gönnte sich seinen geliebten Coffee-to-Go. Am Rand eines

Blumenkübels aus Beton nahm er Platz und blinzelte in die noch erstaunlich kräftige Sonne.

Baby, fahr mit mir im Cabriolet
Von Monte-Carlo bis Marseille
Ja, ich mach plus
Nie wieder Bus

„Kosmo! Kosmooo!!"
Kay drehte die Lautstärke seiner Kopfhörer herunter und blickte irritiert um sich.
„Kosmo, hier oben!"
Er hob seinen Kopf und sah Anna winkend aus einem Bürofenster hängen.
„Robert ist bereits hier oben in seinem Büro! Du sollst nochmal kurz hochkommen zu ihm, ehe Du losfährst."
„Ich dachte, er wollte mitkommen und mich hier abholen?"
„Planänderung. Du fährst allein, aber er will nochmal mit Dir sprechen!"

Im Fahrstuhl nach oben freute sich Kay darüber, heute doch ohne Robert unterwegs sein zu können. Nach gestern konnte er auf weitere Monologe des Agentur-chefs gut verzichten. Er würde allein in die Goltz Brennerei gehen und sich vor Ort ein Bild über seinen aktuellen Auftraggeber machen. Je mehr er über den Partner wusste, desto authentischer waren die anschließenden Produktempfehlungen für seine Follower.
Als sich die Fahrstuhltür mit einem Plink öffnete, erwartete ihn Anna in einem atemberaubend engen, kurzen Kleid. Kay musste sich konzentrieren, ihr ins Gesicht zu blicken.

„Guten Morgen", sagte er und lächelte sie strahlend an, „Robert wartet wo?"

„Hey, mein Lieber – er ist im Konfi Nummer 3. Hier gleich rechts um die Ecke. Folge mir."

Sie tippelte vor ihm her in die eben gezeigte Richtung. Kay und seine Stielaugen folgten ihr brav.

„Hallo Robert, kann ich stören? Kosmo ist da."

„Kosmo, mein Star am Himmel! Komm rein."

Dr. Robert Breitzke hatte heute augenscheinlich einen seiner seriösen Tage. Krawatte und Anzug, Haare zurückgegelt.

„Anna, kannst Du Deinen kleinen Hintern nochmal in die Küche bewegen und mir einen Espresso bringen? Kosmo, was möchtest Du?"

„Nichts, danke! Ich bin versorgt", lehnte Kay dankend ab und deutete auf seinen Pappbecher in der Hand.

„Sehr gerne, Robert!", trällerte Anna mit einem zuckersüßen Lächeln und verschwand.

„Ich dachte, wir sollen um halb zwölf in der Brennerei sein?", wandte sich Kay an Robert.

„Ja, das steht auch noch. Wobei nicht wir, sondern Du allein fährst. Ich habe einen dringenden Termin dazwischen bekommen." Er deutete auf sein Outfit: „Daher auch meine etwas spießige Uniform heute."

Er lachte ihn mit seinen strahlend weißen Zähnen an.

„Aber ich denke, Du kannst das ja auch gut ohne mich. Letztlich kenne ich Herrn Goltz, seinen Sohn und auch die Brennerei schon seit Jahren. Es ist vor allem für Dich gut, nochmal in die Unternehmensgeschichte ein-zusteigen. Ich wollte uns beide nur kurz beglück-wünschen!"

Kay schaute seinen Chef fragend an. Robert bedeutete ihm, am kargen Konferenztisch Platz zu nehmen und drehte den auf dem Tisch stehenden Laptop in seine Richtung. Auf dem Bildschirm konnte Kay einige voneinander abgetrennte Quadranten mit bunten Tabellen und Skalen erkennen. Er verstand aber immer noch nicht.

„Hier, hier musst Du hinschauen", erklärte Robert und tippte nach unten rechts, „da spielt die Musik: 2.500 neue Follower für Deinen Instagram Auftritt seit gestern!"

Kay starrte auf eine steil nach oben zeigende Kurve. Er konnte es nun auch erkennen. In seinem Kopf ratterte es: Was hatte er gestern gepostet? Was hatte er anders gemacht als sonst?

„Wow, heute Morgen habe ich mir die Zahlen noch gar nicht angeschaut. Wie cool!", freute er sich zaghaft: „Ich frage mich nur ..."

„Du fragst Dich, warum die Reichweite jetzt so durch die Decke geht, oder? Ich sage es Dir: Unsere Analysten haben die Nutzerstrukturen und ihre Interessen genau reportet. Deine neuen Fans sind allesamt unter 30 Jahren und sie spielen entweder Tennis, finden Marken von alkoholischen Getränken gut oder sind Besucher von Konzerten sowie Sportveranstaltungen."

Kays Zurückhaltung wich langsam der wahren Freude. Wobei die Aufzählung von Robert aus seiner Sicht beliebig klang und auf viele der unter 30-jährigen zutraf. Scheinbar konnte Robert seine Gedanken lesen: „Falls Du meinst, es sei nichts Besonderes: Doch! Das ist kein Zufall, dass Du ausgerechnet jetzt in genau der Zielgruppe Zuwächse verzeichnest, die sich der junge Goltz und Toralf von uns erhoffen!", er jubilierte förmlich:

„Es zeigt sich, es war die absolut richtige Entscheidung, Dir diesen Auftrag zu geben! Schon durch Deine ersten Posts zum *Göltzenen Klaren* hast Du jede Menge Aufmerksamkeit für die Goltz Brennerei erhalten. Weiter so!" Er zog zufrieden den Bildschirm wieder zu sich heran.

„Das wollte ich Dir nur schonmal mitteilen. Du bist auf einen guten Weg und machst der *Modern Media Agency* viel Freude!"

Roberts Smartphone vibrierte auf dem Tisch, er blickte

auf das Display und setze es ans Ohr.

„Dr. Breitzke", meldete er sich und deutete Kay mit einer Handbewegung an, den Raum zu verlassen.

Zurück auf dem Flur kam ihm Anna entgegen. Sie balancierte ein Tablett mit einem Espresso samt Zuckerstreuer in der rechten Hand:

„Oh, wie schade. Du musst schon gehen?" Sie lächelte Kay an, ohne ihren Gang zu stoppen.

„Ja leider, Robert hat mir nur mitgeteilt, wie großartig gerade alles läuft. Ich scheine wohl auf der Überholspur zu sein. Ich ...", jetzt oder nie – er nahm seinen Mut zusammen:

„Ich kann Dir alles ja vielleicht mal in Ruhe bei einem Kaffee erzählen."

„Oh ja, das fände ich prima!" Anna stoppte vor der Tür zum Konferenzraum. Sie blickte ihn aufreizend an.

„Dein Äußeres kenn ich schon sehr gut. Es ist vielversprechend, was man Deinen Stories so entnehmen kann. Bin gespannt, was Du sonst noch zu bieten hast..."

Sie klopfte an der Tür und Roberts Stimme ertönte als Anna sie öffnete und mit dem Espresso im Raum verschwand. Kay grinste und ballte erleichtert die rechte Faust. Dann drehte er sich zum Ausgang und ging pfeifend Richtung Fahrstuhl.

Am späten Nachmittag machte Kay dicke Backen und pustete hörbar aus. Er hatte in den letzten zwei Stunden viel über die Brennerei Goltz gelernt. Etwa dass sie ihren Ursprung in Niedersachsen hatte und dort bereits vor dem dreißigjährigen Krieg erstmals urkundliche Erwähnung fand. Auch Skandale gehörten zur langen Geschichte. So wurde ein Mitglied der Goltz Familie Mitte des 17. Jahrhunderts öffentlich durch die Stadt getrieben und als Betrüger und Wucherer beschimpft. Er hatte den Kornbrand statt mit Roggen mit deutlich günstigerem Kartoffelschnaps gestreckt und an die Wirtshäuser verkauft.

Durch die immer effizienteren Lieferketten und Wege und letztlich getrieben von der Industrialisierung wuchs die Wirtschaft immer weiter, so dass sich der Großvater des alten Goltz Anfang des 20. Jahrhunderts dazu entschloss, den Firmensitz nach Hamburg zu verlegen. Den Roggen bezog er weiterhin über seine Kontakte aus Niedersachsen, produziert wurde der Schnaps nun aber in der Hansestadt. Nachdem die 20er Jahre trotz Inflation und Weltwirtschaftskrise relativ gut überstanden wurden, war die Firma während des Dritten Reiches aufgrund eines offiziellen Brennverbots kurz vorm Bankrott. Nur ein gewiefter Deal mit der Wehrmacht hielt das Unternehmen am Leben. Ein Kapitel, welches Kay auf gar keinen Fall bei seinen Aktivitäten thematisieren sollte.

Der graue Anzugträger, der Kay die ganzen Geschichten erzählte, hatte scheinbar keinen blassen Schimmer, was ein Influencer war oder tat. Kay schmunzelte bei dem Gedanken, ein Videotutorial über die historische Schnapsbrennerei zu posten. Das würde kontra-produktiv sein, die Marke ganz und gar nicht verjüngen und seine Fans vergraulen. Er hoffte, der unverhofft langatmige Brennereibesuch wäre bald vorüber.

„Erst ab Mitte der 50er Jahre florierte die Firma wieder. Die aktuelle Geschäftsführung, also Herr Goltz Senior, war da bereits mit am Werk und spätestens durch den Zusatz von Äpfeln und anderen Früchten erlebten die Goltz-Spirituosen eine goldene Zeit", der Anzugträger wischte mit einem Stofftaschentuch über seine Halbglatze.
„Leider sind diese Zeiten bereits länger her." Er seufzte.
„Die Herrschaften, die einen guten Schluck nach einem Essen oder einem erfolgreichen Geschäftsabschluss zu

schätzen wissen, sterben langsam aus. Aber ich glaube, um das zu ändern, wurden Sie ja jetzt beauftragt, nicht?" Er rümpfte seine Knollnase und steckte das Taschentuch ein.

„Ich hoffe, Herr Gottschalk hat sich da nicht in eine irre Idee verrannt", sagte er. „Soweit ich die Zahlen kenne, müsste man für Ihr Honorar so ungefähr 200 Flaschen monatlich extra verkaufen. Und zwar in jedem der nächsten 12 Monaten!"

Kay ignorierte die unverhohlene Kritik an seinem Honorar. Er Schritt durch die vom Anzugträger ge-öffnete metallene Tür und stand in einem etwas in die Jahre gekommenen Schankraum. An den Wänden hingen schwarzweiße Fotografien der Brennerei und diverse gerahmte Flaschenetiketten aus mehreren Jahrzehnten. In der Mitte des Raumes war ein hoher Tisch eingelassen, um den acht Barhocker drapiert waren. Gerade als Kay sich umschauen und die Fotos näher betrachten wollte, öffnete sich eine Seitentür. Ein Mann mit dunklen Haaren und Dreitagebart betrat mit breiten Schritten den Raum.

„Guten Abend, die Herren!", grüßte er mit einer lauten, rauen Stimme. „Du bist dann sicher Kosmo, wie?"
Er streckte Kay seine Hand hin. Der ergriff sie und sah seinen bisherigen Gesprächspartner fragend an.
„Guten Abend, Herr Goltz!", die Knollnase klang nun ganz anders als bisher und deutete sogar eine Verbeugung an. „Genau," sagte er zuvorkommend, „das hier ist Ihr Influencer. Kosmo, darf ich vorstellen: Helmut Goltz Junior. Der designierte Erbe des Goltz Imperiums."
„Na, na, na. Jetzt tragen Sie mal nicht zu doll auf, Dietrich!" Goltz Junior schüttelte Kays Hand und lachte scheppernd. „Ich hoffe," richtete er sich an Kay, „Dietrich hat Dir alles gezeigt und erklärt. Dies hier ist die letzte Etappe, unser Präsentationsraum sozusagen." Er zeigte stolz auf die Fotos an den Wänden.

„Komm, wir machen hier noch ein Foto von uns dreien und dann wird es höchste Zeit für den gemütlichen Teil des Abends!

„Das ist eine gute Idee Herr Goltz," Kay war froh endlich brauchbares Material aufnehmen zu können. Vielleicht wäre der Brennereibesuch doch noch für etwas gut. Er zückte sein Smartphone, um von sich ein Selfie aufzunehmen.

„Nein, nein – Kosmo! Komm her, hier ist es besser ..." Goltz Junior animierte ihn zusammen mit der Knollnase zu ihm in die Ecke zu kommen. Dort rückten sie eng zusammen und Kay machte endlich ein paar Bilder von sich mit der Gruppe und den Firmenfotos sowie dem rotweißen Logo des *Göltzenen Klaren* an der Wand. Er warf einen prüfenden Blick auf das Display, ob die Bilder brauchbar waren. Als er sich dann wieder zufrieden dem Tisch zuwendete, sah er überrascht, dass die Knollnase dort nun drei Flaschen aus dem Sortiment aufgestellt hatte. Goltz Junior deutete ihm an, Platz zu nehmen.

„Nun kommen wir zum Abschluss der Besichtigung", er klang sehr feierlich und öffnete mit einem Knacken den Drehverschluss einer Flasche. Mit einem Gluckern schenkte er drei Schnapsgläser bis zum Rand ein. Kay verstand, machte ein letztes Selfie von sich, den beiden Herren und wie sie sich gegenseitig zuprosteten.

19

Sharky blinzelte und sah verschwommene rote Lichter vor seinen Augen. Nach einem Moment entpuppten sie sich als die Anzeige seines Digitalweckers neben seiner Matratze. Es war kurz vor 17 Uhr. Der gestrige Geburtstagsbesuch und die Aussicht mit einem Gustav Gantz sprechen zu müssen, hatten ihn heute Vormittag zu einem spontanen Lernmarathon getrieben, obwohl das neue Semester noch gar nicht angefangen hatte.

Der Bereich um seine spartanische Schlafstätte war übersäht mit Ordnern und aufgeschlagenen Büchern. Sein Notebook war von der Matratze gerutscht und hing halb geöffnet im luftleeren Raum zwischen Boden und eben dieser Matratze. Sharky gähnte und streckte sich. Er war gut vorangekommen. Die nächsten Prüfungen standen erst in mehreren Monaten an, aber wenn er so weitermachte, sollten sie diesmal kein Problem darstellen. Dann könnte er endlich seine Mutter beruhigen und ihr beweisen, dass er auf einem guten Weg hin zu einer erfolgreichen beruflichen Zukunft war.

Er gähnte abermals als er in die kleine Küche zum Kühlschrank schlurfte. Er musste noch etwas essen und dann duschen, ehe er ins *Bürgereck* konnte. Das würde in einer Stunde öffnen. Gestern Abend stand er vor verschlossener Tür. Offensichtlich hatte Sybille nicht übertrieben und es kamen heutzutage wirklich keine Gäste in eine einfache Eckkneipe mehr. So musste die Inhaberin gestern gezwungenermaßen den Laden noch vor zehn Uhr schließen. Wenn er nur wüsste wie er ihr helfen könnte, er würde es machen. Aber nun hieß es sich zu beeilen. Schließlich wollte er sein hoffentlich im *Bürgereck* vergessenes und gefundenes Geschenk rausholen, um es schnell zu Bea zu bringen. Er wollte die hübsche Verkäuferin auf keinen Fall enttäuschen. Die Parfümerie schloss um 20 Uhr – er hatte noch knapp drei Stunden Zeit.

Ein vermischter Geruch aus erkalteten und frischen Zigarettenrauch empfing Sharky als er die zwei Treppen vom Bürgersteig hinab ging und die schwere Holztür des *Bürgerecks* öffnete. Sybille stand am goldenen Zapfhahn und winkte ihm stumm zu. Ihr Blick deutete auf eine Person, die zusammengesunken auf einem Hocker kauerte und ein leeres Glas vor sich hatte. Es war sein Freund Marko.

„Grüß Dich, Marko!", sagte Sharky unverbindlich und verbiss sich jeden weiteren Kommentar.

„Shh... Shh-aarky!!!"

Marko war schon jetzt ziemlich angeschlagen, kurz nach 18 Uhr.

„Na, was ist los? Wieso bist Du denn um diese Zeit hier. Und ... ähm, in diesem Zustand?", fragte Sharky nun doch besorgt.

„... weißt Du..." Marko blickte auf und stellte seinen Blick scharf. Die eigentlich wachen Augen wirkten nicht wie sonst lebensfroh, sondern leer als er langsam sagte: „Ich habe keinen Job mehr. Aber was soll´s ..." Er fuchtelte mit seiner Hand herum, ein leeres Glas kippte über die Theke und ging zu Bruch.

„Hey, Marko. Reiß Dich am Riemen", ermahnte ihn Sybille und sammelte die Scherben schon ein.

„Und Du, Sharky? Was kann ich Dir antun?", fragte sie den Neuankömmling.

„Für mich Nichts, danke. Ich wollte fragen, ob ich hier vorgestern eine Tüte hab stehen lassen?"

„Tüte? Bei mir ist nichts abgegeben worden. Tut mir leid." Sybille hob entschuldigend die Schultern und schüttelte den Kopf.

„Wirklich nicht? Bist Du Dir sicher?", hakte Sharky nach. Er klang verzweifelter als er wollte und blickte sich selbst im Laden um.

„Nein, glaub mir. Wenn was liegen geblieben wäre,

hätte ich es gefunden. Gestern Abend hatte ich beileibe Zeit genug, um hier jeden Bierdeckel umzudrehen. Es war so wenig los, dass ..."

„Koan isch.... mein Bierschen bekommen, bidde?", grunzte Marko dazwischen.

Sybille stellte es ihm wortlos hin und fuhr in Sharkys Richtung fort: „... ich um neun Uhr zugeschlossen habe. Wenn es so weiter geht, ist in spätestens drei Monaten Schluss für mich."

Das verlorene Geschenk war also nicht im *Bürgereck*. Sharky dachte angestrengt nach. Hatte er es doch an der Bahnhaltestelle liegen gelassen? Dann wäre es wohl tatsächlich verloren.

Er konnte sich aber nicht erinnern, es auf der Bahnfahrt nach Hause noch dabei gehabt zu haben. Er hatte es gekauft, dann Jens in der Mall getroffen und sie beide waren direkt hierher gegangen. Hatte er es bereits in der Mall liegen lassen? Er wusste es nicht mehr. Und auch auf Sybilles fatalistische Zukunftsaussichten für das *Bürgereck* wusste er keine bessere Antwort als: „Nichts abgegeben? Wenn das so ist, mach mir bitte doch ein kleines Bier fertig."

Just als Sharky sein frisch gezapftes Pils angetrunken hatte, öffnete sich die schwere Bartür.

„Guten Abend die Herren", trällerte ein sichtlich gut gelaunter Jens. Er schleuderte seinen mit weißen Farbklecksen betupften Rucksack auf die breite Theke und nahm direkt auf dem Hocker neben Sharky Platz.

„Na, mein Junge! Gut siehst Du aus. Gab wieder was Ordentliches zu essen bei Muttern, wie!?"

Jens gab Sharky einen freundschaftlichen Klaps auf die Schulter. Dabei fiel sein Blick auf den mitgenommenen Marko, der sich nicht entscheiden konnte, ob er schief auf seinen Barhocker saß oder doch schon auf der Theke lag.

„Was ist denn mit dem?", flüsterte Jens Sybille über die

Theke zu und deutete unauffällig mit dem Daumen auf Marko.

„Isch hab´ meinen... keinen mehr", lallte Marko, der Jens gehört hatte, „keinen mehr ..."

„Aha." Jens schaute sich hilfesuchend nach einem Dolmetscher um.

„Dem guten Marko wurde heute gekündigt. Die Umstände und das Warum kenne ich selbst auch noch nicht", half Sharky schulterzuckend. „Und so wie ich das einschätze, werden wir es auch nicht mehr am heutigen Abend erfahren."

„Der blonde Engel. Dieser Gott...schald....na! Schalk. Gottschalk! Der will nich´ mehr. Der macht was Neues. Futsch. Vertrag. Futsch!" Marko machte eine wegwerfende Handbewegung und prostete Sharky und Jens mit seinem Bier zu.

„Das sehe ich auch so, Sharky! Heute werden wir wohl keine Details mehr bekommen", stimmte Jens zu und grinste. „Sybille, für mich das gleiche wie für ihn."

„Drei doppelte Jägermeister und danach weiter mit Bier bis die Muttersprache versagt?"

„Nein, ich meinte das, was Sharky hat."

„Schon klar. Kleines Bierchen kommt."

„Und Du, wie war es denn nun bei Muttchen?" Jens wandte sich Sharky zu.

„Tja, wie man es nimmt. Meine Erwartungen wurden erfüllt. Ich kenne jede Menge neue Leute. Zumindest vom Namen her. Auch weiß ich um die schlechten Zustände staatlicher Universitäten und auch, dass ich langsam mal die Biege bekommen sollte, wenn mich noch jemals ein Tennisclub oder sonstige wohlbetuchte Gesellschaften aufnehmen sollen. Die wollen sich nämlich kaum solche Gestalten wie mich leisten."

„Soso ..." Jens saß kerzengerade. Ein untrügliches Zeichen. „Ich glaube ja eher, dass wir uns die Betuchten bald nicht mehr leisten wollen!", sagte er fast drohend. Sybille stellte das kleine Bier vor ihm auf den Tresen.

„Danke", er nahm einen großen Schluck und fuhr fort: „Wir können zwar nicht in die Zukunft schauen, aber eines ist ja zu 99% klar – diese Zukunft muss bestimmt sein vom ökologischen Handeln. Sonst wandelt die Menschheit spätestens in 100 Jahren komplett am Abgrund." Das untrügliche Zeichen hatte Wort gehalten. Eine Stammtischrede von Jens stand an.

Sharky setzte an, trank das restliche Bier in einem Zug leer und orderte per Handzeichen bei Sybille ein Zweites.

„Die gutbetuchten *Green Lifestyler* denken doch: Wie kann man nur bei ALDI einkaufen - da ist das Fleisch doch aus Massentierhaltung? Und: Wie kann man nur ein altes Auto aus den 90er besitzen? So eine Dreckschleuder!" Jens lehnte sich vor und fixierte Sharky mit seinen Augen. „Aber meist wird vergessen, nicht die armen Menschen lösen das Umweltproblem aus, sondern die Reichen. Wir können uns sie zukünftig nicht mehr leisten!"

Er befeuchtete seine Lippen mit einem Schluck Bier und nahm seinen Gedanken wieder auf:

„Letztlich gibt es heute so viele Reiche wie nie zuvor in der Menschheitsgeschichte. Dazu zähle ich einmal bestimmt 80% der westlichen Bevölkerung, mindestens. Sie besitzen so unzählig viele Dinge, es ist schon fast obszön! Sie können so verschwenderisch sein wie sie wollen und so schnell und weit reisen wie noch nie. Die Endstufe des Kapitalismus!", echauffierte sich Jens. Er wurde mit jedem Wort immer lauter.

Sharky atmete schwer aus, als endlich sein bestelltes Bier kam. Das lief in die übliche Richtung. Gierig nahm er einen Schluck.

„Allein der schlichte Umfang des zügellosen Konsums macht die vielbeschworenen Effekte des *Green*

Lifestyles zunichte. Was bringt mir ein
energieeffizienter Fernseher, wenn ich mir alle fünf
Jahre einen neuen kaufe? Was bringt die spritsparende
Technologie, wenn der SUV jedes Jahr größer wird?"
„Nix", nuschelte Sharky.
„Genau. Nichts! Zumindest nichts, wenn Du möchtest,
dass unsere Zivilisation weiter existieren kann, ohne
sich aufgrund von Hungersnöten und
Umweltkatastrophen gegenseitig die Köpfe ein-
zuschlagen. Das zentrale Problem der Ökologie ist die
Endlichkeit. Und der viel beschworene Markt kann es
scheinbar nicht wirklich mit unsichtbarer Hand regeln.
Zumindest nicht schnell genug. Es bedarf einer
Korrektur von außen. Vom Staat. Sonst fährt das ganze
Ding an die Wand. Dann folgt die Korrektur nicht vom
Staat, sondern von höherer Stelle."

„Gott!", lallte Marko und schielte um die Ecke.

„Ja, wenn man so möchte. Ich dachte zwar an die
Umwelt, aber Gott ist eigentlich immer eine gute
Antwort", nickte Jens zustimmend.
Sharky lachte und stieß mit Marko an, der sein Bier-
glas krampfhaft in der rechten Hand umklammert
hatte.
„Deine Mutter war wo auf Reisen, Sharky?", fragte Jens
unvermittelt.
„Ähm, da hatte ich noch nichts von erzählt. Jetzt war
sie in Südafrika, hat dort eine Kreuzfahrt gemacht.
Diese Woche geht es nach Rom ..."
„... Du hattest nichts davon erzählt, stimmt. Aber Deine
Mutter gehört eben zu den glücklichen oberen Zehn-
tausend. Zudem hat sie auch noch jede Menge Zeit. Da
muss man doch reisen!"
Jens ironischer Unterton war nicht zu überhören. Er
fuhr fort: „Es gibt für die Gutbetuchten keine
materiellen Güter mehr, die man sich leisten kann und
die man noch nicht hat. Es müssen immaterielle Güter

sein. Reisen, Erlebnisse, Events. Weißt Du, dass es in Südafrika so genannte Shower Songs gibt? Die werden im Radio gespielt. Es sind Lieder die exakt zwei Minuten laufen. Genau die Zeitspanne, welche man nur Duschen sollte. Das Wasser dort ist aufgrund der Trockenheit einfach zu knapp geworden. Jeder sollte maximal 50 Liter täglich verbrauchen. Die sind bei zwei Minuten Duschen schon fast zur Hälfte weg."

„Sowas erzählt mir Mutti natürlich nicht."

„Ich bin mir nicht sicher, ob es ihr bewusst ist. Auf einem Kreuzfahrtschiff werden sicherlich keine Shower Songs von der Big Band gespielt!" Jens lachte kurz bitter auf, ob der absurden Vorstellung. „Aber genau in diese Richtung müsste es gehen. Jeder Mensch hat nur einen definierten CO_2 Ausstoß pro Jahr. Wenn der aufgebraucht ist, dann ist erstmal Schluss. Warten auf das nächste Jahr. Wenn jetzt Südafrika dran war, dann fällt Rom eben erstmal aus. Pech! Der Shower Song ist zu Ende." Jens trank den letzten Schluck aus seinem Glas.

„Ein interessanter Gedanke. Wirklich!" Sharky meinte es ernst.

„Danke. Ist nicht von mir alleine", Jens klang nun wieder ruhiger, er lächelte sogar. „Aber ich halte den Gedanken ebenfalls für richtig. Daher habe ich ihn mir mal zu eigen gemacht." Er orderte mit einem Zeigefinger ein weiteres Bier für sich.

„Ich glaube also, zukünftig werden uns die Reichen ganz schön stinken, da sie unsere kleinen Öko-Schritte immer wieder ad absurdum führen mit ihren Exzessen. Apropos stinken…"

Jens kramte in seinem Rucksack und holte eine grüne Papiertüte hervor.

„… Deine Mutter stinkt jetzt schon, weil Du ihr kein Geschenk mitgebracht hast, oder?"

Sharky reagierte erst mit Verzögerung, er hatte das
verloren geglaubte Parfum schon komplett ab-
geschrieben. Er schnellte von seinem Platz hoch.
„Du hast sie! Ich hatte schon an meinem Verstand
gezweifelt!" Er lächelte Jens erleichtert an, ehe das
Lächeln wieder erstarb, als sein Blick auf die Wanduhr
hinterm Tresen fiel. Es war bereits kurz vor acht.
Unmöglich es noch wie versprochen vor Ladenschluss
in die Mall zu schaffen. Bea würde umsonst auf ihn
warten. Resignierend nahm er die hingehaltene Tüte an
sich. Mittwochabend, kurz vor acht, zwei Bier getrunken. Spielte heute nicht noch Borussia Dortmund
in der Champions League?
„Sybille? Machst Du uns noch drei Jägermeister fertig,
bitte?", rief Sharky und deutete mit seinen Fingern auf
sich und die beiden Freunde. Der Abend war gelaufen.

20

Das Motorengeräusch des BMW klang in Fabians
Ohren wieder wie Musik. Es war Balsam für seine
Seele, die in den letzten Tagen, wenn nicht gar Wochen,
so aufgewühlt wurde durch seinen Ärger mit Tanja,
seine missliche Lage beim Job und seine desaströse
nächtliche Straßenrangelei vorgestern. Endlich lief eine
Sache wieder. Eine erfolgreiche Reparatur hin zu mehr
Normalität. Wieso sollte er das nicht zum Anlass
nehmen und auch sein restliches Leben wieder in den
Griff bekommen?

Diese Gedanken schwirrten durch seinen Kopf, als er
auf dem Weg vor die nordwestlichen Tore der Stadt
war. Auf dem Beifahrersitz lümmelte Daniel herum,
während aus der Musikanlage längst vergessene
2000er Hits ertönten. Der Verkehr auf der Autobahn
war wie immer sehr dicht, aber je weiter sie die Groß-

stadt hinter sich ließen, desto freier wurde die Fahrbahn. Fabian kostete es dankend aus, indem er auf die linke Spur wechselte und auch nicht vorhatte, diese in nächster Zeit wieder zu verlassen. Er trat das Gaspedal durch.

„Du sagst mir Bescheid, wenn wir ab müssen, ja?", übertönte er den Krach aus den Boxen.
Daniel drehte am Lautstärkeregler und antwortete ernst: „Ja sicher. Ich wollte Dir aber noch ein paar Dinge mitgeben."
„Alles klar, ich bin ganz Ohr. Ich habe auch noch ein paar Fragen", sagte Fabian, ohne die Wagen vor ihm aus den Augen zu verlieren. „Etwa warum wir uns am Arsch der Welt treffen und wer da jetzt überhaupt dabei ist. Ohne Dich wäre ich schließlich nie auf die Idee gekommen dorthin zu fahren." Er machte eine Pause: „Du bist mein Freund, Daniel!"
„Ja, Du doch auch meiner. Deswegen stunde ich Dir auch die Reparaturkosten. Ich weiß, man kann sich auf Dich verlassen." Daniel blickte nach rechts auf die in der Tagesdämmerung vorbeiziehenden Felder.
„Deine Fragen verstehe ich sehr gut und genau das wollte ich Dir erklären. Also heute wird soweit ich weiß, fast die komplette *Meute* anwesend sein. Das sind so ungefähr dreißig Personen. Und wir beide."
Das klang für Fabian wie ein Mannschaftsabend einer Fußballtruppe – und dafür fuhren sie soweit aufs Land raus?
„Wir, die *Meute*, sind eine von mehreren organisierten Squadren in Deutschland. Wir arbeiten natürlich verdeckt – Du erinnerst Dich? Das System würde unseren Fascio sonst verbieten, bevor wir eine re-levante Größe erreicht hätten, um das bestehende Regime stürzen zu können. Deshalb treffen wir uns auf unverdächtigem Terrain: Ein Hof bei Barmstedt."
Daniel blickte nun in Fabians Richtung als er fortfuhr: „Fabian, ich möchte Dich als Freund darum bitten,

verschwiegen zu sein. Alles, was Du siehst und hörst, behältst Du bitte für Dich. Und höre erstmal nur zu. Später wird noch genug Gelegenheit für Fragen sein."

„Ok, versprochen," erwiderte Fabian. Sie rasten weiterhin auf der linken Spur dahin.

„Kannst Du mir noch was zu den Mitgliedern sagen? Was sind das für Leute? Die Altherren-Mannschaft des FC Barmstedt 05?"

Dies sollte ein Witz sein. Daniel ging nicht darauf ein.

„Das ist völlig durchmischt. Die kommen aus allen Ecken Norddeutschlands. Teilweise sind es Fußballfans aus dem Kieler Raum, ein anderer Teil kommt aus der ländlichen Gegend. So auch der Besitzer des Hofes. Es sind auch Beamte dabei, was ja wichtig ist. Du erinnerst Dich: Auf lange Sicht müssen wir nach und nach die Institutionen des Systems unterwandern. Daher sind Staatsangestellte unabdingbar und ein Glücksfall für uns."

Fabian runzelte die Stirn, so groß konnte das Ganze ja kaum sein. Dreißig Leute und Systemrevolution. Das klang aus seiner Sicht sehr abenteuerlich, ja größenwahnsinnig.

„Und natürlich sind neben uns auch noch weitere Hamburger dabei. Balbo ist hier der Kopf und auch unser Sprecher hin zum Zentralkomitee."

„Zentralkomitee?"

„Die Vereinigung aller Squadren. Hier werden die einzelnen Aktivitäten koordiniert und abgestimmt. Wenn wir stark genug sind, werden wir uns zu einer großen Bewegung vereinigen."

„Na, auf diesen Balbo bin ich dann gespannt. Du meinst, er könnte mir auch bei meinen ...", er stockte, „nächtlichen Freunden helfen?"

„Du musst hier gleich runter", fiel Daniel ihm ins Wort, dann antwortete er: „Ja, Balbo kennt sich gut aus. Und wenn Deine Jungs irgendwie Dreck am Stecken oder irgendetwas auf dem Kerbholz haben, dann wird er sie kennen."

Fabian wechselte nach rechts herüber und setzte den Blinker für die nächste Abfahrt.

„Lass Dich von Balbo nicht täuschen. Der kann sehr gut reden und ist entsprechend gebildet. Er heißt auch nicht wirklich Balbo. Wie er genau heißt, weiß ich selbst auch nicht. Er nennt sich in Anlehnung an Italo Balbo so. Ein mieser Typ, der in den 20er Jahren ein Anführer der Squadren in der italienischen Gegend um Ferrara war." Daniel schien stolz zu sein, sein Hintergrundwissen loswerden zu können, stolz erklärte er weiter: „Der historische Italo Balbo war ebenfalls schlau. Aber auch sehr brutal. Er war Kriegsteilnehmer der gefürchteten italienischen Arditi, sozusagen der Sturmtruppen, und somit sehr nahkampferfahren. Soweit ich weiß, trifft dies auch auf unseren Balbo zu." Daniel schaute geradeaus. Fabian konnte nicht deuten, ob er die letzten Worte als Kompliment meinte oder ob er Angst vor Balbo hatte.

Zehn Minuten später steuerte Fabian den silbernen BMW einen sandigen Feldweg entlang, hin zu einer Scheune abseits eines kargen Hofes. Vor der Scheune standen bereits weitere Fahrzeuge. Fabian stellte den Wagen ebenfalls dort ab und stieg gemeinsam mit Daniel aus. Sie waren wohl doch etwas zu spät, denn hier draußen war niemand mehr in der Abend-dämmerung zu sehen. Aus der Scheune erklang eine kräftige Stimme. Daniel und Fabian betraten sie durch eine kleine Tür, die in einem geschlossenen Holztor integriert war. Ein glatzköpfiger Hüne beäugte sie böse, erkannte Daniel dann aber. Der deutete auf Fabian und flüsterte:
„Das ist ein Gast, er gehört zu mir."
Auf einer improvisierten Bühne stand ein hagerer Typ und sprach zu mehreren Männern, die vor ihm in fünf Stuhlreihen auf IKEA Klappstühlen saßen. Fabian und Daniel nahmen in der letzten Reihe Platz.

„Balbo ist schon voll dabei", flüsterte Daniel und deutete nach vorne.

„Was momentan in diesem Land passiert, war vorauszusehen. Schon vor JAHREN. Die arbeitende Masse, WIR alle hier, reagieren mit einer unbändigen Wucht auf DIE, die sie schmähen und nicht ERNST nehmen!" Balbo ballte die Fäuste um seiner Stimme noch mehr Gewicht zu verleihen. Er betonte manche Wörter extrem, was die Aufmerksamkeit der Zuhörer verstärkte.
„Wir sind lange gekränkt und nicht ernst genommen worden. ZU LANGE! Es ist leicht gesagt, dass über die gegenwärtigen politischen Probleme in einem unbeschwerten, toleranten Klima debattiert werden möge, wenn man auf der Sonnenseite steht. Doch so fällt dieser Ruf auf VERGIFTETEN Boden ..."
Allgemeine Zustimmung auf den IKEA Stühlen.
„Sobald anders Denkende sich zeigen, sieht die VERMEINTLICHE Mehrheit, gestützt durch staatliche Medien, nur Feinde. *Meute*, es ist HÖCHSTE Zeit dies zu ändern!"

Applaus ertönte, während Balbo sich zufrieden zeigte und sich die nächste Seite seiner vorbereiteten Rede vornahm:

„Wenn man sich Deutschland als Familie vorstellen möge: Dann wäre die Regierung die PENIBLE Hausfrau, die immer bemängelt, dass zu wenig Geld da sei und man sparen müsse. Die Kasse sei LEER." Balbo strich sich eine dunkle Haarsträhne hinter sein rechtes Ohr und setzte erneut an:
„WER in der Familie soll denn die leere Kasse füllen? WIR etwa? Die GEMIEDENE Verwandtschaft ohne Häuser, ohne Fabriken, ohne Geschäfte, ohne pralles Bankkonto? Die Antwort ist doch: Wer kann MUSS zahlen! Wer kann, MUSS etwas lockermachen ..."

Allgemeine Zustimmung erfüllte die Scheune.

„Es ist an der Zeit: Entweder ENTEIGNEN sich die glücklichen Besitzenden selbst und FREIWILLIG, dann ist der Familienfrieden gesichert. Oder sie sind weiter taub, blind und zynisch – dann wird ihnen die ungeliebte Verwandtschaft einen ungebetenen Besuch abstatten. Wir sind die ERSTEN, die auf Gewalt verzichten wollen, aber STREIT kommt in den besten Familien vor!"

Wieder gab es Applaus und zustimmende Zwischenrufe.

„Leute, Ihr seid die *Meute*! Wenn die Hausfrau nicht rechnen kann, dann müssen WIR es ihr beibringen!"

Nun erhoben sich mehrere Zuhörer und stimmten ein Lied an, dessen Text in fremder Sprache war und der Fabian nichts sagte.

„Eine moderne Variante der Giovinezza!", klärte ihn Daniel auf und erhob sich ebenfalls.

Zwanzig Minuten und einige weitere Gedankengänge später hatte Balbo unter Johlen seine Rede beendet. Die Zuhörer schienen zwar begeistert von den Worten, waren aber mindestens ebenso erfreut über die Freigetränke und die Pizza, die es jetzt für alle gab. Fabian und Daniel standen mit einem Wasser etwas abseits. Da sah Daniel die Chance gekommen, schnappte sich Fabian und zog ihn am rechten Arm zu Balbo, der mit dem Glatzkopf vom Eingang zusammenstand.

„Balbo, guten Abend! Kann ich kurz stören?", fragte er den durchgeschwitzten Redner.

„Daniele", Balbo liebte es Namen auf italienische Art zu verdrehen. Er besaß aber keinerlei italienischen Akzent.

„Hat Dir meine Rede gefallen?"

„Ja, natürlich. Du hast den Menschen aus der Seele gesprochen!", er zog Fabian näher heran.

„Darf ich Dir Fabian vorstellen? Er ist ein Gasthörer

und möchte Dich gerne persönlich kennenlernen."
Balbo musterte Fabian von oben herab mit einem
prüfenden Blick. Fabian konnte nicht erklären warum,
aber er zog instinktiv den Bauch ein und presste seine
Brust nach vorn. Es war ein Gefühl wie bei einer
Musterung zum Militär. Balbo lächelte und hielt Fabian
seine rechte Hand hin.
„Ich freue mich immer sehr, wenn wir neue Gesichter
begrüßen dürfen. Zumal, wenn sie zu so stattlichen
Männern wie Dir gehören, Fabio!"
Er ergriff Fabians Hand und schüttelte sie fest, während er weitersprach:
„Genau das ist unser Anliegen – wir müssen nach und
nach alle Menschen einmal als Gast begrüßen dürfen.
Nur so können sie uns kennenlernen und nur so
können wir die Menschen aufwecken und überzeugen."

Fabian wusste nicht, was er antworten sollte. Er war
fasziniert von der einnehmenden Art Balbos. Dessen
Stimme war nun nicht mehr laut und fordernd,
sondern ruhig und bestimmt. Glücklicherweise sprang
Daniel für ihn in die Bresche:
„Balbo, der gute Fabian hat auch eine Frage und Bitte
an Dich und an die gesamte *Meute*", er deutete auf die
schwatzenden Gestalten im Halbdunkel der Scheune.
„Du bist ja gut verdrahtet in der Hamburger Szene.
Sagen Dir zwei südländische Typen mit den Namen Mo
und Mustafa aus dem Osten der Stadt etwas? Beide so
in den Zwanzigern, keinen Akzent und in Sportjacken
unterwegs?"
„Daniele – hast Du Dir selbst zugehört. Das könnte
jeder zweite in Hamburg sein. Was ist denn mit
denen?", fragte er und deutete auf Fabians rechtes
Auge mit dem Veilchen: „Haben die beiden damit etwas
zu tun?"
„Jawohl!", Fabian antwortete wie ein Kadett.
„Gut mein Junge." Balbo tätschelte seine Schulter. „Du
bist jetzt einer von uns. Daniele hat noch immer gute

Kameraden mitgebracht. Den Papierkram machst Du mit ihm."

Balbo kam mit seinem Gesicht näher an Fabians. Er strömte den Geruch eines herben After Shaves aus.

„Und zu Deiner persönlichen Fehde: Ich habe eine Idee, wer es sein könnte. Kannst Du die Gesichter wiedererkennen?" Fabian nickte stumm.

„Gut, gut – kommt beide morgen um sechs zu mir in das Hamburger Büro."

Balbo bemerkte Fabians fragenden Blick und ergänzte: „Daniele weiß, wo das ist. Du kannst Deinen Mitgliedsantrag abgeben und ich werde Dir etwas zeigen – glaube mir, wir finden die zwei. Mitglieder der *Meute* werden nicht ungestraft angegriffen."

Balbo lächelte, dann drehte er sich um und begrüßte zwei andere Männer. Die Audienz war beendet.

Fabian war Fabio. Fabio war neues Mitglied der *Meute*. Die *Meute* war eine Squadra des Fascios.

21

Kay brauchte zwei Versuche bis er die Tür des Taxis erfolgreich zugeworfen hatte.

Er konnte sich in der Brennerei zwar einigermaßen schadlos halten, aber die getrunkenen dreieinhalb Schnäpse merkte er doch deutlich. Im Gegensatz zu seinem Führer war er das hochprozentige Zeug nicht gewohnt und auch sein nahezu fettfreier Körper signalisierte ihm schnell, diese Art von Flüssigkeitszufuhr nicht zu kennen.

Deshalb hatte Kay den letzten *Göltzenen Klaren* mit künstlichen Erdbeeraromen auch halbvoll stehen gelassen und war auf der Gast-Toilette verschwunden. Dort hatte er sich zwei Handvoll Wasser ins Gesicht geschaufelt und anschließend einen ordentlichen Schluck aus der Leitung getrunken. So hatte er sich mit Anstand vom grauen Gastgeber verabschieden können. Der ließ es sich nicht nehmen, ihm einen Schwung *Klaren* mitzugeben. Wie Kay feststellte, fehlte bereits eine der sechs Flaschen im weißen Karton mit dem roten Logo der Brennerei. Er nahm an, der graue Alleswisser hatte eine Flasche für sich selbst gesichert.

Kay sah dem sich entfernenden Taxi hinterher, drehte sich dann mit dem Karton unterm Arm um und ging die Straße herunter. Er hatte sich in der Hafencity absetzen lassen. Auch um noch ein bisschen Bewegung zu bekommen, aber hauptsächlich, um seine getätigte Annäherung von heute Vormittag zu vergolden: Er musste nochmal in die Agentur. Es war schließlich kurz nach 20 Uhr. Antreffen würde er dort in jedem Fall noch jemanden.

Rund einhundert Meter vor der Agentureinfahrt kam ihm ein wohlbekannter, weißer Porsche Cayenne entgegen. Er hielt auf seiner Höhe an. Das Fahrerfenster fuhr automatisch herunter.
„Guten Abend, Kosmo! Heute hast Du wieder 500 neue Fans gewonnen! Nur weiter so!" Die perlweißen Zähne von Robert standen in der abendlichen Dunkelheit der weißen Lackfarbe in nichts nach.

„Hallo Robert – echt? Ich habe doch heute noch gar nichts gemacht ..."
„Haha, so ist das im Business. Wenn der Schneeball erstmal eine relevante Größe hat, dann wird er von allein zur Lawine. Haha! Aber was machst Du hier? Solltest Du nicht noch in der Brennerei sein?"
„Ich komme direkt von dort", sagte Kay und hob als Zeichen des Beweises den Karton in seinen Händen hoch.
„Ah ja! Super. Damit kann man sicher ein kleines Gewinnspiel auf Instagram aufziehen. Gut

nachgedacht, mein Lieber. Aber was willst Du dann hier? Soll ich Dich mitnehmen in die Stadt?"

„Äh nein, ich wollte nur nochmal in die Agentur, weißt Du ...", Kay fühlte sich ertappt und rang nach Worten.

„Wolltest Du zu mir? Ich habe meine Termine eigentlich immer im Kopf. Haben wir was zu besprechen?" Robert runzelte die Stirn, dann hatte es bei ihm Klick gemacht: „Achso... hahaha!" Er streckte seinen Kopf heraus und zwinkerte Kay zu.

„Kosmo, Kosmo. Du kleiner Schlingel. Du musst Dich beeilen, wenn ich raus bin, ist Anna noch höchstens zehn Minuten da, ehe sie abschließt. Hahaha!" Er hob seine Hände aus dem Fahrerfenster, öffnete und schloss sie zweimal. „Ich habe es doch gewusst, dass Du eher auf eine Handvoll stehst."

Kay errötete leicht, zum Glück war es bereits dunkel. Es war ihm immer sowas von peinlich, mit seinem Chef über Frauenvorlieben zu sprechen. Wer weiß, ob der ihm hier mal irgendwann einen Strick draus drehen würde.

„Also dann: Wir sehen uns Freitag beim Event. Sei vorsichtig heute! Anna hat es faustdick hinter den Ohren, glaube mir", verabschiedete sich Robert. Der Cayenne brauste mit einem Röhren die Straße herunter.

Kay setzte seinen Gang fort. Er war sich jetzt schon nicht mehr sicher, ob es eine gute Idee war hierher zu kommen. Die Begegnung mit Robert war nicht von ihm eingeplant gewesen. Und wollte er Anna nicht zu einem Kaffee einladen?

Das wäre stilvoller als sie mit Schnapsfahne am wohl-verdienten Feierabend zu behindern. Er stand nun direkt vorm Agenturgebäude und blickte nach oben. Alle Fenster waren dunkel. „Manchmal entscheiden die Götter für einen", dachte Kay und drehte sich mit seinem klirrenden Karton zum Rückzug um.

„Äh, Kosmo?"

Anna hatte einen Schlüssel in der Hand und stand mit offener Jeansjacke über ihrem engen Kleid vor dem dunklen Ausgang. Sie sah ihn mit ihren braunen, großen Augen fragend an. Sie war nicht mehr so frisch zurecht gemacht wie heute Vormittag, aber in Kays Augen weiterhin strahlend süß und wunderschön.

„Äh, ja. Höhö", stammelte er - ach herrje, nicht wieder dieses doofe Lachen: „Ja ich dachte – ich meine, ich sagte ja heute Vormittag ...", stotterte er weiter.

„Bist Du irgendwie aufgeregt?" Anna schien belustigt zu sein.

„Iwo! Ich dachte nur, also nein, ich sagte ja, dass ich Dir gerne näheres zu mir bei einem Kaffee erzählen würde." Kays Herz raste, aber jetzt hatte er sie endlich eingeladen.

Anna zog die Augenbrauen nach oben als die antwortete: „Ok – aber es ist gerade nicht die Zeit für einen Kaffee, oder? Zumindest nicht meine Zeit."
Sie blickte ihn ernst an.

„Ja stimmt, es war eine blöde Idee hierher zu kommen."
Kay versuchte seine Enttäuschung zu verbergen.

„Ach was!" Anna stöckelte auf ihren schwarzen High Heels auf ihn zu. „Komm, ich kenne hier eine nette Bar. Da können wir den Feierabend einläuten!" Sie stürmte an ihm vorbei und drehte sich keck um:

„Na los. Ehe ich es mir anders überlege", forderte sie ihn auf. Kay lächelte und folgte ihr. Er konnte sein Glück kaum fassen.

Wenige Minuten später nippte er an einer Coke Zero. Er konnte nicht noch mehr Alkohol trinken und wollte vor allem vor Anna nicht die Kontrolle verlieren. Sie hingegen bestellte sich gerade schon den zweiten Moscow Mule.

„... und Du hast echt schon so viele neue Follower nur durch diese Goltz Kampagne bekommen?"

Sie hatten eine gemütliche Ecke in der angesagten Cocktailbar *Citytown* ergattert. Dort saßen sie auf gepolsterten Würfeln, die statt Stühlen überall um kleine Tischchen platziert waren.

„Ja, Robert ist megazufrieden. Ich glaube, er sieht in mir so etwas wie den neuen Star am Agenturhimmel. Die nächste Cashcow. Höhö!"
Kay war in Annas Anwesenheit weiterhin nervös, aber ein wenig prahlen wollte er dann doch. Er musste sie beeindrucken.
„Ein richtiger Influencer", sagte Anna anerkennend und beugte sich vor, ihr enges Kleid gab einen tieferen Blick in den Ausschnitt. Kay konzentrierte sich schnell wieder auf ihr schönes Gesicht.
„Ja, wer hätte das gedacht?", nahm er den Gesprächsfaden wieder auf. „Vor wenigen Jahren habe ich Model für einen Kumpel gespielt. Der hat mit den Bildern dann sein Fitnessstudio beworben. Das war eine spontane Sache, nur so ein Freundschaftsdienst", Kay schwelgte in Erinnerung, „dann habe ich einfach weitergemacht. Ein paar Reiseberichte via Facebook und meinen Blog geschrieben und schwupps – war ich bei Robert in der Kartei."
„Ja. Du bist jetzt genau 13 Monate bei uns, meine ich." Anna blinzelte ihn herausfordernd an.
„Ähm, ja ..." Kay musste sich weiterhin konzentrieren. „Das stimmt genau. Seit September letzten Jahres. Du hast ein gutes Gedächtnis."
„Ja, an wichtige Sachen kann ich mich gut erinnern!", sagte sie und stand auf. „Entschuldige mich kurz, ja?" Anna tänzelte aufreizend an ihm vorbei und ging in Richtung WC. Kay pustete durch.

Das lief besser, als er selbst zu hoffen gewagt hätte!
„An die wichtigen Dinge erinnert sie sich und ich gehöre da wohl auch zu!?", dachte er.
Sein Herz machte einen Sprung. Er konnte es kaum

glauben, so eine heiße Frau wollte etwas von ihm wissen. Gut, er war Influencer und verdiente nicht schlecht damit. Allein der Goltz Job brachte für eine Woche rund 7.000 Euro netto.

Kay blickte durchs Fenster nach draußen auf die glatten Hochhäuser des Viertels. Die gelben Lichter des Hafens spiegelten sich in den gläsernen Fassaden. Er hatte tatsächlich schon viel erreicht und der Goltz Auftrag schien ihm nun den endgültigen Durchbruch zu verschaffen. Vielleicht hatte Bausa in seinem Lied doch Recht und Anna flirtete hier mit ihm, weil er jetzt Kohle hatte. Sie musste die Honorare aufgrund ihrer Stellung in der Agentur allesamt kennen. Aber es war ihm auch egal, er war im Augenblick glücklich. Sollte sie doch erstmal den Influencer Kosmo interessant finden. Den richtigen Kay, den konnte sie später lieben lernen. Anna wäre dann auch die erste Frau in seinem Leben, die dies tatsächlich tat.

22

Es war ein warmer Oktobertag gewesen. Auch abends lag die Temperatur bei lauen 15 Grad. Pünktlich um 18 Uhr bog Fabian mit Daniel auf dem Beifahrersitz in einen Altonaer Hinterhof ein. Fabian hatte sich noch gestern die Voraussetzungen einer Mitgliedschaft bei der Squadra erklären lassen. Bis auf einen Monats- betrag hätte er keine Verpflichtungen. Es gab keine Risiken. Er könnte jederzeit wieder austreten, sofern er das Gefühl hatte, die Organisation wäre doch nicht das Richtige für ihn. Fabian unterschrieb den Antrag mit der Nummer 200.247 - und war beeindruckt. So viele Mitglieder hatte der Fascio bereits!

Er freute sich, ein kleiner Teil von etwas Großem zu sein. Er wollte auch endlich etwas in seinem Leben tun, wovon alle sprechen sollten. Der monatliche Beitrag lag dafür bei vergleichsweise geringen 50 Euro und er konnte schließlich jederzeit die Zahlung stoppen. Zumal er nicht glaubte, dass die Vereinigung rechtliche Schritte einleiten könnte, wenn er nicht zahlte. Die *Meute* war eine Untergrundorganisation. Ein spannendes und großes Abenteuer für ihn.

Fabian parkte in dem engen Hof zwischen einem VW Bulli und einem Fiat Kastenwagen. Der Innenhof wies drei Türen zu verschiedenen Gebäuden auf. Eine schien zu einem Deko- und Partyzubehörladen zu gehören, die beiden anderen konnte Fabian nicht zuordnen. Ohne Beschriftung oder gar Leuchtreklame sahen sie aus wie schlichte Metalltüren, die in jedem Hamburger Keller vorkamen.

Daniel zündete sich eine Zigarette an und schritt gezielt auf die Tür des Dekoladens zu. Überrascht folgte ihm Fabian. Die Tür öffnete sich noch ehe beide sie erreicht hatten. Es war wieder der Glatzenmann von gestern, der ihnen einen mehr oder weniger netten Empfang bereitete und sie mit einer emotionslosen Geste zum Hereinkommen einlud. Sie standen in einem Lager, das genauso aussah, wie man es sich in einem Dekoladen vorstellte. Jede Menge Kartons aus denen teilweise Perücken, Weihnachtskram oder Partyhüte hervorquollen.

„Das ist das Hamburger Büro der *Meute*?", fragte sich Fabian verdutzt.

Die drei Männer gingen einen Gang gespickt mit Hochzeit-Utensilien entlang und bogen dann nach rechts ab. Eine Kellertreppe führte nach unten. Der Glatzkopf wies Daniel an, vorzugehen und musterte Fabian nochmal grimmig, bevor dieser seinem Freund folgen konnte. Am Ende der Treppe schoben sie einen schweren Vorhang beiseite, der wohl einmal rot gewesen war. Dahinter tat sich ein hell erleuchteter, kleiner Raum auf, der vor langen Jahren als eine Art Kohlenkeller gedient haben musste. In der Mitte des Raumes stand ein einfacher Tisch mit vier Holzstühlen. Auf einem saß Balbo und tippte angestrengt auf einer kabellosen Tastatur herum, die zu einem schicken Flatscreen an der Stirnseite des Raumes gehörte. Die neue IT passte so gar nicht in das sonstige Ambiente, welches durch ein einfaches Holzregal komplettiert wurde. Auf dessen Brettern lagen Stapel von Flyern und von schwarzen Aufklebern, die weiße Dolche, weiße Äxte und in Runen das Wort *Meute* zeigten. Interessiert nahm Fabian einen Sticker in die Hände und betrachtete ihn.

„Buona sera signori! Nehmt Platz."
Balbo war kurz angebunden und heute offensichtlich nicht in Plauschlaune, er wollte keine Zeit verlieren. Fabian und Daniel setzten sich. Der Glatzkopf blieb an der Wand stehen und bedachte Fabian weiter mit einem bösen Blick.
„Hast Du ihn?", fragte Balbo schmallippig in Daniels Richtung. Der zückte wortlos ein gefaltetes Blatt Papier aus der Innentasche seiner dunklen Lederjacke. Fabian erkannte die fettgedruckte Mitgliedsnummer 200.247.
„Gut."
Balbo würdigte das Stück Papier nur mit einem flüchtigen Blick und hielt es in die Luft. Der Glatzkopf nahm es ihm gehorsam aus der Hand und steckte es nun in die Gesäßtasche seiner Jeans.

„Nun zu Dir, Amico", Balbo wandte sich Fabian zu, der ein erschrockenes Zucken nicht unterdrücken konnte. „Du erkennst also die beiden Übeltäter, die es wagten einem Mitglied der *Meute* in den Weg zu treten, ja?"
„Ich ... ich glaube schon. Es war dunkel, aber ...", antwortete Fabian nervös und knetete den Axt-Aufkleber in seiner Hand.

„Gut, gut."

Balbo klickte auf dem Flatscreen durch alle möglichen Ordner und Dateien. Schließlich hatte er gefunden, wonach er suchte und startete eine Bilderpräsentation. Sie zeigte eine Vielzahl an Männern. Mal aus mehreren Metern Entfernung, mal aus nächster Nähe aufgenommen. Sowohl die Statur als auch die Gesichter waren gut erkennbar.

Schon beim vierten Bild stockte Fabian. Das Foto zeigte einen Mann mit dunklen Haaren, der aus einem Auto-Kofferraum ein Gepäckstück herausholte. Das fünfte Bild zeigte die gleiche Szenerie, nur einige Sekunden später. Der Mann hatte sich zum Fotografen gedreht und sein Gesicht war deutlich zu sehen.

„Halt!", rief Fabian. „Es ist komisch aber ich glaube, dies ist schon einer der beiden." Fabian hatte eigentlich keine großen Hoffnungen gehegt, die Personenbeschreibung war schließlich wahrlich sehr allgemein gewesen. Umso überraschter war er nun selbst darüber, so schnell jemanden zu identifizieren.
„Herzlichen Glückwunsch. Das ist Mustafa Baldür. Seines Zeichens Chef eines Drogenrings, der sein Teufelszeug im Darknet vertickt", sagte Balbo und schaute Fabian kühl an:
„Und der hat nichts Besseres zu tun, als Dich auf der Straße anzumachen, Fabio?"
Fabian errötete. Ganz der geohrfeigte Schuljunge.
„Ja, er ist ganz sicher dabei gewesen. Sein Gesicht und diese lockigen Haare konnte ich deutlich im Laternenlicht erkennen. Er war der, der schnell weiter-wollte. Der hatte keine Lust auf Stress."
Balbo nickte stirnrunzelnd, klickte einen anderen Ordner an und setzte die Bilderschau fort.
„Das sind alles Leute, die mit Baldürs Drogenring zu tun haben. Vielleicht ist ja hier der zweite böse Bube mit dabei", erklärte er und klickte durch die Bilder.

Diesmal dauerte es mehrere Minuten. Zahlreiche Männer unterschiedlicher Nationalitäten und Hautfarben sowie einige Frauen erschienen nacheinander. Fabian war es peinlich, nun niemand weiteren zu erkennen. Auch war er erschrocken, dass es so viele infrage kommende Verdächtige gab. Hätte er gewusst, dass eine kriminelle Vereinigung hinter dem tätlichen Angriff steckte, er hätte die Sache auf sich beruhen lassen. Letztlich konnte er sich in diesem Fall wohl glücklich schätzen, noch am Leben zu sein.

Plötzlich erschien der Schriftzug der White Sox an der Wand und riss Fabian aus seinen Gedanken.

„Da, das ist der zweite!" Fabian schnellte empor und zeigte mit dem Finger auf den stämmigen Typen, dessen Jacke er nie mehr im Leben vergessen würde.

„Bingo. Gut, Fabio", lobte Balbo und beendete zufrieden die Bildschirmpräsentation.

„Dann haben wir es zusätzlich mit der rechten Hand von Mustafa Baldür zu tun. Moritz Yassier, genannt Mo." Balbo schien nun besserer Laune zu sein. Er grinste und wendete sich an den Glatzenmann: „Umberto! Das wird ein witziger Tag. Kannst Du noch zur Apotheke gehen, Du weißt was zu tun ist."

Der glatzköpfige Umberto lachte und verließ den Raum ohne ein weiteres Wort durch den schweren Vorhang.

„Aber", Fabian blickte hilfesuchend zu Daniel, „ist das nicht etwas gefährlich? Ich meine, ich wusste nicht, dass es sich um Schwerkriminelle handelt. Von mir aus können wir die Sache dabei belassen und uns unserer eigentlichen Aufgabe zuwenden."

„Fabio, Fabio ..." Balbo grinste weiterhin. „Denkst Du unsere Aufgabe ist es, verbotene Aufkleber mit unserem Logo und dummen Parolen auf Parkbänke zu kleben?", fragte er provokant und deutete auf den Sticker in Fabians Händen. Er lachte auf und gab sich selbst die Antwort: „Nein. Unsere eigentliche Bestimmung ist es, Menschen, die gegen uns sind, zu beseitigen. In dieser Stadt wären Baldür und sein Clan eh früher oder später auf der Liste gewesen. Dann fangen wir eben jetzt mit seinem treuen Gehilfen Mo an."

Balbo klappte den Rechner zu. Fabian und Daniel deuteten dies als Zeichen für die Beendigung der Sitzung. Beide standen auf und auch Balbo erhob sich von seinem Stuhl. Er verabschiedete sie jedoch nicht: „Fabio, Daniele! Wir sehen uns in einer halben Stunde im Hof!"

Fabian konnte es kaum erwarten als er und Daniel allein zurück am Auto waren:
„Daniel! Das kann doch nicht wahr sein. Woher hat der die ganzen Fotos? Das waren wirklich die beiden von vorgestern. Als wenn der eine Fahndungsliste vorliegen hat. Das gibt es doch nicht!"
Daniel zog ruhig seine Marlboro-Packung aus der Lederjacke. Er bot Fabian eine an, der schüttelte nur ungeduldig den Kopf.
„Ich habe Dir doch erzählt", Daniel steckte sich die Zigarette in den Mund, entzündete sie mit seinem Feuerzeug und sprach ruhig weiter: „Balbo ist ein kluger Kopf." Er atmete den ersten Zug genüsslich aus. „Und die Besetzung systemrelevanter Institutionen ist ein Ziel der *Meute* ..."
„Ja, ja - das hast Du mir erzählt!" Fabian konnte sich kaum beruhigen und verstand nur Bahnhof.
„Tja, er scheint weiter zu sein als ich dachte.," sagte Daniel anerkennend und weiterhin in einem ruhigen Ton. „Zumindest waren das eben mit Sicherheit Dateien, die normalerweise der Polizei, wenn nicht gar dem BKA vorliegen."
Fabian stutzte. Er verstand nun zwar, aber das Gehörte beunruhigte ihn noch mehr:
„Was? Wir haben illegalen Zugriff auf BKA-Dateien und wollen einer Gangsterbande an den Kragen?", er geriet regelrecht in Panik.

„Daniel, was habe ich verpasst? Sind hier irgendwo noch ein Dutzend schwerbewaffnete Typen mit Militärfahrzeugen? Das ist doch der schiere Wahnsinn!" Daniel zog abermals an der Zigarette und legte dann beruhigend eine Hand auf Fabians Schulter:
„Ganz ruhig – vertraue der *Meute*. Ehrlich. Balbo ist nicht blöd. Genauso wie er auf Deine Personensuche präpariert war, wird er auch auf die nächsten Schritte vorbereitet sein. Denk dran, was ich Dir zu Italo Balbo erzählt habe. Er ist klug – und brutal. Eine üble Kombination. Mach Dir keine Sorgen um uns. Mach Dir eher Sorgen um diesen Mo Yassier."

23

Das Taxi fuhr in Richtung Wandsbek, im Osten der Stadt. Es war zwar ein Umweg für Kay, aber natürlich hatte er Anna angeboten, den Wagen zunächst zu ihr fahren zu lassen. Der Abend war in der Tat ein voller Erfolg gewesen. Er war glücklich, sich endlich getraut zu haben, das Mädchen seiner Träume anzusprechen. Influencer wie er galten gemeinhin als extrovertiert und hatten wenig Probleme, mit dem anderen Geschlecht Kontakt aufzunehmen. Aber kaum jemand ahnte, dass auch Top-Performer wie er seelische Wunden und schmerzliche Erfahrungen aus einem vorherigen Leben in sich trugen? Und kaum jemand wollte davon etwas wissen, Kosmo musste perfekt sein. Kay störte da nur.

Er schaute unauffällig zu Anna hinüber, die rechts neben ihm hinter dem Beifahrersitz saß und aus dem Fenster auf die vorbeifliegenden Häuserfassaden schaute. Seitdem sie den peinlichen Small Talk mit dem muffigen Taxifahrer erfolgreich abgewehrt hatten, sprach niemand im Auto mehr ein Wort. Die Stille war

Kay ein wenig peinlich, obwohl er einmal irgendwo gelesen hatte, vertrautes Schweigen würde deutlich mehr Nähe schaffen als jedes gute Gespräch.

Das Taxi bog von der Hauptstraße rechts ab in eine ruhige Wohngegend mit den typischen Hamburger Mehrfamilienhäusern aus rotem Klinker.
„Zur Nummer 12, bitte", sagte Anna zum Fahrer und durchbrach die Stille. Dann wendete sie sich lächelnd Kay zu.
„Das war ein netter Abend. Danke für die Einladung. Wir sollten das gerne wiederholen."
„Ja, das finde ich auch. Und keine Ursache. Für die Drinks habe ich im Gegenzug ja Deine Nummer bekommen, höhö!" Das Taxi hielt abrupt an.
„Also: Bis morgen!", säuselte Anna. Kay erhaschte noch einen Blick auf ihre langen Beine, als sie sich aus der Tür schälte.
„Schlaf gut", flüsterte er fast, so dass Anna es kaum gehört haben dürfte. Dann sagte er bestimmt zum Fahrer: „Nächster Halt Eimsbüttel, bitte!"
Der Fahrer drehte um, er musste nun in die komplette andere Richtung. Einmal um die Außenalster herum. Ein gutes Geschäft für ihn an einem Mittwochabend.

Kay zückte sein Smartphone und tippte eine Nachricht hinein:

Das war wirklich schön mit Dir heute.
Freue mich, wenn wir das wiederholen.
Vielleicht ja schon Freitag?
Ich kann bestimmt jemanden zum Tennisempfang vom
Goltz mitnehmen.
Liebe Grüße und träum schön:)

Er wählte Anna als Empfängerin und tippte auf Absenden. Er wusste selbst nicht, warum es ihm leichter fiel zu schreiben als zu sprechen – er hatte lieber das Geschehen unter Kontrolle und wollte nächste Schritte vorausplanen. Vielleicht war die Sehnsucht nach Kontrolle eine Spätfolge seiner harten Schulzeit, in der ihn andere immer als Punchingball missbrauchten. Spontanität war einfach nicht sein Ding. Diese Eigenart beeinflusste seine Influencer-Karriere glücklicherweise nicht negativ. Er hoffte, sie würde ihm bei Anna auch nicht schaden. Die restliche Fahrt zu seiner Wohnung schaute er permanent aufs Handy. Er hoffe auf eine schnelle Antwort von ihr.

Während Kay mit dem Taxi durch die Stadt fuhr, polterte Sharky zeitgleich das Treppenhaus nach oben. Überraschend problemlos fand der Schlüssel den Weg ins Schloss seiner Wohnungstür. Er schlüpfte aus seinen Sneakers und ließ die diesmal nicht liegen-gelassene Parfumtüte im Flur stehen. Er ging ins Bad, putzte sich den schlechten Geschmack von den Zähnen und gurgelte mit einer Mundspülung. Schließlich entkleidete er sich im Gehen, hinterließ dabei eine Klamottenspur und stolperte über die aufgeschlagenen Studienordner auf seine Matratze. Dort blieb er nur mit Boxershorts bekleidet liegen.

Der Abend war wie erwartet verlaufen. Sieben Bier und drei Schnäpse hatten dafür gesorgt, dass er sich nicht mehr sicher war, ob Dortmund nun 1:1 oder doch noch 2:1 gewonnen hatte. Immerhin hatte es sich aber wieder bewahrheitet, wie ein steigender Pegel dafür sorgte, sich mit anderen Alkoholisierten verständigen zu können. Zumindest hatte er am Ende verstanden, warum Marko seinen Job als Mediaplaner losgeworden war. Ein Kunde, für den er die Verantwortung trug, hatte die Mediaagentur überraschend verlassen. Niemanden aus dem Management war die Klauseln im Vertrag geläufig, so dass die Agentur von heute auf morgen durch den neuen Marketingchef namens Toralf abgeschossen werden konnte und ohne Kunden dastand. Woran das Management aber wiederum gedacht hatte: Markos Arbeitsvertrag wies genau dafür einen Passus auf. Solch ein Kundenwechsel konnte nämlich fristlos zu einer betriebsbedingten Kündigung führen.

Sharky und Jens verstanden daraufhin, warum Marko so niedergeschlagen war und ihm nichts Besseres einfiel als sich volllaufen zu lassen. Aus Solidarität lud Jens seine zwei Kumpanen noch für den Folgetag zu sich zum Abendessen ein. Marko bestellte zum Dank für die Einladung noch eine Runde. Es handelte sich dabei um ein Produkt seines Ex-Kunden: Einen *Göltzenen Klaren.* Die Gedanken an dieses Gesöff trugen Sharky endgültig in den Schlaf ...

„Och, manno!", protestierte Andi.
Kurz bevor Sharky angetrunken auf seiner Matratze in den Schlaf waberte, stand Bea erwartungsfroh in ihrem gemeinsamen WG-Wohnzimmer. Im Hintergrund lief eine weitere Folge der Netflix Serie *Stranger Things.* Ihre Mitbewohnerin versuchte verzweifelt, an Bea vorbei das Geschehen zu verfolgen, drückte dann aber frustriert die Pause-Taste der Fernbedienung.
„Bea! Ich kann nichts mehr sehen!", protestierte sie.

Bea stand vor der Couch und damit eben direkt vor dem TV-Gerät. Sie hatte einen eleganten, schulterfreien Jumpsuit an. Er brachte ihre gut trainierten Arme zur Geltung. Sie drehte sich einmal um sich selbst.
„Wie findest Du das? Wäre dieses Outfit nicht genau das richtige für Freitag?"
Andi schaute sie ärgerlich an.
„Okay, okay ... ich habe auch noch was anderes."
Sie entledigte sich pfeilschnell des Jumpsuits, der wie ein zusammengesunkener Kartoffelsack vor der TV-Konsole liegen blieb.
„Nur einen Moment."
Bea hüpfte in Unterwäsche in ihr anliegendes

Schlafzimmer und kam tatsächlich in weniger als zwei Minuten wieder heraus. Diesmal hatte Andi vorher auf Pause gedrückt, ehe ihre Freundin den Blick auf die spannende Serie wieder verstellte.

„Tadaa!"
Bea trug jetzt ein schwarzes, rückenfreies Seidenkleid, das mit einem übergroßen blauen Wellensittich verziert war. Sie drehte sich wieder um die eigene Achse und sah Andi wieder voller Erwartung an.

„Ganz ehrlich Bea? Du bist meine beste Freundin. Aber erwarte doch jetzt bitte nicht von mir, dass ich Dir Empfehlungen bezüglich Deines Outfits für eine Party gebe, zu der Du noch nicht einmal eingeladen bist!" Andi fuhr sich mit beiden Händen ärgerlich durch ihre roten Haare.
„Außerdem kennst Du meine Meinung zu diesem Kosmo bereits: Lass die Finger von dem Schleimer. Der schleppt jedes Wochenende eine andere ab und Du würdest Dich nahtlos einreihen. Zumal in diesen viel zu knappen Teilen – MeToo am Arsch!"
Das war deutlicher als Andi gewollt hatte, aber eben ehrlich.
„Danke, Andrea ...", antwortete Bea bedröppelt. Sie schien sichtlich getroffen, was Andi wiederum ans Herz ging. Sie konnte Menschen nicht traurig oder gar leiden sehen, die sie mochte und liebte.
„Hey Bea, komm mal her und setz Dich zu mir." Andi klopfte auf den Sofaplatz neben sich. Bea setze sich dankbar und ließ sich in den Arm nehmen.
„Du bist das schönste Mädel, was ich kenne. Du kannst alles tragen und siehst in allem gut aus. Sogar der Wellensittich schafft es nicht, Dein Strahlen zu zerstören", versuchte sie zu witzeln und drückte Bea an sich. „Aber ich mache mir Sorgen um Dich. Ich habe kein gutes Gefühl, wenn Du dort hingehst. Nur wegen

so einem Typen, den Du noch nicht mal richtig kennst."

„Aber Du weißt, wie lange ich schon keinen Freund hatte!" Ein zaghafter Verteidigungsversuch Beas.
„Ja, Bea. Aber das liegt doch an den Typen. Du suchst Dir ständig die falschen aus und glaube mir, Kosmo ist der nächste Fehler."
„Nein, das glaube ich nicht. Der kann es sich gar nicht erlauben, mich nach einem One-Night-Stand abzuschieben." Sie schielte nach ihrem Smartphone auf dem Wohnzimmertisch. Andi folgte dem suchenden Blick.
„Du meinst, weil er das vor seinen Followern verteidigen müsste?" Andi schüttelte nur den Kopf und fuhr fort: „Das ist doch alles Schein, der postet nur das, was er wirklich posten möchte. Der weiß genau, wie man sich inszenieren muss und wenn er Dich dafür nicht braucht, wird er Dich seiner Community nicht vorstellen ..."
Bea schaute sie mit großen Augen an.
„Nein!" Andi war ein Gedanke gekommen. Sie fraget ungläubig „Du glaubst jetzt nicht, er wäre eine Berühmtheit oder sowas? Du willst nicht, dass er mit Dir ein Bild macht? Nein!? Nein, das glaub ich nicht."

„Naja, schau mal ..." Nun griff Bea doch zu ihrem Telefon. „... er hat seit vorgestern mehrere Tausend Fans hinzugewonnen. Inzwischen fast 25.000!"
Sie stand nun wieder von der Couch auf.
„Also, die richtigen Stars bekomme ich nicht. Das ist mir klar. Das wäre sozusagen die Raketenstartrampe. Aber Kosmo wäre zumindest ein Sprungbrett. Du weißt, Beauty und Mode sind genau mein Ding – und es muss doch wohl machbar sein, ein paar Socialkanäle zu bedienen und selbst ein Teil der Branche zu werden. Für den Einstieg wäre ein Foto mit Kosmo schonmal nicht schlecht. Ich würde ihn bitten, noch auf mich bei

Insta zu verweisen. Ich will unbedingt mit der Sache, die mir am meisten Spaß bringt, Geld verdienen!"

Beas Wangen glühten rot vor Aufregung. Sie stand unbeholfen in ihrem kurzen Wellensittichkleid da und schaute ihre Freundin treuherzig an. Andi musste liebevoll lachen.
„Alles klar, Bea", gab sie nach, „Du hast mich überzeugt. Dann bin ich erleichtert. Es ist also mehr ein Schritt in Deine berufliche Zukunft. Da unterstütze ich Dich natürlich, wo ich kann!"
Sie musterte ihre Freundin von oben nach unten.
„Ich fang schonmal an: Mit dem Kleid wirst Du da nicht hingehen."
Bea blickte enttäuscht an sich herunter.
„Keine Sorge: Du nimmst Dir morgen spontan frei und wir suchen Dir was Schönes."
„Haha! Etwas kurzfristig. Frau Spahn wird sich freuen. Sie kommt ja immer nach mir. Ich muss den Laden aufschließen."
„Bea! Du bist Praktikantin!" Andi schüttelte den Kopf.
„Von mir aus gehst Du morgen zum Laden, schließt ihn auf und sobald die Chefin vor Ort ist, gehst Du wieder. Wenn Du keinen Urlaub bekommst, hast Du Deine Tage oder was weiß ich. Mir egal. Morgen machen wir Dich fit für Freitag!"
Mit diesem bestimmenden Satz beendete Andi jegliche Diskussion. Sie schaltete den Fernseher aus, stand auf und zog Bea mit sich Richtung Badezimmer.
„Es ist schon nach elf – Zeit zum Zähneputzen und dann wird geschlafen. Morgen wird ein guter Tag."

Eine halbe Stunde später schliefen Andi und Bea tief und fest – genau wie Kay und Sharky, die friedlich zu Hause in ihren Betten lagen.

Für manch andere begann die Nacht erst jetzt.

24

Sie saßen zu fünft im Fiat Doblò – ein Kastenwagen, der oft von Gastarbeitern auf dem Bau genutzt wurde und somit im Stadtbild nicht sonderlich auffiel.

Neben Daniel und Fabian saß ein Typ, der von Balbo Amerigo genannt wurde. Er sprach nicht viel, hatte jedoch einen amerikanischen Akzent, insofern passte der Name ganz gut. Zumal er auch die Statur eines US-Footballers aufwies – groß und massig. Auf dem Beifahrersitz fläzte sich der glatzköpfige Türsteher Umberto. Balbo ließ es sich nicht nehmen und saß mit einer Zigarette im Mund selbst am Steuer. Der Innenraum war bereits ordentlich verqualmt, aber keiner der vier Männer traute sich etwas zu sagen. Und selbst wenn sie es versucht hätten, hätte es niemand verstanden. Denn Balbo hatte die Musikanlage auf eine ohrenbetäubende Lautstärke gestellt.

Aus den Boxen erklang die wundervolle Stimme Matia Bazars:

Ti sento
La musica si muove appena
Ma è un mondo che mi scoppia dentro...

Eine fast komische Situation, dachte Fabian. Fünf mehr oder weniger starke Typen hören diesen 80er Jahre Hit in einem verrauchten Wagen – wie in einer Karikatur eines Gangsterfilmes.
Balbo hielt auf dem seitlichen Parkstreifen einer großen sechsspurigen Straße an. Sofort war alle Komik aus Fabians Gedanken verschwunden. Er wurde sich bewusst, wie ernst die Sache war oder doch zumindest werden konnte.

„Seht ihr den Laden da vorne?", fragte Balbo, während er die Musik leiser drehte.

„Du meinst den mit der blauen Leuchtschrift, dahinten an der nächsten Ecke?" Daniel blinzelte.

„Das ist doch eine Shisha Bar, oder?", fragte er.

„Blitzmerker!", fauchte Umberto vom Beifahrersitz.

„Ruhig, Arditi!" Balbo deutete auf einen Sportwagen auf dem Bürgersteig vor dem beschriebenen Laden:

„Mo ist anwesend. Das ist sein Auto."

Er schaltete die Musik nun komplett aus, drückte seine Zigarette in den Aschenbecher und zündete sich sofort eine neue an.

„Umberto, mein Freund – hast Du vorhin alles in der Apotheke bekommen?"

„Si, Balbo – ist alles hinten im Laderaum."

„Wunderbar. Arditi, macht es Euch bequem."

Es war nun schon eine Dreiviertelstunde verstrichen. Ein paar Taxen geisterten durch die Stadt und fuhren mit gelbbeleuchteten Schildern auf ihren Dächern an ihnen vorbei. Sonst bewegte sich nichts. Der Sportwagen stand weiterhin an Ort und Stelle und auch das blaue Licht der Bar brannte immer noch.

„Fuck. Ich muss pissen", grunzte Amerigo und öffnete leise die rechte Hintertür.

„Verdammt, lass das!", fauchte Balbo. „Amerigo, reiß Dich zusammen. Die sind nicht blöd!"

„Ok, ok. Aber ich weiß nicht, wie lange ich es noch aushalte, sorry!", bemerkte Amerigo gequält.

„Amico, notfalls kann ich Dir das hier geben ..."

Umberto reichte eine leere Plastikflasche nach hinten.

„Ok. I understand. Noch geht´s ..."

Plötzlich öffnete sich die Tür der Shisha Bar. Ein Lichtschein erhellte kurz die Straße und verschwand langsam als die Tür wieder zufiel. Balbo saß sofort kerzengerade und beobachtete die Szenerie genau. Aus der Ferne konnten sie zwei Silhouetten in der Dunkelheit erkennen. Sie gingen zu einem unauffälligen Kombi und stiegen ein.

„Merkwürdig", sagte Balbo ruhig. Mehr zu sich selbst

als zu seinen vier Mitstreitern.

„Was ist denn?", platzte Fabian aufgeregt hervor. Sein Herz schlug so schnell, wie es wohl noch nie in seinem Leben geschlagen hatte.

„Merkwürdig. Baldür macht Feierabend, aber verlässt seinen Laden ohne seine rechte Hand."

„Das hat er von hier erkannt?", flüsterte Fabian ungläubig Daniel zu. Der zuckte nur mit den Schultern. Alle starrten wie gebannt auf den SUV, dessen Rücklichter aufleuchteten und sich wenig später entfernten. Balbo lehnte sich wieder zurück und zündete sich eine weitere Zigarette an. Sicherlich seine siebte, seitdem sie hier standen. Es war nun wieder alles ruhig.

Die Minuten vergingen wie Stunden. Fabian sah von der Rückbank nach vorne und dort auf die Armaturen – es war schon kurz vor eins. Neben ihm war Daniel eingenickt. Sein Kopf fiel haltlos nach vorne. Die Szenerie vor ihnen war weiterhin unverändert. Wie ein Stillleben. Ein Plätschern schreckte Fabian auf. Auch Daniel zuckte zusammen und fuhr erschrocken hoch. Entschuldigend grinste Amerigo. „I have to piss, guys!" Umberto lachte laut auf. Balbo reagierte gar nicht, sondern schaute konzentriert nach vorne.

Nachdem der Strahl verklungen war, starrten alle wieder zur Bar – und tatsächlich: Es tat sich etwas. Die blaue Leuchtschrift erlosch. Alle Insassen waren nun hellwach. Endlich passierte etwas.

Wenig später waren wieder Umrisse zweier Personen zu erkennen. Sie gingen zum Sportwagen und dort, im Schein einer Laterne, war eine der beiden als Frau erkennbar.

„Ach so, der Bastard hat seine Familie dabei", murmelte Balbo.

Der Sportwagen startete und fuhr los.

„Was ist denn, willst Du nicht hinterher?", fragte Daniel

aufgeregt.

„Daniele, ruhig Blut. Ich weiß doch, wo er hinwill. Er aber nicht, dass wir ihn verfolgen. Dies soll auch so bleiben."

Die Lichter des Sportwagens verschwanden aus ihrem Blickfeld. Ein Taxi überholte sie. Dann startete Balbo den Motor und fuhr an. Allerdings machte er an der nächsten Ampel einen verbotenen U-Turn und fuhr in die entgegengesetzte Richtung, nicht dem Sportwagen hinterher. Balbo bemerkte die entgeisterten Blicke, die auf ihn lasteten:

„Arditi, macht Euch keine Sorgen", sagte er ruhig und zuversichtlich.

Er bog in die nächste Straße rechts ein, fuhr 500 Meter weiter ehe er links abbog und vor einem stattlichen Einfamilienhaus hielt. Alle Fenster waren dunkel und auch in der Nachbarschaft waren nur vereinzelt ein paar Einfahrten spärlich beleuchtet.

„Great! Wollen wir mal nachsehen, ob uns die Bewohner ein paar Aufmerksamkeiten in ihren Nachttischschubladen dagelassen haben?" Amerigo witterte wohl eine unverhoffte Gelegenheit, seine Einkünfte aufzubessern.

„Ruhig, ruhig. Das ist die Residenz der Familie Yassier." Balbo schaltete den Motor ab und nickte Umberto zu.

Jetzt standen sie hier, genauso wie eben.

Es verstrichen weitere zehn Minuten, in denen nichts geschah. Gerade wollte Fabian erwähnen, morgen arbeiten zu müssen – als ein Auto an ihnen vorbei durch das geöffnete Tor fuhr und auf der Einfahrt parkte. Ein Mann stieg aus, Fabian erkannte ihn. Es war tatsächlich Mo. Er ging um den Wagen herum, öffnete die Beifahrertür und half einer spärlich bekleideten Frau aus dem Auto. Er küsste sie hart auf den Mund. Dann gingen sie in Richtung des Gebäudes. Ein Bewegungsmelder erleuchtete den Eingangsbereich.

„Avanti", sagte Balbo bestimmt. Umberto und Amerigo öffneten leise die Türen des Autos.

Sie schritten schnurstracks auf die beiden turtelnden Personen zu. Ehe sich Mo versah, lag er vor seiner Haustür auf dem Boden. Balbo stieg nun ebenfalls aus und deutete Daniel und Fabian es ebenfalls zu tun. „Ihr schnappt Euch die Kleine!", sagte er und ging ruhig zum hinteren Teil des Wagens, um die Türen zur Ladefläche zu öffnen.

Fabian und Daniel eilten zu den beiden anderen: Amerigo hatte Mo inzwischen gut im Griff. Der blutete stark aus der Nase, wehrte sich aber kaum noch. Er sah wohl ein, wenig Chancen zu haben, wenn einem ein 120 Kilo Paket auf der Brust saß. Seine Begleiterin verhielt sich erstaunlich ruhig. Was sicherlich darin begründet war, dass auch sie entsetzlich aus der Nase und dem Mund blutete. Fabian stand schockiert vor dieser Szenerie.

„Fabio, hier nimm das!" Balbo kam hinter dem Fiat hervor und drückte Fabian einen Plastiktrichter in die Hand. „Steck ihm den Trichter ins Maul – Amerigo, halt ihn ruhig."

„Ihr wisst nicht, wer ich bin!", rief Mo verzweifelt. „Das werdet ihr bereuen!"

„Shut up", fluchte Amerigo und schmetterte seine rechte Faust ins Gesicht des wehrlosen Mos.

„Jetzt, Dein Part Fabio!" Balbo deutete auf den Trichter und dann auf den Mund des blutenden Opfers am Boden. Fabian rammte den Trichter in den halb-geöffneten Mund. Balbo kam näher. Er hatte eine Flasche in der Hand, öffnete sie und ließ die Flüssigkeit in den bewegungsunfähigen Mo Yassier fließen. Im dunklen Schein der Hausbeleuchtung konnte man das Wort Rizinusöl auf der Flasche entziffern. Die Nacht war nun wieder still, nur Mo Yassiers ersticktes Gurgeln war leise zu vernehmen.

Aus der Musikanlage erklang der altbekannte Song:

Mi ami o no?
Mi ami o no?
Mi ami o

Balbo lachte herzlich am Steuer, lässig baumelte sein linker Arm aus dem herunter gelassenen Fahrerfenster.

Sie hatten den armen Mo auf die Motorhaube des Fiats geschnallt. Auch hier waren sie bestens vorbereitet mit Ketten und Handschellen, die ideal durch Ösen am Dach und an der Karosserie befestigt werden konnten. Der bockige Mo konnte unter seinem Knebel kein Wort herausbringen. So gondelte der Fiat durch das leblose nächtliche Hamburg und Moritz „Mo" Yassier, seines Zeichens rechte Hand des Drogenbosses Mustafa Baldür, baumelte hilflos mit einem Liter Abführmittel intus umher. Er furzte permanent und schiss sich in die Hosen, ehe die Fahrt, aber nicht das Martyrium, vor einer prachtvollen Stadtvilla endete.

Balbo drehte sich zu Daniel und Fabian und sagte voller Vorfreude: „Holt die kleine hinten aus dem Laderaum. Sie soll den Anblick nicht verpassen."

Balbo selbst stieg ebenfalls aus und ging zur Motorhaube. Umberto tat es ihm auf der anderen Seite gleich und zückte sein Smartphone.
„Mo, puh! Das müffelt hier, Amico!"
Balbo lächelte und deutete auf die braungefleckte Hose seines Opfers. Umberto filmte derweil die Szene.
„Da scheißt Du Dir in die Hose, vor der Villa Deines Chefs und vor Deiner Ehefrau, die Du eben noch flachlegen wolltest. Bisschen peinlich, oder?"
Die gefesselte Frau in Daniels Umklammerung wand sich und wollte ihren Mann nicht ansehen. Mo stöhnte unter seinem Knebel – unterbrochen wurde sein leises

Gewimmer nur vom lauten weiteren Gefurze. Balbo
lachte dreckig.

„Boah, man kann es nicht mehr ertragen. Sei doch mal
ruhig", scherzte er.

Aus dem Wagen erklang weiterhin das Lied *Ti sento*.

„Kannst Du italienisch, Mo? Ja? Wenn ich Dir jetzt den
Knebel abnehme, möchte ich nämlich das Lied von Dir
hören." Balbo wartete, löste dann den Knebel und Mo
trällerte gequält mit vollgeschissener Hose:

Mi ami o no?
Mi ami o no?
Mi ami o

„Ok, das reicht Balbo!", riet Umberto und packte sein
Smartphone wieder ein. Fabian und Daniel lösten die
Fesseln ihres gepeinigten Opfers und der ehemals
stolze Mann stürzte achtlos auf den Gehweg. Dort
ließen sie ihn liegen und brausten mit ihrer wertvollen
weiblichen Fracht davon.

25

Kay war heute Morgen früh aufgestanden. Er hatte nur
sechs Stunden geschlafen, fühlte sich aber voller
Energie. Ein Kribbeln durchflutete seinen Bauch. Voller
aufregender Erwartung griff er zum Smartphone. Und
erhielt einen unvermittelten Dämpfer: Anna hatte auf
seine Einladung ihn zu begleiten, nicht geantwortet.

Enttäuscht zog Kay ein dunkelblaues Sportshirt und
eine Laufshorts über seine Sportleggings an. Er blickte
in den Spiegel, verwuschelte sich die Haare und
drückte sich die Air Pods in die Ohren. Aus den
Kopfhörern ertönte sein aktueller Running Spotify Mix.
Missmutig verließ er seine Eimsbütteler Wohnung.

40 Minuten später kehrte er in völlig veränderter Verfassung zurück. Die frische Luft und Bewegung auf der Laufstrecke hatten seinen Optimismus wieder gestärkt. Halbsieben war einfach zu früh. Anna würde nicht vor Neun im Office erscheinen. Sicherlich war sie gestern bereits im Bett gewesen, als er seine Einladung gesendet hatte. Sie hatte die Nachricht noch gar nicht lesen können, redete er sich ein. Sie würde nun bald aufstehen und bestimmt auf dem Weg zum Büro antworten. Sein Kribbeln im Bauch war zurück.

Voller Elan spulte er das Home-Workout bestehend aus diversen Situp Variationen und jeder Menge Liegestütze ab. Er durfte trotz aller Vorfreude seinen Job nicht vergessen: Vor dem Spiegel posierte er mit anwinkelten rechtem Arm und strahlendem Grinsen für sein typisches Kosmo-Guten-Morgen-Selfie.

Er postete es zusammmen mit der bewältigten Laufstrecke und dem Text:

Der frühe Wurm ... oder so ähnlich:
Heute verspricht spannend zu werden!
Die Goltz Brennerei hat mich zu einer Besichtigungstour eingeladen und ich freue mich schon sehr, mehr über das Traditionsunternehmen und den Partygastgeber zu erfahren.
#hamburg_open #goltzbrennerei #partynight
#goeltzene_klare #fitindentag

Kay wollte heute im Laufe des Tages den gestrigen Brennereibesuch für seine Fans aufbereiten. Da der wahrlich langatmig war, musste er sich noch überlegen, wie er möglichst spannend zu präsentieren wäre. Sein Blick fiel auf den Karton mit dem Goltz Logo auf dem Wohnzimmertisch. Die Gewinnspielidee von Robert war sicherlich eine Option. Nicht originell, aber besser als Nichts.

Er ging sich nun erstmal duschen und rasieren. Als er nach gut fünfzehn Minuten im Bademantel in der offenen Küche stand, hatte er bereits mehr als dreißig Likes und fünfzehn Kommentare unter seinem Eintrag erhalten. Diesmal war kein einziger Hater dabei. Offensichtlich war es für die Spezies noch viel zu früh. Kay drückte eine Kapsel in den Kaffeeautomaten. Anschließend erfüllte ein unvermeidliches Kreischen die Küche, ehe er einen dampfenden Becher Caffè Americano in den Händen hielt. Im Bademantel setzte er sich auf die weiße Ledercouch und schaltete den Fernseher ein. Skysports berichtete über ein ziemlich fades Gekicke von Borussia Dortmund in der Champions League. Der BVB war gestern nicht über ein Unentschieden gegen einen griechischen Vertreter hinausgekommen. Kay nippte an seinem Kaffee und verschluckte sich fast, als ein Vibrieren den Empfang einer Nachricht signalisierte. Hektisch griff er nach seinem Telefon.

Eine Nachricht von Robert:

Wieder ein Zuwachs von mehr als 200 Usern – gut Kosmo. Ich freue mich auf morgen! Gruß Robert

Kay ließ sich zurück auf seine Couch sinken. Das war eine schöne Nachricht. Trotzdem überwog seine Enttäuschung. Bevor die Unwissenheit um Anna nicht beseitigt war, konnte er kaum klar denken. Es war nun kurz nach acht. Aufgestanden war sie sicherlich schon, es konnte nicht mehr lange dauern. Kay ging wieder in seine Küche. Er war unruhig, nahm sich eine kleine Schüssel und öffnete den Kühlschrank. Er kippte einen guten Schwung fettarmen Naturjoghurt in die Schüssel. Dann schnitt er eine Banane in Scheiben und verrührte alles mit einem Schuss Honig.

Zurück auf der Couch strich er über sein Handy-
display. Es waren keine neuen Nachrichten eingetroffen. Er nahm einen Löffel seines Frühstücks,
stellte die Schüssel dann aber zurück auf den
Couchtisch. Er hatte keinen Hunger.
Bei Skysports berichtete eine Blondine jetzt über die
neuesten technischen Entwicklungen der Formel 1, die
im heute stattfindenden freien Training zum ersten Mal
getestet werden sollten.
Kay zappte weiter. Donald Trump schien wieder
Interesse an einer Freundschaft mit dem
nordkoreanischen Raketenmann zu haben, die
Zustände an der türkisch-syrischen Grenze waren
unzumutbar und die Fluglotsen drohten mit einem
deutschlandweiten Streik am Wochenende.
Kay streckte sich und griff nun doch wieder nach der
Frühstücksschüssel. Während er den Bananen-
Joghurt-Brei aß, scrollte er unmotiviert durch den
eigenen Instagram-Account und auch durch Profile von
Promis und Sternchen, denen er selbst folgte. Letztlich
konnte er sich bei denen vielleicht auch Inspirationen
holen, wie er die Sache mit der Goltz Brennerei noch
aufbereiten konnte. Gerade als er ein monströses
Poserbild von Bastian Yotta überflog, pingte eine
Nachricht auf:

Hey Du!
Ich fand den Abend gestern sehr lustig.
Gerne gehe ich mit Dir gemeinsam Freitag auf den
Empfang. Robert wollte sowieso, dass ich auch vor Ort
bin. Er sieht die HH Open als große Chance, die Agentur
bei der Society zu promoten. Da brauchen wir Präsenz.
Bis dann!

Das war zwar jetzt nicht die enthusiastische Antwort,
die er sich erhofft hatte. Aber Anna war am Freitag mit
dabei. Sie konnten also dort weitermachen, wo sie
gestern Abend aufgehört hatten.

26

Sharky schob die Kapuze seines Hoodies zurück und gähnte als er gegen elf Uhr die Shopping Mall betrat.

Jeder Schritt seiner abgelaufenen Sneakers klebte ein wenig am Boden fest. Dumpfes Gemurmel empfing ihn. Er war immer wieder überrascht über die Horden von Jugendlichen, die schon vormittags zusammen mit den unermüdlichen Rentnern und Frauen mit Kinderwägen das Einkaufszentrum bevölkerten. Waren schon wieder Ferien oder hatte er es falsch im Gedächtnis? Hatte auch er früher aufgrund von Schulausfällen oder Freistunden öfters frei und konnte sich mit seinen Freunden die Zeit in der Mall vertreiben?
Er müsste Marko einmal fragen. Der war vier Jahrgänge über ihm auf das gleiche Gymnasium gegangen. Aber vielleicht nicht heute Abend. Das würde nur wieder eine Diskussion mit Jens hervorrufen, der sicher auch zum deutschen Bildungssystem eine fundierte Meinung kundtun würde. Sharky grinste innerlich. Als freizeitliebender Student würde er selbst dabei nicht so gut wegkommen.

Er steuerte zielsicher mit der langgesuchten Parfum-tüte die erstbeste Bäckerei an.
„Einen großen Filterkaffee mit Milch zum hier trinken, bitte", bestellte er emotionslos.
„Sehr gerne. Darf es sonst noch etwas sein?" fragte die gut gelaunte Endvierzigerin hinter der Auslage mit einem Sonnenscheinlächeln. Sharky verneinte mürrisch und ließ mehrere Münzen auf die dafür vorgesehene Schale plumpsen. Dann nahm er auf einem ungepolsterten Hartplastikstuhl Platz und beobachtete die hetzenden Leute. Gerade als zwei Teenies tuschelnd vorbeiliefen, einer der beiden hatte

verstohlen eine Packung Zigaretten in den Fingern, fiel Sharkys Blick auf eine große Reklametafel des Shopping-Centers. Hier lief gerade ein Werbespot eines Telemobilfunkanbieters. Danach kamen die allgemeinen News, welche die Shoppingmall in Kooperation mit einer Hamburger Zeitung präsentierte.
Sharky runzelte die Stirn, Borussia Dortmund hatte also doch nur 1:1 gespielt. Das vermeintliche 2:1 war dann wohl eher in seinem Kopf gefallen und dem *Göltzenen Klaren* am Ende geschuldet gewesen. Er schlürfte den letzten Schluck aus seinem Becher und stellte ihn in einen der dafür vorgesehenen Tablettwagen, stand auf und schlenderte weiter.

„Hey? Du!", ertönte es hinter ihm. „Hey Du da? Entschuldigung!"
Sharky drehte sich suchend um und erblickte die nette Bäckereifachverkäuferin, die ihm freundlich mit seiner Parfumtüte in der Hand zuwinkte.
„Du hast was vergessen!"
Er schüttelte den Kopf und musste nun doch grinsen. Es schien wahrlich nicht so leicht für ihn zu sein, eine einfache Geschenktüte heil von A nach B zu bringen.
„Danke", erwiderte er erleichtert und griff nach der Tüte. „Ich bin Ihnen dankbarer als Sie vielleicht glauben."
Er drehte wieder um und ging weiter in die Mall hinein.

Nach wenigen Minuten erreichte er die Parfümerie. Wie von ihm erhofft, war kein Kunde im Verkaufsraum. Auch sonst war der Laden menschenleer. Weder hinter der Kasse noch im Bereich zum Lager konnte Sharky jemanden erkennen. War Bea kurz zur Toilette? Das sollte ja vorkommen.
Oder war sie sich kurz einen Snack zum Mittag holen und ließ den Laden unbeaufsichtigt? Das würde nicht zu ihr passen. Zumindest nicht zu der Bea, die er kennengelernt hatte. Er trat in die geöffnete Tür zum

Lager, was er noch gut vom vorgestrigen Auspacken kannte.

„Hallo?", rief er in die Stille. „Bea, bist Du da?"
Nichts rührte sich. Sharky verließ den Lagerraum und sah sich in der Ecke für Männerdüfte um. Er musste dann eben hier auf sie warten und sich die Zeit vertreiben. In feinen Fläschchen gab es unglaublich kostspielige Parfums. Er testete einige, wobei er nach dem dritten Duft schon nicht mehr sagen konnte, ob der süßlich roch oder doch die Mischung aus allen dreien zusammen in seiner Nase die besondere Note ergab. Prüfend hob er ein weiteres Fläschchen an, in dessen Innerem ein Schiffchen schwamm. Es war ein Einmaster in einer whiskeyartigen Flüssigkeit. Der Name lautete *Hanseatic Note*. Das Plakat über dem Verkaufstisch versprach einen herben Duft nach Freiheit und hanseatischer Gelassenheit. Sharky sprühte sich einen Schuss des Zeugs auf das Handgelenk. Er wollte schon immer wissen, wie Gelassenheit riecht. Angst konnte er sich eher vorstellen. Er roch an seinem Handgelenk und stellte fest: Freiheit und Gelassenheit rochen nach billigem Fusel, den er niemals freiwillig trinken würde. Kein Wunder, warum das Schiffchen nicht auf der Oberfläche, sondern mitten in der Flüssigkeit schwamm. Wie eine hanseatische Kogge, die durch das Unvermögen ihres betrunkenen Kapitäns untergegangen war. Der hatte sicher so ein Zeug wie die *Hanseatic Note* getrunken und war kurze Zeit später erblindet ...

„Kann ich Ihnen helfen?", krächzte eine Stimme, die zu einer faltigen Dame mit zu viel Makeup und Brille auf der Nasenspitze gehörte. Sharky ließ vor Schreck das Fläschchen fallen. Mit einem Platzen zerbarste es am Boden. Die kleine Kogge wurde in einer Art Mini-tsunami weggespült und blieb auf der Seite liegen. „Großartig. Was für eine Schweinerei!", schimpfte die Verkäuferin. „Kann ich was für Sie zu tun? Sonst möchte ich Sie bitten, den Laden zu verlassen, ehe ich sie rauswerfen muss."

„Entschuldigung, verdammt", fluchte Sharky.

Er hatte es mit der Chefin Frau Spahn zu tun, wie er dem Namensschild entnehmen konnte.

„Ich bin eigentlich auf der Suche nach Bea. Äh ..." Er hob erklärend die Tüte in seiner Hand.

„Ich wollte etwas zurückbringen."

„Ich bin die Filialleiterin. Fräulein Kamps ist heute leider krank nach Hause gegangen." Die Kratzstimme klang nun ein wenig freundlicher:

„Sie wollen etwas umtauschen, ja? In diesem Fall brauche ich bitte einmal den Kassenbon."

„Nein, ich möchte nichts umtauschen, sondern nur etwas zurückgeben."

„Sie wollen den gezahlten Betrag zurückerstattet? Dies ist nur in absoluten Ausnahmen möglich. Die Ware muss im einwandfreien Zustand sein und überhaupt: Wann haben sie die denn bei mir gekauft?"

Sie sagte mir, nicht uns.

Langsam ging die Kratzstimme Sharky auf die Nerven. Er schilderte ihr trotzdem seinen Fall – und machte damit einmal mehr einen Fehler.

„Das ist ja anmaßend von Frau Kamps!", zeterte die Kratzstimme. „Die kann doch nicht einfach meine Ware kostenlos und ohne jeden Beleg an Wildfremde herausgeben."

„Naja, wildfremd? Immerhin war ich kurz vorher noch ein Kunde", warf Kay beschwichtigend ein.

„Papperlapapp. Sie hätten genauso gut mit der Ware verschwinden können und sich nie wieder blicken lassen!" Sie war nun schier außer sich. „Das ist ja Beihilfe zum Diebstahl! Wie oft hat Frau Kamps sowas wohl schon vorher gemacht? Jetzt muss ich den kompletten Bestand kontrollieren. Wehe, es fehlt noch mehr. Da hat man einmal Vertrauen in junge Menschen und so danken sie es einem. Unerhört!"

Sharky fühlte sich beinahe so, als wäre er tatsächlich beim Diebstahl ertappt worden und suchte nach einer Möglichkeit, sich und vor allem Bea aus der Schusslinie zu bekommen.

„Also, wenn es hilft: Ich möchte dann eben diesen Duft zurückgeben und zusätzlich einen weiteren kaufen."
Er lächelte verkrampft und erklärte sicherheitshalber nochmal:
„Sie bekommen also das von mir geliehene Parfum zurück und ich kaufe noch einen weiteren Duft für mich. Sie hätten also zwei Verkäufe in dieser Woche. Das ist doch was!"
„Nun werden Sie ja nicht auch noch frech."
Die Stimme klang nun wieder so kratzig wie nach zwei durchzechten Nächten:
„Also zunächst einmal ist die Rückgabe von gestohlener Ware jawohl selbstverständlich. Außerdem haben Sie eben noch mutwillig Ware zerstört. Die müssen Sie mir genauso ersetzen!" Sie schielte ihn hinterhältig über ihre Brille hinweg an:
„Wenn Sie dann auch noch Ihren guten Willen zeigen und einen weiteren Duft erwerben möchten, dann kann ich gerne von einer Anzeige gegen Fräulein Kamps Abstand nehmen."
Sie musterte ihn herausfordern und glaubte selbst nicht daran, dass dieser schlampig aussehende Tunichtgut finanziell dazu in der Lage war. Sie ging bereits zur Kasse und nahm das Telefon zur Hand, um die Security zu benachrichtigen.
„Ja, schon gut. Okay."
Sharky hasste es, wenn er die Karte der finanziellen Stärke spielen musste. Sie erinnerte ihn an seine Abhängigkeit von seiner Mutter. Er griff zum nächstbesten Produktkarton.
„Ich nehme dann das hier noch mit und wir vergessen die ganze Geschichte."
Er ging nun ebenfalls zur Kasse, stellte den Duft auf

den Verkaufstresen und reichte der ekelhaft grinsenden
Frau Spahn seine Tüte. Sie schaute hinein und stellte
die Tüte zufrieden ab. Dann scannte sie den neuen
Duft zweimal ab.

„Das macht dann 158 Euro, bitteschön."
Sharky ließ sich nichts anmerken, zückte sein Porte-
monnaie und zählte dreimal 50 und einmal 20 Euro in
bar heraus.

„Das stimmt so", presste er hervor und lächelte
süffisant. „Sie brauchen es mir auch nicht einpacken.
Und den Kassenbon benötige ich auch nicht. Ich
komme eh nicht wieder."

Er schnappte wütend seinen Einkauf und verließ eilig
den Laden. Erst draußen schaute er auf das Etikett in
seinen Händen. Er war nun stolzer Besitzer eines
Fläschchens *Hanseatic Note*.

27

Bea ahnte nicht, in welche Lage Sharky sie durch
seinen gutgemeinten Besuch gebracht hatte.
Sie war natürlich nicht wirklich krank, sondern hatte
Andis Vorschlag von gestern Abend umgesetzt.
Nachdem sie heute Morgen einmal mehr als erstes den
Laden aufgeschlossen und die neuen Lieferungen ins
Lager gebracht hatte, tauchte Frau Spahn gegen zehn
Uhr entspannt mit einem Latte Macchiato in der Hand
auf. Bea täuschte Bauchschmerzen vor und bat die
verständnislos dreinschauende Chefin darum, nach
Hause gehen zu dürfen. Frau Spahn musste zer-
knirscht zustimmen. Wer will schon eine Angestellte
mit Bauchkrämpfen im Laden haben? Gerade wenn sie
einem angeblich auch noch jederzeit auf die Verkaufs-
fläche kotzen könnte.
Bea war letztlich mit schmerzverzerrtem Gesicht ge-

gangen und hatte sich wie besprochen an der nächsten Rolltreppe mit Andi getroffen. Zusammen waren sie mit dem Bus ins Hamburger Schanzenviertel aufgebrochen.

Dort standen sie nun in einer der zahlreichen Boutiquen. Bea in der Umkleidekabine. Andi gespannt wartend vor dem Vorhang.

„... ich kann es gar nicht glauben, ich bin nun auch schon so gut wie durch mit der dritten Staffel", plapperte Andi gegen den Vorhang. „Zum Glück wird die vierte Staffel angeblich bereits produziert. Ich hoffe nur, die wird auch wieder so gut. Meist verlieren die Serien an Spannung und Charme, je mehr Staffeln es gibt. Bis dahin kann ich mit Dir nochmal von vorne anfangen. Du kennst *Stranger Things* ja bisher so gut wie gar nicht. Zumindest ab der Mitte von Staffel zwei warst Du ja mehr mit anderen Sachen beschäftigt als mit mir zu..." Der Vorhang öffnete sich. „Wow!"

Bea trat aus der Umkleide. Sie hatte ein tiefausgeschnittenes Neckholder-Kleid angezogen, das eng anlag. Sie drehte sich.
„Was meinst Du? Kann ich mich so blicken lassen?", trällerte sie.
„Oh, là, là! Du siehst fantastisch aus." Andi pfiff keck.
„Aber für meinen Geschmack doch etwas zu sexy. Allein wie Dein Busen rausgequetscht wird. Da wird jeder Mann an ein Boxenluder oder schlimmeres denken. Wir müssen in eine andere Richtung schauen." Sie sah sich in dem kleinen Laden um und griff nach einer Schleifenbluse aus Satin.
„Wie wäre es denn damit? Vielleicht zusammen mit einer eleganten Hose?", fragte Andi.
„Oh nee. Ich finde die Schleife erinnert an ein Halsband und ich will kein Schoßhund sein."

Während Andi weiter die Klamotten durchwühlte, zückte Bea ihr Smartphone aus der Handtasche. Sie

wollte sich Inspirationen von den Modebloggern holen,
denen sie folgte. Dabei bemerkte sie, wie Kosmo nach
seinem morgendlichen Fitness Post schon wieder auf
Instagram aktiv war:

Wie ihr wisst, bin ich am Freitag auf dem großen
Empfang der Hamburg Open.
Ich freue mich schon sehr, Euch meine gewonnenen
Eindrücke zu schildern und bedanke mich im Vorfeld bei
meinem Gastgeber, der Goltz Brennerei. Gewinner feiern
am liebsten in guter Tradition!
Um Euch die Wartezeit bis morgen zu verkürzen, verlose
ich fünf Flaschen des Göltzenen Klaren – Ihr müsst nur
bis morgen Abend 0 Uhr folgende Frage beantworten:
Wann wurde das Traditionsunternehmen gegründet?
Viel Glück.
#hamburg_open #goltzbrennerei #partynight
#goeltzene_klare

Zu diesem Beitrag hatte er ein Foto gepostet, das ihm
mit zwei Männern aus der Brennerei in einem ge-
täfelten Schankraum mit allerlei Etiketten an den
Wänden zeigte. Er lächelte süß. Seine Grübchen
verzauberten Bea regelrecht. Unter diesem Eindruck
betrachtete sie sich wieder im Spiegel:
„Also Andi, ich verstehe Dich ja – aber Boxenluder?
Nicht Dein Ernst?"
Sie drehte sich nochmal um sich selbst.
„Ich meine", sagte sie und drückte ihren Oberkörper
heraus, „man kann schon zeigen, was man hat. Zumal
ich doch gerade auffallen möchte. Ich glaube, das Kleid
ist schon ganz gut."
Andi verdrehte die Augen und stöhnte auf:
„Du und Dein Dickschädel!"
Sie ging zu einem weiteren Kleiderständer, griff mit
beiden Händen hinein und präsentierte ihrer Freundin
zwei Lederjacken.
„Bitte tue mir dann einen Gefallen und probiere eine

Jacke darüber an. Du musst wenigstens nicht von Anfang an so viel Haut zeigen. Außerdem macht es Dich jünger."

Bea schnappte sich eine der beiden Jacken und warf sie sich über. Sie schien zufrieden.

„Ok, abgemacht. Das ist doch ein guter Kompromiss, finde ich. Jetzt brauchen wir nur noch passende Schuhe."

Eine Verkäuferin, die bis dahin mit einer anderen Kundin diskutiert hatte, wurde durch das Stichwort Schuhe aufmerksam und kam in ihre Ecke.

„Haben Sie was gefunden meine Damen?" fragte sie und bewunderte Bea. „Oh, das steht Ihnen aber hervorragend. Was für Schuhe möchten Sie denn dazu tragen? Woran hatten Sie gedacht?"

Bea fühlte sich geschmeichelt und strahlte über das komplette Gesicht.

„Das haben wir uns auch gerade gefragt", sagte sie.

„Na, ich meine, Sie beide nehmen hier kurz Platz", sagte die freundliche Verkäuferin und deutete auf zwei Polsterstühle gegenüber der Garderobe.

„Ich hole eine kleine Erfrischung und zeige Ihnen dann, was für Abendschuhe wir für unsere Kunden auf Lager haben."

Wenig später saßen Andi und Bea mit einem Glas Crémant in der Hand in der gemütlichen Sitzecke und ließen sich das komplette Sortiment vorführen. Bea war komplett in ihrem Element und entschied sich schließlich für schwarze, hohe Plateau Sandaletten, durch die ihre Beine in Kombination mit der Lederjacke und dem Kleid extrem betont wurden. Andi protestierte zwar, willigte aber letztlich resignierend ein. Zur Feier des erfolgreichen Einkaufs kredenzte die nette Verkäuferin ein weiteres Kaltgetränk und die Rechnung - die mit 370 Euro kurz als Stimmungskiller diente. Aber nur kurz.

„Ich sehe es als Investition in meine berufliche Zukunft," jubelte Bea und stieß glücklich mit ihrer gequält lächelnden Freundin an.

28

Das DHL-Paketauto hielt halb auf der Straße und halb auf dem Gehweg. Es blockierte sowohl die Hälfte der Fahrbahn für die Autos als auch den halben Bürgersteig für die Fußgänger. Fabian war das heute völlig egal. Er saß in der Fahrerkabine und aß mit der rechten Hand ein Mayonnaise-Sandwich aus einer Plastikverpackung. In der anderen Hand hielt er sein Telefon und schaute sich zum wiederholten Male das aufgenommene Schauspiel der gestrigen Nacht an.

Das Video war „viral gegangen", so wie es Daniel ihm gestern auf dem Weg nach Hause schon prophezeit hatte:
„Die *Meute* wird es sich nicht nehmen lassen und ihren erfolgreichen Kreuzzug vergolden," meinte er noch als Fabian ihn weit nach Mitternacht vor seiner Haustür aus dem BMW aussteigen ließ. Inzwischen hatte die dokumentierte Furzerei von Mo Yassier mehr als 1.000 Views. Fabian musste immer wieder grinsen als der Mann, der ihn noch vor ein paar Tagen gedemütigt hatte, mit vollgeschissener Hose ein italienisches *Mia mi o no?* krächzte.

Er legte sein Smartphone in die Abseite der Fahrertür und wischte sich die fettige Hand an der DHL-Uniform ab. Sein Blick strich über den schwarzen Aufkleber mit der weißen Axt, den er auf der Konsole über dem Radio platziert hatte. Das Symbol stand nun für einen Teil von ihm. Er war ein Teil dieser Bewegung!
Es war bereits später Nachmittag und er mit der Tour

in Verzug. Es störte ihn heute wenig. Er war noch immer voller Adrenalin und fühlte sich unangreifbar. Schon als er morgens zu spät in die Zentrale kam und Stromberg ihn wie gewohnt mit einem dummen Spruch begrüßte, reagierte er ungerührt. Er schnappte sich die Autoschlüssel und den heutigen Tourzettel, dann tippte er grüßend gegen seine Stirn und ließ Stromberg pfeifend hinter sich.

Die Gelassenheit zog sich durch den gesamten Tag. Er trödelte herum und hatte bis jetzt gerade einmal die Hälfte seines Pensums erledigt. Der Job war ihm gleichgültig geworden. Seit gestern Nacht wusste er, er konnte doch noch Teil etwas Großem sein. Er war Mitglied der *Meute* und hatte seinen Anteil zur Demütigung des Drogenclans beigetragen.

Oder sogar mehr als das: Balbo war zwar sehr gut vorbereitet gewesen - aber hatte nicht erst er, Fabian, Anlass zum Zuschlagen gegeben?

Er strich mit der wieder sauberen Hand über den *Meute*-Aufkleber, als wenn das Axt-Symbol ihn mit neuer Energie aufladen würde. Dann stieg er gemächlich aus.

Er nahm ein Paket aus dem Laderaum und marschierte zu einem Hauseingang eines mehrstöckigen Wohnhauses. Auf dem Weg zum Eingang hörte er sein Handy in der Fahrertür klingeln. Er schaute zum Wagen, dann auf das Paket in seinen Händen.

„Ach scheiße", grunzte er, kehrte um und warf die Paketsendung achtlos zurück auf die Ladefläche. Dann schwang er sich auf den Fahrersitz und ging an sein Telefon.

„Hallo?"

„Fabian, mein Freund! Schön, dass ich Dich erreiche. Wo steckst Du?"

Fabian schielte auf das Straßenschild.

„Daniel! Ich bin noch bei der Arbeit – in der

Gefionstraße. Nummer 8, um genau zu sein …"

„Alles klar. Das ist in der Tat nicht weit weg."

„Nicht weit weg wovon? Ich bin aber noch längst nicht durch mit der Tour, brauche noch ein wenig."

„Pass auf: Es ist wichtig. Balbo will uns sehen. Wir sollen um 17 Uhr im Hamburger Büro sein."

„Das ist ja schon in 20 Minuten!"

„So ist es. Ich bin bereits auf dem Weg. Komm Du am besten direkt dorthin. Ist doch gleich um die Ecke bei Dir."

„Und meine Tour?"

„Mach Dir keinen Kopf. Notfalls fahren wir beide später die Runde ab und kleben an allen Eingängen einen Zettel, dass die Kunden nicht angetroffen werden konnten. Haha!"

„Du wirst lachen, aber das habe ich heute bereits des Öfteren …"

„Also bis gleich!" Klick.

Daniel hatte bereits aufgelegt. Fabian ärgerte sich zwar darüber, so abgewürgt zu werden, aber innerlich war er erleichtert. Er hatte sowieso keine Lust weiterzuarbeiten. Die Entscheidung Feierabend zu machen, wurde ihm hiermit abgenommen.

Wenn die *Meute* rief, mussten ihre Mitglieder gehorchen.

29

Jens mühte sich mit zwei vollgepackten Einkaufs-
taschen das Treppenhaus nach oben. Sharky folgte
ihm, zwei Sixpacks in den Händen. Ursprünglich hatte
er vorgehabt, sich heute Nachmittag wieder dem
Studium zu widmen. Allerdings war der Parfümerie-
besuch so misslich verlaufen, er fand danach einfach
keine Ruhe. So hatte er beschlossen, Jens von der
Arbeit abzuholen und ihm beim Einkaufen für ihre
gemeinsame Koch-Session helfend zur Hand zu gehen.

Jetzt standen sie vor der Wohnungstür im zweiten
Stock einer ordentlich gepflegten Wohnanlage in
Hamburg-Eilbek. Jens öffnete die Tür und stellte die
vollgepackten Taschen im geräumigen Flur ab.
„Komm rein, Sharky. Die Getränke kannst Du in die
Küche bringen, zweite Tür rechts. Ich springe kurz
unter die Dusche und zieh mich um." Er deutete
entschuldigend auf seine mit Farbe befleckte Arbeitskluft. „Falls Du Langeweile hast, kannst Du gerne
schon die Taschen auspacken", fügte er lachend an,
„oder Du machst es Dir einfach auf dem Balkon
gemütlich. Ich bin gleich wieder da!" Damit verschwand
er im angrenzenden Badezimmer.

Sharky schlüpfte aus den abgewetzten Sneakers und
ging in die Küche. Die Wohnung war schlicht und sehr
stylish. Die Küche war im Industrie-Design ein-
gerichtet, mit einer großen Arbeitsplatte und einer
scheinbar nigelnagelneuen Küchenzeile. Es war sehr
hell und freundlich, dank des Balkons, der direkt aus
der Küche zu erreichen war. Sharky öffnete die Balkontür und stellte die Getränke nach draußen. Es war ein
lauschiger Herbstabend, viel zu warm für die Jahres-
zeit. Er warf einen Blick auf die ruhige Straße mit
ihrem Kopfsteinpflaster und den parkenden Autos, auf

denen sich abfallende Blätter sammelten. Hier konnte man es wahrlich aushalten. Ein Pfiff riss ihn aus seinen Gedanken. Marko stand unten und winkte ihm. Kurz darauf ertönte die Türklingel und dann stand der Freund zusammen mit dem frisch geduschten Jens und Sharky in der Küche.

„Du hast es aber wirklich schön hier. Könntest uns ruhig öfters einladen", bemerkte Sharky, während er eine Reihe von Dosen und diverses Gemüse aus einer Einkaufstasche fischte.

„Ja, das höre ich oft. Habe ich alles selbst gemacht. Die komplette Renovierung, inklusive Einbau der Küche. Du hättest das Loch mal vor meinem Einzug sehen sollen. Das war eine Bruchbude", erwiderte Jens nicht ohne Stolz. Sharky bewunderte ehrlich die handwerklichen Fähigkeiten seines Freundes und wünschte, er hätte diesbezüglich nicht zwei linke Hände.

„Und Du Marko?", wechselte Jens das Thema: „Wie geht es Dir heute, gestern warst Du ja ziemlich neben der Spur!"

„Ach, wisst ihr: Heute geht es mir schon wieder einigermaßen gut. War ich ausfallend gestern? Dann tut es mir leid", sagte Marko entschuldigend. Er machte dabei tatsächlich einen aufgeräumten Eindruck.

„Quatsch, man! Das war kein Vorwurf. Dafür hat man doch Freunde. Hauptsache Du hast jetzt wieder den Kopf frei für neue Herausforderungen." Jens klopfte Marko auf die Schulter.

„Wenn ich heute darüber nachdenke", grübelte Marko, „dann hat mich der Job in der Mediaplanung schon länger genervt. Insofern hat mir der Kotzbrocken Toralf Gottschalk sogar einen Gefallen getan. Sollen sie ihren Goltz Spiritus doch gerne über neue Kommunikationskanäle an den Mann bringen." Er lachte auf. „Wir haben ja gestern zum Abschluss nochmal den Hausfrauentest durchgeführt: Der *Göltzene Klare* macht definitiv blind!"

Alle drei lachten und schüttelten sich, bei dem Gedanken an die gestrige letzte Runde im *Bürgereck.*

„Wo soll ich denn mit dem Hack hin?", warf Sharky ein und hielt ein weißes Päckchen in den Händen.

„Tue es einfach erstmal in den Kühlschrank. Ehe wir uns in die Arbeit stürzen, genießen wir noch die letzten Sonnenstrahlen des Tages."

Jens bat beide, mit ihm auf den Balkon zu treten.

„Wartet kurz."

Er eilte nochmal zurück in die Wohnung und kam mit einer Weinflasche und drei Gläsern wieder heraus.

„Wir müssen mal bei den Getränken variieren", witzelte er, entkorkte die Flasche und schenkte die Gläser ein. Das gluckernde Geräusch klang in ihren Ohren wie ein Versprechen auf einen gemütlichen Abend. Sie stießen an und nahmen an einem kleinen Tischchen Platz.

„Ja, der Klare gestern, der ging wirklich gar nicht. Ich bin von dem Teufelszeug wie betäubt eingeschlafen", nahm Sharky den Gesprächsfaden von Marko nochmal auf.

„Dass der Goltz oder vielmehr dieser Toralf Gottschalk jetzt Social Media für sich entdeckt hat", sagte Marko, schüttelte ungläubig den Kopf und holte sein Smartphone aus der Hosentasche.

„Wartet mal, hier … die erste Aktion von ihm. Er hat so einen Influencer engagiert. So einen Schönling namens Kosmo. Hier", er zeigte ein Bild auf seinem Display, „zugegeben, der sieht ja echt ganz gut aus. Aber bisher ist der eher sportlich unterwegs und hat einige Aktionen mit Lifestyle-Produkten umgesetzt. Das passt überhaupt nicht zum Goltz."

Sharky stellte sein halbvolles Glas ab und sah Marko verdutzt an.

„Kosmo sagst Du?", fragte er. „Zeig mir bitte nochmal das Bild." Sharky beugte sich über das Foto und schüttelte den Kopf. „Wie klein doch die Welt ist. Das ist Kay! Er war früher in meiner Klasse. Marko, Du müsstest ihn doch auch erkennen. Er war vier Jahre unter Dir."

Marko runzelte die Stirn und schüttelte den Kopf. „Kann mich nicht an den erinnern."

„In der Schule sah er noch, nun ja, etwas anders aus. Speckiger und mit ziemlich vielen Pickel. Kay wurde oft fertig gemacht von anderen," erinnerte sich Sharky.

„Ach, der ist das! Der Freak, der immer allein abhing!?" Marko betrachtete jetzt selbst das gepostete Bild genauer. „Nicht wiederzuerkennen. Ob er Fotofilter benutzt? Das wirkt alles so makellos. Nun ja, vielleicht ist es genau das, was Firmen für ihre Werbeaktionen benötigen."

„Wie läuft sowas denn überhaupt ab? Mit den Werbeaktionen, meine ich?", wollte Sharky wissen. Er war zwar der Jüngste in der Runde, scherte sich aber herzlich wenig um soziale Netzwerke. Seine Zeit erschien ihm zu kostbar. „Er hält ein Produkt in die Kamera und sagt, es sei das beste Teil auf dem Markt?", mutmaßte Sharky fragend. Marko guckte ihn an und nickte zaghaft.

„Ja, so ungefähr. Das Ganze wird dann zusätzlich noch mit Daten unterfüttert. Also der Werbetreibende, die Goltz Brennerei zum Beispiel, bekommt im Nachgang noch eine Auswertung aus der hervorgeht, wie viele Leute sich das angeschaut haben, in welchem Alter die waren oder auch was für Interessen diese Leute sonst so haben. So genannte Insights."

„Aha. Und wo kommen diese Infos alle her?" Sharky nippte an seinem Weinglas.

„Das ist der Witz am Ganzen. Die Insights kommen vom Influencer selbst, der hat sie aus den Daten-banken des jeweiligen sozialen Netzwerks. Und das ist nicht überprüfbar."

„Sondern erfindet eigene Scheinwährungen ...", warf Jens ein, der offenbar zu jedem Thema was zu sagen und lang genug schweigend zugehört hatte.

„Genau! Anders als etwa bei klassischen Medien, deren Reichweiten und Zielgruppen von unabhängigen Instituten geprüft werden, muss man den Angaben der Netzwerke vertrauen. Wenn die ausweisen, 1.000.000 Nutzer haben ein Video gesehen, dann muss es so sein. Es wird nicht groß in Frage gestellt. Auch wenn im Hintergrund vielleicht immer ein wenig gemauschelt wird. Es in Wahrheit vielleicht weniger waren."
„Weißt Du das denn?", fragte Sharky.
„Nein, natürlich nicht. Das wissen höchstens deren Chefprogrammierer in den USA. Ich beobachte nur seit Jahren, wie neue Währungen entstehen, an denen Werbeleistungen gemessen werden. Früher waren es Likes und Dislikes, heute sind es Views und emotionalisierte Likes – morgen wird es vielleicht wieder was ganz anderes sein. Allesamt Kennzahlen, die rein fiktiv sind. Nicht nachprüfbar. Und die Unternehmen nehmen die Trends dankbar auf. Außerdem werden die Insights immer detaillierter. Es wird einem suggeriert, alles über die Zielgruppe zu wissen – zum Beispiel, dass 13 Prozent Vegetarier sind, 10 Prozent Actionfilme lieben und exakt 77 Prozent gerne Sport treiben. Dabei wird oft vergessen, was soziale Netzwerke originär sind", Marko redete schnell und war richtig in Fahrt. Man merkte, das Marketing-Thema war sein Fachgebiet. „Soziale Netzwerke dienen primär der Kommunikation, sind also nutzergetrieben. Sie sind nur eine Hülle und stellen keine eigenen redaktionellen Inhalte her. Das ist auch gut so, wer schätzt es nicht, seinen Freunden schicke Urlaubs-grüße via Video senden zu können. Abgesehen mal von dem Datenschutz. Den lass ich mal außen vor. Die Unternehmen vergessen aber immer wieder gerne: Nutzer sind Menschen. Und Menschen verbreiten auch viel Quatsch, wenn nicht gar ekelhaftes oder illegales

Zeug. Da wäre manchmal eine regulative, unabhängige Instanz, eine Art Chefredaktion, gar nicht verkehrt."

„Und", nun warf Jens seinen Hut in den imaginären Diskussionsring, „eins darf man nicht vergessen: Kommunikation ist ein Machtinstrument. Das ist es schon seit dem 19. Jahrhundert."

Sharky und Marko blickten interessiert auf ihren Gastgeber.

„Es tut mir ja leid, wieder eine Geschichtsstunde zu geben. Aber der historische Kontext ist tatsächlich interessant: Vor dem 19. Jahrhundert war es den Mächtigen der Welt egal, was die Öffentlichkeit über sie dachte. Friedrich der Große etwa führte seine Kriege wie er wollte. Er hatte seine Berufsarmee und musste sich nicht dem Volk erklären, warum er was wie tat. Das hat sich dann erst nach der französischen Revolution und spätestens nach der Einführung der allgemeinen Wehrpflicht geändert. Nun gingen Kriege irgendwie alle etwas an. Es waren regelrechte Volkskriege. Die Parlamente und Diplomaten mussten nun immer dafür sorgen, dass die Öffentlichkeit und die Presse ausreichend informiert wurden. Es war äußerst wichtig, die Bevölkerung auf seiner Seite zu wissen. Deshalb hatte die Presse auch eine gewisse Macht."

Marko nickte, wandte aber ein:

„Diese Macht verschwindet heute aber langsam, weil die Medien aufgrund sinkender Reichweiten an Einfluss verlieren."

„Ja, das stimmt. Wir haben heute eine neue Stufe erreicht. Menschen haben jederzeit Zugriff auf jede Informationsquelle. Wenn ich jetzt fragen würde, wie die außenpolitische Situation in Venezuela aussieht, könntest Du mir", Jens deutete auf Markos Smartphone, „innerhalb von zehn Minuten eine fundierte Antwort liefern. Ob die auch richtig ist, kann ich Dir nicht sagen – und Du weißt es auch nicht ganz genau. Letztlich müssen wir dann wohl Wikipedia glauben." Er lachte kurz, wurde aber schnell wieder ernst. „Das Thema ist eigentlich nicht zum Lachen. Spätestens seit dem Dritten Reich wissen wir um die Macht der Kommunikation. Hitler und Goebbels haben das Instrument der organisierten, systematischen Propaganda bis zum Erbrechen genutzt, um die Bevölkerung komplett zu manipulieren. Diese Gefahr besteht heute ebenso noch."

„Ich muss Dir ausnahmsweise zustimmen." Marko nickte und ergänzte: „Die Algorithmen der gängigen Suchmaschinen hätten sich die beiden Obernazis sicherlich auch liebend gerne zu Nutze gemacht."

„Wie meinst Du das?" Sharky verstand langsam gar nichts mehr. Die Reise von der Vergangenheit in die Gegenwart ging ihm zu rasant.

„Na ja, wenn Du heute einen Suchbegriff bei Youtube eingibst, wird Dir ein Video angezeigt und daneben weitere Vorschläge, die alle ähnliche Themen behandeln. So etwas nennt man Filterblase!", belehrte ihn Marko.

„Marko, Du und ich, wir sind tatsächlich einer Meinung. Halleluja!", jubelte Jens und führte Markos Gedanken fort:

„Solche Filterblasen sind bei extremen Ansichten gefährlich. Sie suggerieren dem Nutzer völlig normal zu sein. Egal wie abstrus die Meinungen sind. Und ich behaupte einmal, aufgrund der sozialen Netzwerke ist es nochmal leichter bestimmte Personengruppen mit einer Doktrin gezielt zu manipulieren und gegen andere Meinungen aufzuhetzen. Menschen umgeben sich gerne mit Menschen, die ähnlich denken und ähnliche Einstellungen haben. Das weiß das Netzwerk und schlägt Dir Freunde vor, die einem selbst ähneln. Insofern dreht sich die Spirale der Filterblasen immer weiter bis die einzelnen Mitglieder von der Allgemeingültigkeit ihrer eigenen Meinung absolut überzeugt sind. Siehe Reichsbürger oder Terrororganisationen."

Schweigen auf dem Balkon. Jens Lehrstunde hatte alle zum Nachdenken gebracht.

„Es wäre tatsächlich interessant zu sehen, wenn jeder Internetnutzer zum gleichen Zeitpunkt etwas völlig anderes suchen würde. Etwas was so gar nicht zu seinen sonstigen Gewohnheiten passt. Die Rechenzentren der IT-Giganten kämen ganz schön ins Schwitzen", dachte Marko laut in die Stille hinein. „Entschuldigt, es sollte doch ein netter Abend werden. Also: Schluss damit", rief Jens und erhob seine Arme. „Wer hat Lust auf Spaghetti Bolognese nach Art des Hauses?"

„Das hört sich lecker an. Aber warte noch, bevor sich alles ums Essen dreht." Marko nahm wieder sein Telefon zur Hand. „Das hier kursiert seit gestern bei Instagram."

Die drei beugten sich über das Display und sahen einen gequälten Mann, der stöhnend auf einer Motorhaube hing. Im Hintergrund war Gelächter zu hören. Dann schwenkte die Kameraführung auf die braunbefleckte Hose des gefesselten Mannes. Das Opfer röchelte unverständliche Worte, bis jemand das Video mit einem „Ok, das reicht Balbo!" beendete.

„Balbo? Wer ist das?", fragte Sharky.

„Keine Ahnung. Aber der gefesselte Mann soll ein Mitglied des organisierten Verbrechens sein", erklärte Marko.

„Und wer postet sowas?"

„Ich kann Dir gar nicht sagen, über welche Kanäle das ursprünglich kam. Ich habe es von einem Kollegen ... ähm ... Ex-Kollegen gesendet bekommen."

„Genau sowas meine ich, irgendwer möchte mit diesem Video etwas erreichen. Er benutzt Kommunikation als Machtinstrument. Es war nie so einfach wie heute", sagte Jens, „und jetzt kommt, ich habe Hunger."

30

Die Frau sah fürchterlich aus. Ihr Gesicht war entstellt: Die Schminke komplett zerlaufen. Die Unterlippe zierte eine verkrustete Wunde. An der linken Schläfe zeichnete sich eine blau schimmernde Beule ab. Sie war geknebelt und an einem Stuhl im Besprechungsraum der Hamburger *Meute* gefesselt.

Fabian war schockiert, als er die Frau von Mo Yassier in diesem Zustand sah.
„Die haben sie doch nicht ...", wisperte er Daniel zu, dem die Szenerie scheinbar kalt ließ oder zumindest nicht zu überraschen schien.

„Was?", zischte Daniel. „Sie vergewaltigt?" Er funkelte Fabian mit seinen dunklen Augen an, so dass der schon das Schlimmste befürchtete.
„Ach was, nein. Merke Dir eins: Wir sind der Fascio und keine Barbaren. Vergiss das nie."

Umberto bedeutete ihnen mit einem Zungenschnalzen ruhig zu sein, als Balbo den Raum betrat.
„Ah, Daniele! Fabio! Da seid Ihr!" Balbo schien sichtlich erfreut, sie zu sehen.
„Sieht unser Schätzchen nicht weiterhin bezaubernd aus?", fragte er. „Ich habe das Gefühl, sie wird mit jeder Stunde noch ein wenig hübscher."
Er strich der wehrlosen Frau über den Kopf, der vergeblich versuchte seiner Hand zu entkommen.
„Das Schöne ist, sie hat auch noch ihre Handtasche samt Telefon dabei. Wie es sich für eine ordentliche Lady gehört."
Als ob es eines Beweises bedurfte, hob er besagte Handtasche in die Luft.
„Leider ist Frau Yassier aber sehr wählerisch, was Männer betrifft." Balbo grinste schelmisch als er weitererzählte: „So hatte sie gar keine Lust darauf, dass wir sie zusammen mit Amerigo ein paar Minuten ganz

allein lassen." Er grinste wieder.

„Ihr könnt Euch vorstellen, wie sauer Amerigo war. Für diesen Gefallen hat uns Frau Yassier aus purer Dankbarkeit ihren PIN verraten."

Nun hielt er ein Smartphone in die Luft.

„Tja, und was soll ich sagen. Ich bin neugierig. Und auch eine Plaudertasche." Er grinste noch breiter.

„Ich glaube, ich rufe meinen alten Buddy Mustafa einmal an und frage, wie es so geht!"

Er hob wieder das Telefon in die Luft, auf dem Display war der Name Musti B. zu lesen. Dann setzte er es an sein Ohr und deutete den Anwesenden mit einem Zeigefinger an, sich ruhig zu verhalten. Er hatte den Lautsprecher eingestellt. Ein Tuten ertönte. Schließlich nahm jemand ab.

„Jeanette! Na endlich. Wo bist Du?"

„Guten Abend, spreche ich mit Mustafa Baldür?"

„Was zum Teufel, wer bist Du? Wo ist Jeanette?"

„Oh, Verzeihung. Ich hatte mich noch nicht vorgestellt. Ich bin Balbo. Italo Balbo."

„Wo ist Jeanette?" Das war nicht die Stimme von Mustafa Baldür, sondern die von Mo Yassier aus dem Hintergrund.

„Ich höre, dem lieben Moritz geht es wieder besser? Das freut mich wirklich sehr. Ihm ist ja gestern das Abendessen unwahrscheinlich auf den Magen geschlagen."

„Wer auch immer Du bist, das wirst Du noch bereuen", zischte Mustafa.

„Na, ich weiß nicht. Ich glaube, Sie sind gerade nicht in der Situation mir zu drohen."

„Du Hurensohn!" Wieder Moritz aus dem Off, er schrie wütend: „Ich bring Dich um!"

Balbo ignorierte das Gezeter.

„Also lieber Herr Baldür. Darf ich Mustafa sagen? Also lieber Mustafa, wenn Sie und Ihr Freund die liebe Jeanette wiedersehen möchten, dann …"

„Willst Du mich erpressen? Hast Du noch alle Latten am Zaun?", fragte Mustafa empört.

„... ich möchte bitte aussprechen dürfen. Ich lasse Sie dann auch zu Wort kommen. Also: Sie haben noch etwas was uns gehört."

„Ich habe was?! Du Spinner! Du weißt nicht, mit wem Du es zu tun hast! Du hast Dein Todesurteil selbst gewählt. Mein ganzer Clan ist alarmiert. Du kannst Dich in keinem Club der Stadt mehr sehen lassen. Du wirst Dir wünschen ..."

„Mustafa, ich sage es nur einmal. Hören Sie doch zu. Sie haben noch die Sporttasche meines Freundes."

Stille am anderen Ende der Leitung.

Fabian glotzte Balbo blöd an. Der grinste nur.

„Die Sporttasche? Sie wollen die Sporttasche?", fragte Mustafa verwundert.

„Exakt. Sie hören mir also doch zu. Gut. Ich möchte die Sporttasche. Und zwar gefüllt mit zehn Sturmgewehren RS 556. Wollen Sie sich das vielleicht aufschreiben?"

„Bist Du irre – Sturmgewehre?"

„RS 556, zehn Stück bitte. Und zwar bis heute 20 Uhr."

„Wie soll das denn gehen? Du Arschloch."

„Mustafa, ich bitte Sie. Ich kenne Ihr Metier. Im Darknet geht alles und es geht auch wunderbar schnell. Also ich hole mir die Exemplare heute selbst bei Ihnen ab. Jeanette bringe ich mit."

„Wie? Du willst ... Du weißt nicht wo Du mich finden kannst."

„Ach, ein guter Punkt. Wie wäre es in der Shisha Bar von gestern Abend. Um 20 Uhr? Aber der kleine Moritz sollte sich nicht wieder den Magen verderben. Die Sauerei möchte ich nicht jeden Tag aufwischen müssen."

„Du elender Hund!"

„Ja, ich freue mich auch. Wir sehen uns um acht. Seien Sie pünktlich. Ich freue mich auf Sie."

„Hör mal, das ist unmögl..."

Balbo legte auf und schaute in die Runde.

Umberto und Daniel lachten. Fabian stand mit offenem Mund und pochendem Herzen im Raum.

„Meine Herren, wir haben eine Verabredung heute Abend", frohlockte Balbo. „Umberto, machst Du den Fiat klar? Fabio", Fabian schloss erschrocken seinen Mund: „Du wirst unseren Gast in Deinem Auto chauffieren."

„Aber ... aber das geht nicht, ich bin mit meinem Paketbus da", stotterte Fabian.

Balbo nickte nur. „Ich weiß, Arditi. Ich weiß."

31

Kay war bereit für die Feier morgen. Erst war er am Nachmittag auf der Sonnenbank, um die Bräune seines Kroatien-Trips aufzufrischen. Dann ging es auf Shopping-Tour für sein Outfit. Jetzt wartete er mit zwei Einkaufstüten in der Hand und den Air Pods im Ohr am Bahnhof. Er hatte sich für morgen Abend teure Valentino Garavani Sneaker, einen grauen Leder-blouson und einen passenden Gucci-Gürtel gegönnt. Er würde für die Hamburger Society elegant auftreten, musste für seine Fans und vor allem für seinen Auftraggeber aber gleichzeitig jung und sportlich rüberkommen.

Die U-Bahn fuhr ein. Kay betrachtete sein Spiegelbild in den Fenstern der einfahrenden Waggons. Er sah schon verdammt gut aus, lobte er sich selbstzufrieden. Keine Spur mehr vom gemiedenen Einzelgänger, der er noch in der Schulzeit war. In seinem neuen Aufzug würde er sicherlich noch besser aussehen. Da mussten Anna und er sich doch noch näherkommen können. Voller Sehnsucht dachte er an sie.

Er stieg in die volle Bahn und zwängte sich mit seinen Tüten auf einen der letzten freien Sitzplätze. Er kramte das Handy aus seiner Lederbauchtasche, die quer über dem auffälligen Adidas Hoodie geschnallt war, und stellte seine Musik ein wenig lauter. Kay wollte die Leute um sich herum nicht hören oder am besten ganz vergessen. Dann öffnete er den letzten Dialog mit Anna und tippte:

Na Du, schon Feierabend?
Ich bin bereit für morgen: Outfit ist geklärt. Fans auf Insta versorgt. Goltz Gewinnspiel läuft.
Fehlst nur noch Du – ich bin morgen ab 16 Uhr in der Agentur, können dann zusammenfahren, ja?

Er sendete die Nachricht und checkte danach die Teilnahme am Gewinnspiel. Es lief gut an. Schon über 50 User hatten mitgemacht. Er hätte es nie gedacht, selbst Schnaps funktionierte bei ihm. Seine Fans machten wirklich bei allem mit, solange es etwas kostenlos zu gewinnen gab. Kay überflog die Antworten und löschte die Einträge:

Nazi Gesöff

Antwort: 20. April 1889

Judenhasser

Ich könnte kotzen

Das dunkle Firmenkapitel der Wehrmacht-Kooperation war wohl doch ein größeres Thema. Die Knollennase aus der Brennerei hatte recht behalten. Hier musste er aufpassen, nicht in einen Shitstorm zu geraten. Die anderen Einträge auf den Post waren aber soweit in Ordnung. Wobei Kay selbst nicht mehr genau wusste, wann das exakte Gründungsdatum war. Das müsste er morgen nochmal erfragen. Hätte dann aber wenigstens ein Smalltalk-Thema parat. Die Bahn leerte sich von

Station zu Station bis er endlich an seiner Haltestellte ankam. Er stieg aus und wollte gerade das Telefon wieder in seine Bauchtasche zurückstecken, als eine Vibration den Empfang einer Nachricht ankündigte. Es war Anna!

Hi Kosmo,
oh super – da bin ich ja gespannt.
Freue mich schon auf Dich.
Ich bin morgen in jedem Fall auch in der Agentur.
Fahren dann alle gemeinsam rüber.
Liebe Grüße, Anna

Kay steckte zufrieden sein Smartphone ein. Er spürte vor lauter Vorfreude unzählige Schmetterlinge im Bauch. Morgen konnte doch gar nichts schiefgehen.

32

Das Essen war hervorragend. Es machte doch immer einen Unterschied, ob man sich die Mahlzeiten in einer Art Gruppenevent selbst zubereitete oder man sich einfach etwas fertig auftischen ließ.
Sharky, Jens und Marko hatten wahnsinnig viel Gesprächsstoff: Die Situation des *Bürgerecks* rund um Sybille machte ihnen allen Sorgen. Sie waren neugierig, welche Zukunftspläne Marko hatte. Und sie lachten darüber, wie Sharky aus welchen Gründen auch immer, bis eben gerade der festen Überzeugung war, Borussia Dortmund hätte gestern das Spiel gewonnen.

„Puh", stöhnte Jens schließlich und strich sich über seinen prallen Bauch, „ich bin pappsatt."
Er lehnte sich auf dem Wohnzimmerstuhl zurück und blickte über den Esstisch in die Gesichter seiner

Freunde. „Wie ist es mit Euch? Hat jemand noch Lust auf Dessert?"

Marko und Sharky sahen sich an und schüttelten die Köpfe.

„Nein, danke. Erstmal nicht", sagten sie unisono.

„Aber vielleicht hast Du ja einen Absacker. Einen *Göltzenen Klaren*?", witzelte Marko.

„Den zwar nicht, aber", Jens deutete auf eine stattliche Auswahl an Spirituosen in einer Ecke des Wohnzimmers und fragte: „Wie wäre es denn mit einem Sambuca? Ich habe den guten Molinari da!"

Ohne eine Antwort abzuwarten, stand Jens auf. Er ließ sich die benutzten Teller und das Besteck reichen und verschwand in der Küche. Kurze Zeit später kam er mit drei kurzen Gläsern sowie einer Schale, gefüllt mit Kaffeebohnen, wieder. Er klemmte sich noch die Sambuca Flasche unter den Arm und setze sich zurück zu seinen Gästen. Dort schenkte er die Gläser gefühlvoll ein und ließ in jedes zwei Kaffeebohnen plumpsen. Mit einer Geste deutete er Marko und Sharky an zuzugreifen. Er selbst erhob sein Glas feierlich und sagte:

„Meine Herren, es ist mir wie immer eine Freude mit Ihnen zusammenzusitzen. Zum Wohl!"

„Zum Wohl – danke für Deine Einladung", erwiderte Marko.

Alle drei kippten die klare Flüssigkeit herunter und kniffen die Augen zusammen.

„Bah!" Sharky schüttelte sich und knallte das geleerte Glas auf den Tisch. Dann nahm er das Gespräch wieder aus: „Entschuldigt, ich muss nochmal auf das Thema von vorhin zu sprechen kommen. Aber", er deutete auf Jens, „wenn ich Dich richtig verstanden habe, dann hatten es Verschwörungstheoretiker und Populisten noch nie so leicht wie heute, sich Gehör zu verschaffen?"

„Korrekt!" Jens nickte zufrieden. Seine Lehrstunde fiel

offenbar auf fruchtbaren Boden. „Letztlich hat die Auswertung von Nutzerprofilen Populisten wie Donald Trump oder Boris Johnson in die Karten gespielt. So konnten sie gezielt ihre potenziellen Wähler identifizieren und mobilisieren", stellte er fest und wendete sich an Marko: „Insofern kann ich dem, was Du sagtest, auch nicht komplett zustimmen. Denn die Wähleransprache scheint, gemessen an deren Wahlerfolgen, gut funktioniert zu haben. Ich glaube schon an eine hohe Datenqualität, trotz fehlender Überprüfbarkeit. Was das Ganze aber gerade so gefährlich macht!"

Sharky hörte aufmerksam zu. Marko fixierte die Gläser und wägte für sich ab, ob jetzt bereits die Zeit für eine zweite Sambuca-Runde gekommen war.

Jens führte seine Gedanken weiter aus:
„Es ist spannend zu sehen, wie sich in einer kurzen Zeitspanne die Kommunikation immer weiter zu einem Machtinstrument entwickelte, das sich stückweise der Perfektion nähert. Nach Revolutionierung der Massenpresse im 19. Jahrhundert, folgte der Film und der Rundfunk ein Jahrhundert später. Und nach dem Zweiten Weltkrieg kam der große Durchbruch des Fernsehens. Parallel dazu startete der Siegeszug der Demoskopie – wenn Du so willst, Marko, die Mutter Deiner heutigen Mediaplanung."

Marko blickte ruckartig auf, nickte und wendete sich wieder dem Gedanken zu, wann der beste Zeitpunkt zur zweiten Runde gekommen wäre.

„Die wissenschaftliche Anwendung von Meinungsforschung hatte ihren Ursprung tatsächlich bei Werbefachleuten wie Dir. Sie hatte erheblichen Einfluss auf die Politik. In den USA war es bereits Mitte der 30er Jahre so. Und auch wenn es so manche Fehlprognose gab, setzten sich die Methoden letztlich auch in Europa durch."

„Du meinst also, seitdem gibt es Meinungsumfragen?",
versuchte Sharky Jens zu folgen.

„Genau, und die beeinflussen Deine eigenen Vorstellungen. Was Du vorher eher für Dich gedacht hast,
bekommt durch gebündelte Umfrageergebnisse eine
klarere Deutlichkeit. Das hat Folgen für Deine
Ansichten: Teilweises Übereinstimmen wird zur festen
Information und weckt daher Erwartungen. Du wischst
unbewusst alle Zweifel weg. So wird aus einer
Meinungsäußerung schnell eine Realität, wenn genug
Leute daran glauben. Das ist die Kraft der Demoskopie
oder eben," Jens blickte wieder auf Marko, „der
Werbung!"

„Naja." Marko löste die Augen von den Gläsern. „Trotzdem die Werbung angeblich so mächtig ist, habe ich
aktuell keinen Job mehr."

„Ach Marko", Jens klang tröstend, „das stimmt und tut
mir für Dich leid. Es ist in Deinem Fall aber der neuen
Werbestrategie der Goltz Brennerei geschuldet. Die
Macht der Werbekommunikation ist ungebrochen. Mit
dem Internet und schließlich mit den sozialen
Netzwerken setzte genau die von Dir geschilderte
Entwicklung ein: Es gibt immer mehr Daten. Ob sie
jetzt richtig oder falsch sind. Sie schaffen Meinungen,
die in Echtzeit zur Realität werden können. Ich bin
sicher, wir sind noch längst nicht am Ende der
Entwicklung. Dank technischer Möglichkeiten der
Datenerfassung und Speicherung werden wir es noch
erleben, wie wir irgendwelche Tracing Apps für die
Gesundheit oder für unsere Produktvorlieben nutzen
werden. Die Macht der Kommunikation wird also
immer größer und die Gefahr des Machtmissbrauchs
auch."

Jetzt griff Marko zur Flasche und schenkte endlich die
zweite Runde ein – er schob den beiden anderen ihre
Gläser mit den Worten zu:

„Das sind ja rosige Aussichten! Prost!"

Alle drei hoben ihre Gläser und tranken. Sharky
schüttelte sich abermals und stellte das inzwischen
klebrige Glas zurück auf den Tisch. Nach einem
Moment der Stille fiel ihm etwas ein.

„Zeig doch nochmal dieses Video von vorhin, Marko."

„Du meinst diese Selbstjustiz?" Marko lallte schon ein
wenig.

„Ja, der Mann aus dem Drogen-Milieu."

Marko griff nach seinem Telefon auf dem Tisch und ließ
das kurze Video erneut ablaufen.

„Jens, Du meinst, damit möchte jemand etwas
bewerkstelligen?", wandte Sharky sich an den
Gastgeber.

„Na ja, Du willst doch mit allem was Du sagst etwas
bewirken. Dies ist das Ziel jeder Kommunikation!"

Alle schauten wieder auf das Display.

„Hier", Sharky deutete auf ein Symbol, das am Ende
eingeblendet wurde. Es sah wie eine Axt mit einem zu
dicken Schaft aus.

„Was ist das?", fragte er in die Runde.

Jens beugte sich vor. „Es sieht aus wie ein antikes Beil
oder sowas. Warte mal."

Er ging zu einem gut bestückten Bücherregal in der
anderen Ecke seines Wohnzimmers und zog einen
dicken Band heraus. Er blätterte gezielt darin und fand
wonach er suchte. „Hier!"

Er legte das geöffnete Buch auf den Tisch. Es zeigte
allerlei Fahnen.

„Das hier ist es."

Jens zeigte auf eine italienische Tricolore in dessen
Mitte genau das besagte Symbol war. Er las vor:

„Das so genannte römische Fascis. Ein Rutenbündel
mit einem eingesetzten Beil. Symbol und Namensgeber
der italienischen Faschisten. Das herausstehende Beil
symbolisiert die Todesstrafe." Er blickte auf.

„Jetzt glaube ich, dieses Video ist mehr als ein bloßer
Gewaltexzess im kriminellen Milieu", bemerkte Sharky,

„irgendeine kranke Gruppe lässt den Faschismus wiederaufleben!"

„Sieht danach aus", stimmte Jens ihm zu, „womit ich meine These bestätigt sehe. Was für die Werbung spannend ist, ist es auch für die Politik. Früher wie heute."

„Ich glaube, ich hätte jetzt doch gerne Dessert", stellte Marko fest und legte sein Smartphone zur Seite.

33

Fabian steuerte den DHL-Bus mit schweißnassen Händen durch die inzwischen dunkel gewordenen Straßen. Die Laternen färbten den Asphalt in ein gelbes Licht und auch Daniels Gesicht neben ihm auf dem Beifahrersitz hatte die gelbe Farbe der Straßenbeleuchtung. Daniel hantierte nervös mit einem Messer in den Händen herum. Vor ihnen fuhr Balbo im Fiat mit den anderen Mitstreitern der *Meute*. Fabian konzentrierte sich, sie nicht zu verlieren und folgte eng auffahrend, als Daniels Handy klingelte.

„Jawohl, was gibt es, Chef?", fragte Daniel.
Es war Balbo. Fabian konnte aber nicht verstehen, was er sagte.
„Ok! Fabian", Daniel wendete sich nun direkt an ihn, „Balbo meint, Du sollst nicht so dicht auffahren. Das ist zu auffällig. Wenn die Bullen uns sehen, winken sie Dich wegen Nötigung raus."
Fabian drosselte sofort das Tempo. Rasant wuchs der Abstand zum Fiat auf über fünfzehn Meter an.
„Ja, sicher – Jeanette geht es gut. Die ist fest hinten vertäut, da kann nichts passieren", Daniel sprach nun wieder mit Balbo.
„Ja, ok – mmh. Ja. Verstanden."

160

Daniel nickte und bedeutete Fabian mit einer Handbewegung weiterhin langsam zu fahren.

„Ist gut. Ja - wir passieren Euch und übernehmen die Übergabe."

Fabians Kopf drehte sich ruckartig zu seinem Freund. „Was?!"

Daniel hielt den Zeigefinger vor seinem Mund.

„Alles klar, Balbo. Amerigo und Umberto gehen in Position. Sehr gut. Alles kapiert, bis später."

Das Gespräch war beendet.

„Was soll das heißen? Wir übernehmen die Übergabe?", schrie Fabian. „Balbo macht den Drogenclan fuchsteufelswild und wir sollen jetzt allein mit den gereizten Schwerverbrechern die Übergabe abhalten!?"

„Naja, ehrlich gesagt – nicht wir, sondern Du."

„Was!?" Fabian war drauf und dran eine Vollbremsung hinzulegen.

„Ganz ruhig. Atme durch. Wir fahren jetzt zur Shisha Bar. Balbo und die anderen stehen am Straßenrand wie letzte Nacht. Wir fahren an ihnen vorbei zur Bar. Ich soll im Wagen bleiben und die Kleine hinten als Sicherheit bewachen. Wenn Baldür und seine Leute Scheiße bauen sollten, sieht Mo seine Frau nie wieder – und deshalb werden sie es auch nicht tun. Du brauchst Dir keine Sorgen machen. Außerdem werden Amerigo und Umberto hintenrum in Position gehen. Baldür und seine Jungs werden nicht wissen wie viele wir sind. Wir haben das Überraschungsmoment weiter auf unserer Seite."

Fabians Stirn glänzte vor Angstschweiß. Vor Aufregung wusste er schier nicht, wohin mit sich.

„Hey, Fabi. Ruhig. Balbo weiß, was er tut. Denk dran. Wir sind eine Squadra, wir sind viele. Vertraue Balbo und dem Fascio." Daniel streichelte fast liebevoll den Schwarz-Weißen-Sticker über dem Autoradio.

„Ich tue es auch!", ergänzte er bestimmt.

Sie hatten keine weitere Zeit mehr, groß über richtig oder falsch nachzudenken. Wenig später waren sie auf der Zielstraße und passierten Balbos Kastenwagen. Fabian wagte einen Blick nach rechts und sah Balbo mit einer Zigarette im Mund. Die anderen konnte er nicht entdecken. Vielleicht waren sie schon in Position gegangen. Die blauen Lichter der Shisha Bar kamen unerbittlich näher. Schließlich hielt Fabian rund zehn Meter hinter dem Sportwagen, den sie inzwischen als Mos Auto kannten. Es waren noch rund 20 Meter bis zum Eingang der Bar. Fabian pustete durch.

„Und jetzt? Soll ich einfach rausgehen?"

„Warte noch", murmelte Daniel.

Es vergingen ungefähr zwei Minuten, in denen niemand ein Wort sagte. Angespannt schaute Fabian nach vorne und beobachtete den Eingang. Er lag noch friedlich und ruhig vor ihnen. Ein Vibrationssignal ließ beide schreckhaft zusammenzucken. Daniel hatte eine Nachricht bekommen und blickte auf sein Handy. Er wandte sich an Fabian:

„Ok, Fabian. Du kannst raus gehen." Er schaute seinen Freund in die Augen als er beschwörend sagte:

„Alles wird gut. Viel Glück!"

Fabian stieg mit zitternden Knien aus dem Paketauto. Er ließ die Fahrertür hinter sich aufgeschoben. Er wollte so schnell wie möglich wieder weg, sobald er seine Tasche samt Inhalt von Baldür erhalten hatte. Er ging weiter, als sich die Tür der Bar öffnete.

Er erkannte drei Schatten, die heraustraten. Erst als die Tür sich schloss und die Szenerie wieder dunkel war, konnte Fabian erkennen, dass einer der drei Baldür war. Er hatte seine Sporttasche in der Hand, Fabian konnte deutlich das Logo des *Sport Districts* ausmachen.

„Guten Abend", grüßte Fabian, als ob er einen Nachbarn oder guten Bekannten zufällig auf der Straße traf.

„Ein Postmann? Wo ist Jeanette?", fragte Baldür verdutzt. Fabian deutete mit der Hand auf den DHL-Bus hinter ihm.

„Sicher und gesund hinten auf der Ladenfläche", sagte er so friedfertig wie möglich. Zu friedlich?

„Mein Kollege ist auch noch im Auto", ergänzte er schnell, „also, tut mir lieber nichts an! Macht keinen Unsinn. Gebt mir die Tasche und wir lassen sie laufen. Versprochen! Sind denn da überhaupt die Gewehre drin?"

Er deutete auf die Sporttasche. Baldür gab sie einem Typen, der schräg hinter ihm stand. Der öffnete die Tasche und holte einen länglichen Gegenstand heraus. Fabian konnte nicht erkennen, ob es die georderten Sturmgewehre waren. Dafür kannte er sich mit Waffen zu wenig aus und auch seine Aufregung war viel zu groß.

„Ok!" Er ging einen Schritt auf die drei zu. Sofort hatte der zweite Begleiter von Baldür eine Pistole auf ihn gerichtet. Fabian hob die Hände.

Daniel beobachtete vom Beifahrersitz wie Fabian auf Baldür und seine Männer zuschritt. Sie redeten miteinander. Was redeten die denn da so lange? Es konnte ihm egal sein. Er hatte seine Befehle zu erfüllen. Und ein Arditi hatte zu gehorchen. Er kletterte von der Fahrerkabine nach hinten in den Laderaum, wo die gefesselt und geknebelte Jeanette Yassier lag.

„Hallo Schätzchen. Ganz ruhig."

Er war nun bei ihr und streichelte mit seiner linken Hand über ihren Kopf.

„Schade. Aber Du hast leider zu viel gesehen."

Blitzschnell fuhr sein Messer an ihrem Hals entlang und durchschnitt die Kehle.

Lautlos sackte sie zusammen. Daniel kletterte weiter zur hinteren Tür und öffnete sie leise.

„Ruhig, ich bin unbewaffnet", sagte Fabian mit
brüchiger Stimme. „Gebt mir die Tasche und wir lassen
Jeanette frei."
Das klickende Geräusch einer sich öffnenden Tür
erklang in Fabians Rücken. Er drehte sich überrascht
zum Bus um und sah eine Gestalt in die Dunkelheit
flüchten.
„Du elender Fettsack!", schrie Mo Yassier und stürmte
aus der Shisha Bar direkt auf Fabian zu.
Weder Baldür noch seine Männer konnten schnell
genug reagieren, da hatte Mo Fabian bereits
angesprungen und zu Boden gerissen. Fabian spürte
stechende Schmerzen im Bauch und bemerkte, dass er
blutete. Er blickte nach oben und sah wie Mo ein
Messer in seiner erhobenen Hand hielt. Er stach wieder
und wieder auf ihn ein. Schließlich wurde Fabian
schwarz vor Augen. Baldür schrie: „Mo - ist gut jetzt!"

Aber dieser Ruf ging unter in dem aufkommenden
Lärm. Es rasten zwei VW-Busse und mehrere PKWs
heran. Sie hielten mit quietschenden Reifen vor der
Bar. Mehrere Männer sprangen in schwarzen
Uniformen, Sturmhauben und Taschenlampen aus den
Fahrzeugen. Überall waren rote Punkte von Laserziel-
einrichtungen zu sehen.
„Polizei! Waffen weg! Auf die Knie! Hände hoch!"
Baldür und seine Leute wussten nicht wie ihnen
geschah. Sie sanken mit erhobenen Händen auf die
Knie, während das SEK in die Shisha Bar stürmte und
dort weitere Clanmitglieder festnahm.

In diesen Sekunden verbluteten Jeanette im Laderaum
eines DHL-Wagens und Fabian auf dem Bordstein vor
einer Shisha Bar, die als Drogenumschlagsplatz genutzt wurde.
Daniel sprintete zum Fiat, in dem Balbo, Amerigo und
Umberto bereits auf ihn warteten. Balbo fuhr an und
der Wagen entfernte sich vom Tatort. Aus den Boxen

erklang die gewohnt schöne Stimme von Matia Bazar:
Ti sento ...

Sie sprachen während der halbstündigen Fahrt kein
Wort. Der vollbesetzte Fiat bog in den Hinterhof der
Hamburger *Meute* ein. Dort stand eine schwarze
Mercedes-Limousine, die Daniel hier noch nie gesehen
hatte. Balbo parkte direkt neben der Luxuskarosse und
sie gingen gemeinsam in den Dekoladen und stiegen
dort die Treppe herunter. Im alten Kohleraum wartete
ein gut gekleideter Mann. Seine Haare gingen bereits
deutlich ins Graue über, was seiner Attraktivität aber
nicht schadete. Daniel schätzte ihn auf Mitte fünfzig.

„Grandios. Gut gemacht, Arditi!", sagte der
Unbekannte.
„Gustavo! Mein Duce. Es lief besser als erwartet",
antwortete Balbo stolz und begrüßte den Mann mit
erhobenem rechtem Arm.
„Besser als erwartet?", platzte es aus Daniel heraus.
„Du hast uns überrumpelt! Wieso hast Du nicht gleich
gesagt, dass wir die Übergabe machen sollen? Und
überhaupt: Wir haben zwei Tote zu verzeichnen!"
„Daniele, Daniele. Du weißt doch selbst, die Geisel
kannte unsere Gesichter und Fabio wäre der Sache
nicht gewachsen gewesen, wenn ich es ihm im Vorfeld
gesagt hätte", Balbo sprach ganz ruhig und ignorierte
Daniels Aufregung.
„Nicht gewachsen gewesen? Die Übergabe ist auch so
geplatzt!", schrie Daniel außer sich.
„Es war eine Win-Win-Situation", der Anzugträger
mischte sich in die verbale Auseinandersetzung ein.
„Entweder wir würden die Waffen bekommen oder aber
die Verbrecherbande würde uns von anderer Seite
abgenommen. Letzteres ist geschehen und war sogar
die bessere Variante. Denn wir hätten Baldür irgendwann sowieso aus dem Weg räumen müssen und das
wäre nicht ganz so einfach gewesen, wie es jetzt

möglich war."

Daniel schaute nun fragend in das Gesicht des aufge-
blasenen Schnösels. Ihm kam ein Gedanke in den Kopf:
„Verstehe ich das richtig? Wir haben die Bullen
gerufen?"
„Umberto war so gut. Er ist ein aufmerksamer und
pflichtbewusster Bürger", antwortete Gustavo ironisch.
Alle Anwesenden lachten. Außer Daniel.
„Und wenn die mich geschnappt hätten? Ich hatte
gerade unsere Geisel ermordet!", fragte er empört.
„Haben sie aber nicht – und glaube mir, Daniele, das
war genauso geplant. Wir hätten Dich nie geopfert!"
Balbo legte einen Arm auf Daniels Schulter blickte ihm
tief in die Augen.
„Anders als Fabian, oder was?", antwortete Daniel, der
sich nicht beruhigen lassen wollte.
„Fabian ist auch ein Profiteur der Win-Win-Situation",
der Anzugträger namens Gustavo klang jetzt sehr
feierlich:
„Er ist ein Märtyrer unserer Bewegung geworden und
wird auf Dauer unsterblich sein. Wir stehen alle auf
ewig in seiner Schuld."

34

Verschlafen trat Sharky aus seinem Hauseingang und
blinzelte in die Sonne. Der schöne Abend bei Jens und
das Wissen darum, heute wohl wieder spät ins Bett zu
kommen, hatten dazu geführt, sich morgens noch
einmal gemütlich auf der Matratze umzudrehen. Nun
war es fast Mittag geworden und selbst er konnte es
nicht mit seinem Gewissen vereinbaren, einen kompletten Tag zu verpennen, ehe er abends zum Treffen
mit Gustav Gantz aufbrechen würde. Sharky ging die

Straße hinunter, er wollte zum Kiosk an der
nächstgrößeren Kreuzung. Wobei Kiosk untertrieben
war, da man in dem Laden so gut wie alles bekommen
konnte. Zu teilweise doppelt so hohen Preisen wie im
Supermarkt, aber dafür rund um die Uhr.

Sharky drückte die Türklinke der hölzernen
Eingangstür herunter und betrat, begleitet von einem
Glockenklingeln, den Laden.
„Mein Freund, alles klar?" Der freundliche
Kioskbesitzer war ein dickbäuchiger Türke.
Sharky hatte ihn inzwischen über die Jahre
liebgewonnen.
„Moin! Ja, sicher!", antwortete er mürrischer als er
wollte. „Kannst Du mir einen Becher Filterkaffee fertig
machen?"
„Gerne, kleiner Moment. Ich muss erst einen neuen
aufsetzen."
„Ja, ja. Kein Thema. Ich habe eh Zeit mitgebracht",
sagte Sharky und lehnte sich an einen Bistrotisch, der
in einer Ecke des Raumes stand und mit einem Becher
voll Teelöffel, einer Zuckerdose und einem Kännchen
Milch bestückt war.

Er dachte über das Gespräch von gestern Abend nach:
Jens hatte wieder zugespitzte Thesen formuliert, die in
seinem Kopf herumgeisterten und ihn nicht losließen.
Seit den demokratischen Anfängen, und damit seitdem
die Stimme und Meinung eines einzelnen Menschen
politisch etwas zählte, waren Medien laut Jens Macht-
instrumente geworden.
Daher gab es die Pressefreiheit, die eine Meinungs-
vielfalt gewährleistete – und es gab auch das
Grundgesetz, was letztlich systemgefährdende
Meinungen verbot.
Führte das auf längere Sicht dazu, dass etablierte
Medien alle dieselbe Meinung vertraten und weich-
gespült wurden? Er überflog die Titel der Zeitschriften

und Nachrichtenmagazine im Kioskregal. Sie sahen in Trump einen unbeholfenen Idioten, der die Weltmacht in den Abgrund führte. Oder sie handelten vom privatisierten Gesundheitssystem, was immer kostensparender und effizienter aufgestellt wurde. Oder sie warnten über einen Rechtsruck, der sich nach den Wahlen im Osten ereignet hatte.
Waren diese wertenden Überschriften Machtmiss-brauch? War dies die viel beschworene Lügenpresse, wie sie gerne im extremistischen Spektrum betitelt wurde? Oder war es tatsächlich die Wahrheit, die objektive Berichterstattung?
Dann wäre die Lügenpresse-Parole eine Aussage, die es zu beweisen galt. Sie wäre wohl eher der von Jens dargelegte Fall, wie es dank der sozialen Medien schnell und einfach möglich war, unwidersprochen Behauptungen in die Welt zu setzen. Diese Meinungen wurden dann unkontrolliert als scheinbar mehrheits-akzeptierte Wahrheit verkauft. So entstanden Verschwörungstheorien. War dies dann noch Meinungsfreiheit oder schon Sache für den Verfassungsschutz? Das war die Frage.

Das faschistische Video von gestern Abend war so oder so aufgrund der gezeigten Szenen illegal und sollte heute nicht mehr aufzufinden sein. Aber selbst daran sah Sharky, wie schwierig das Machtinstrument heutzutage zu kontrollieren war. Man konnte immer nur reagieren. Zumindest solange die Netzwerke sich der gesellschaftlichen Verantwortung entzogen.

„So mein Freund, Dein Kaffee, bitte!"

Sharky wurde aus den Gedanken gerissen. Der Besitzer stellte freundlich den dampfenden Becher vor ihm hin. Gerade wollte er auch noch ein Gespräch über den kommenden Bundesligaspieltag anfangen, als ein Rentner den Kiosk betrat. Der alte Mann wollte wie jeden Freitag seine Lottozahlen abgeben.

Sharky bediente sich an der Milch und dem Zucker und nahm einen ersten Schluck Kaffee. Dabei blieben seine wandernden Augen am Zeitungsständer hängen: „Rätselhafter Mord: Rechter Terror oder Bandenkrieg im Milieu?" stand dort in großen Buchstaben. Sharky ging um den Tisch herum und fischte sich ein Zeitungsexemplar. Auf dem Bild unter der Überschrift war eine Shisha Bar zu sehen, vor der ein Sportwagen und ein DHL-Auto standen. Auf dem Bürgersteig vor der Bar lag ein Mann in DHL-Uniform in einer Blutlache. Sharky nippte an seinem Kaffee und hielt die Zeitung näher an sein Gesicht – es war doch nicht Fabian Gonzalez. Oder doch?

Von der kräftigen Statur her kam es hin. Das Gesicht war allerdings durch einen schwarzen Balken verdeckt. Rechts vom Opfer war eine Tasche zu sehen, auf der das grelle Logo des *Sport Districts* erkennbar war. Sharky hatte nun keinen Zweifel mehr. Das war Fabian aus seinem Fitnessstudio!

Hektisch blätterte Sharky zum Artikel im Innenteil: Ein Sondereinsatzkommando der Polizei war gestern ein spektakulärer Schlag gegen den Waffenhandel im Darknet geglückt. Dabei waren den Beamten ein Dutzend Männer ins Netz gegangen, die allesamt dem Drogenmilieu zugeordnet werden konnten und die eine Tasche voller illegaler Waffen bei sich hatten. Einer der Männer hatte kurz vor seiner Festnahme einen DHL-Boten erstochen und würde sich zusätzlich des Mordes verantworten müssen.

Der Polizeisprecher berichtete dennoch von rätselhaften Umständen, weil im DHL-Bus ein weiteres Mordopfer gefunden wurde. Bei diesem handelte es sich um eine Familienangehörige der festgenommenen Männer. Es wurde keine Mordwaffe gefunden. Dafür aber ein faschistisches Symbol im Wagen entdeckt. Die Polizei ermittelte nun in verschiedene Richtungen. Es stellte

sich die Frage, ob es sich um einen Beziehungsstreit
oder gar um einen rechten Terroranschlag handelte.
Unter dem Text waren weitere Bilder abgedruckt. Zum
einen von einigen der festgenommenen Clanmitgliedern
- unter ihnen der vermeintliche Mörder Moritz Y. - zum
anderen war das erwähnte Symbol zu sehen. Ein
weißer römischer Fascis auf schwarzem Untergrund.

Sharky ließ nachdenklich die Zeitung auf den Tisch
sinken und murmelte zu sich selbst:
„Das kann doch kein Zufall sein."

35

Pfeifend rollerte Kay auf einem E-Scooter vom Hauptbahnhof in die Hafencity. Es war wieder ein warmer
Herbsttag und die Vorfreude auf das Wochenende in
der Stadt spürbar. Auch Kay freute sich auf den Job
und die Feier heute Abend. Auf das Gefühl endlich
wichtig zu sein und sich mit zahlreichen bekannten
Gesichtern ablichten und unterhalten zu können. Und
er freute sich besonders auf Anna.
Er stellte den Roller auf dem Bürgersteig vor der
Modern Media Agency ab und ging zum Starbucks auf
der gegenüberliegenden Straßenseite.
Wenig später betrat er mit seinem obligatorischen
Kaffee in der Hand gut gelaunt das Agenturgebäude
und ging zum Aufzug. Sein Ebenbild im Fahrstuhl-
spiegel bestätigte ihm sein wirklich exzellent aus-
gewähltes Outfit. Er schoss noch schnell ein Selfie, ehe
sich die Fahrstuhltür öffnete und er ins Foyer trat.
Am Empfangstresen saß Annas Kollegin Yasmin. Sie
war blond und mit über dreißig Jahren schon etwas
älter, fiel damit nicht mehr in Kays bevorzugtes
Beuteschema. Dennoch mochte er sie unglaublich

gerne, weil sie stets positiv und immer einen frechen Spruch auf den Lippen hatte.

„Hallo Kosmo! Die Sonne geht auf, gut siehst Du aus. Unser neuer Shootingstar!", begrüßte sie ihn fröhlich. „Hallo Yasmin, danke. Nicht mehr lange, dann ist Wochenende", antwortete Kay.
„Allerdings: Hoch die Hände, Wochenende." Sie lachte herzlich. „Ich hoffe, hier pünktlich loszukommen. Sobald ihr zum Goltz losfahrt, will ich nur noch schnell klar Schiff machen und dann für das Wochenende nach Berlin reisen."
„Du kommst also heute nicht mit?"
„Nein, das macht ihr zu dritt. Robert wird die ganze Zeit Toralf und Herrn Goltz Junior betüdeln und Anna wird sich schon um Dich kümmern. Ihr werdet Euch sicher nicht langweilen."
Sie lächelte ihn verschmitzt an. Hatte ihr Anna etwas von ihrem Abend mit ihm erzählt, ihr vielleicht sogar von ihm vorgeschwärmt? Es wirkte fast so. Die Schmetterlinge in Kays Bauch machten sich wieder deutlich bemerkbar.
„Ach schade", sagte er höflich. „Mit Dir wäre es noch lustiger geworden. Wo ist Anna denn überhaupt? Noch nicht da?"
„Doch, doch. Sie ist gerade bei Robert und hat ihr halbjährliches Mitarbeitergespräch."
Yasmin flüsterte nun: „Unter uns gesagt: nach drei Jahren möchte sie auch endlich eine Gehaltserhöhung bekommen. Da kommt so ein Abend wie heute gerade recht, weil sie unsere Firma dort, genau wie Du, repräsentiert und ihren Stellenwert nochmal betonen kann. Ihre Arbeit hat es aus meiner Sicht wirklich verdient."

Gerade wollte Kay zustimmen als die Tür von Roberts Büro aufflog und Anna herauskam.
Sie sah bombastisch aus. Ihre hohen Absätze und das

knappe graue Kleid betonten die Länge ihrer sport-
lichen Beine. Die dunklen Haare hatte sie nach hinten
zu einem kleinen Pferdeschwanz gebunden und das
dezente Makeup betonte ihre schönen Augen. Kay war
verzaubert.

„Hallo Anna", begrüßte er sie staunend.

„Hallo auch, hahaha!" Robert erschien feixend hinter
Anna:

„Schön, dass Du Dich auch freust, mich zu sehen. Das
nächste Mal ziehe ich mir ebenfalls einen Rock an.
Haha!" Er strich Anna über die Schulter, dann
klatschte er in die Hände.

„Also Ihr zwei, in fünf Minuten ist Abfahrt. Wenn ihr
noch was zu erledigen habt, dann tut es jetzt. Wir
sollten pünktlich sein. Yasmin, wenn was sein sollte,
bin ich noch bis halb sieben auf dem Handy zu
erreichen. Ich erwarte noch einen Anruf aus
Düsseldorf. Frau Stader wollte sich bezüglich unserer
Strategie für die neue Hautpflege heute noch bei mir
zurückmelden."

„Ist gut, Rob", sagte Yasmin und nickte.

Kay hörte aus ihrer Stimme die Enttäuschung heraus,
dass sie ihre Pläne ändern musste und wohl doch erst
später nach Berlin aufbrechen konnte.

„So Kinders, alle nochmal Pipi machen und dann geht
es los! Haha!", trällerte Robert an Anna und Kay
gewandt.

Wenig später verließen die drei in Roberts Porsche
Cayenne die Tiefgarage. Der Agenturchef liebte es, mit
seinem Auto anzugeben und fuhr jeden Gang redlich
aus. Der dröhnende Motorensound bewegte Passanten
entweder dazu, ihm bewundernd hinterherzuschauen,
oder dazu, ihm einen Vogel zu zeigen. Letzteres
geschah deutlich öfter. Kay genoss trotzdem die
Aufmerksamkeit. Er fühlte sich langsam aber sicher als
richtiger Social-Media-Star.

„Kosmo, Deine Reichweitenzuwächse von gestern auf

heute waren höher als die von den vorherigen drei Tagen zusammen! Wir haben ein richtiges exponentielles Wachstum. Wahnsinn! Haha!"
„Du hattest ja gesagt, wenn der Schneeball erstmal rollt, wird später eine Lawine daraus. Ich hoffe, es wird ein richtiger Schneetsunami", erwiderte Kay und strahlte über das ganze Gesicht.
Er war stolz darüber, vor Anna so gelobt zu werden. Sie saß allerdings teilnahmslos auf der Rückbank und schaute gedankenverloren aus dem Seitenfenster. Kay zückte sein Smartphone und sendete ihr eine Nachricht:

Du siehst heute wirklich bezaubernd aus!
Freue mich auf den Abend mit Dir.

Es dauerte ein paar Minuten bis Anna die Nachricht bemerkte. Kay schaute erwartungsfroh zu ihr nach hinten, sie lächelte. Da vibrierte sein Telefon auch schon:

Danke. Du siehst auch toll aus, vielleicht können wir später auch zusammen tanzen.

Das hörte sich vielversprechend an. Kay zwinkerte ihr zu und deutete ein Nicken an.

„So Ihr beiden Turteltäubchen", sagte Robert.
Kay zuckte zusammen, hatte er doch gedacht, so unauffällig wie möglich mit Anna zu flirten.
„Wir sind jeden Augenblick da. Die ersten Gäste werden frühestens in zwei Stunden erwartet. Kosmo, ich möchte, dass Du schonmal die Location checkst und schaust, welche Ecken am besten für Bilder geeignet sind. Ich glaube hinten im Garten ist zum Beispiel ein Brunnen, da solltest Du in jedem Fall ein paar machen, solange es noch einigermaßen warm draußen ist. Und vergiss nicht, ein Goltz Logo sollte immer irgendwo zu sehen sein!"

Kay nickte pflichtbewusst, das war für ihn als Vollprofi sowieso selbstverständlich.

„Wenn Du damit durch bist, würde ich mich freuen, wenn Du mit dem Goltz Junior plaudern könntest. Letztlich ist er unser Auftraggeber. Wir haben mit Toralf zwar einen starken Fürsprecher im Marketing, aber Goltz Junior ist ein ziemlich undurchsichtiger Charakter. Der kennt es von klein auf, Befehle zu erteilen und war immer Einzelkind in einem Millionärshaushalt. Wenn wir dem nicht gefallen, dann ersetzt er uns im Handumdrehen durch eine andere Agentur."

„Ok, das schaffe ich, Robert!", antwortete Kay betont selbstbewusst.

„Ich setze auf Dich." Robert nickte ernst.

Der Porsche fuhr nun vor einer prachtvollen Stadtvilla vor. Der Vorplatz und die drei Stufen zur mächtigen Eingangstür waren für heute Abend bereits mit einem roten Teppich ausgelegt. Robert steuerte den Wagen rechts neben der länglichen Einfahrt auf einen Kiesparkplatz.

„So, wir sind da." Robert dreht sich jetzt zur Rückbank nach hinten. „Anna! Schätzchen, ich möchte, dass Du Kosmo soweit wie möglich unterstützt. Gerade auch beim Goltz. Ich bin mir sicher, sowohl der Senior als auch der Junior behalten Deine Reize besser in Erinnerung als jede Reichweitenzahl von mir und Kosmo. Haha!"

Damit stiegen die drei aus und gingen zum Eingang. Der Kies auf dem Parkplatz knirschte unter ihren Schuhen und Robert ließ es sich nicht nehmen, Anna seinen Arm zum Einhaken anzubieten. Kay nahm es zur Kenntnis, reagierte schnell und bot auch seinen Arm an, so dass Anna nun in Begleitung von gleich zwei Gentlemen zur Villa schritt. Vorm Eingang wartete ein glatzköpfiger Mitarbeiter der Security und wünschte ihnen einen guten Abend. Robert war bereits bekannt beim Personal.

In der prächtigen Eingangshalle wurden sie von einem Mann im dunklen Smoking und mit zurückgegelten Haaren begrüßt. Ohne Dreitagebart hätte Kay ihn beinahe nicht wiedererkannt.

„Guten Abend, heißt es nicht immer: Je später der Abend desto schöner die Gäste?" Goltz Junior lachte, was ein wenig nach husten klang. „Da kann ich mich ja auf was gefasst machen. Wobei es schwer vorstellbar ist, das noch zu toppen."

Er betrachtete Anna ausgiebiger als es Kay lieb war. Auch Anna war es unangenehm und sie versuchte unauffällig ihren Rock ein wenig nach unten zu ziehen.

„Na, nichts gegen Deine Gäste, aber ich habe Dir meine zwei besten Pferde aus dem Stall mitgebracht. Haha!" Robert hatte auf Business-Modus umgestellt:

„Darf ich vorstellen, Helmut Goltz Junior. Seines Zeichens Sohn von Helmut Goltz Senior. Haha!" Robert klopfte Goltz Junior kumpelhaft auf den Rücken, der quittierte dies mit einem gequälten Lächeln.

„Und das sind Anna und Kosmo", stellte Robert sie vor. „Anna arbeitet seit drei Jahren bei mir als verantwortliche Portfolio-Analystin."

Anna und Kay schauten sich überrascht an. Das musste Anna sich merken, mit dieser Aufgabenbeschreibung sollte doch eine Gehaltserhöhung drin sein.

„Und der kleine Goldjunge hier, den solltest Du bereits kennen …"

„Kosmo! Natürlich", begrüßte ihn Goltz Junior euphorisch wie einen alten Freund. „Wir hatten bereits nach der Besichtigung das Vergnügen. Nichts für ungut, aber an der Trinkfestigkeit müssen wir noch arbeiten." Er lachte und hustete gleichzeitig.

„Haha! Kosmo hat andere Stärken", jubelte Robert.

„Seine Promotion für den Abend verlief überragend, wenn man den Zahlen Glauben schenken darf. Haha!"
„Ja, ich hörte davon. Toralf hatte mir bereits einen Zwischenstand gesendet. Gut, gut. Wenn der heutige Empfang zu den Hamburg Open erfolgreich verläuft, sollten wir uns nochmal überlegen, wie unsere Strategie für weitere Marketingmaßnahmen aussehen könnte." Goltz Junior klang jetzt eher gelangweilt, so als wenn er lediglich einer Pflicht nachkommen musste, in Gedanken schien er woanders zu stecken.
„Das hört sich fantastisch an", sagte Anna und klang zuckersüß. Sie schenkte dem Junior ein Lächeln.

„Helmut! Ich dachte die ersten Gäste kommen erst gegen acht?", krächzte eine raue Stimme vom oberen Ende einer Treppe. Ein älterer Herr mühte sich die Stufen zur Eingangshalle hinab. Er hatte eine dicke Hornbrille auf, die bereits vor zwanzig Jahren komplett aus der Mode gekommen war. Seine Glatze wurde durch einen weißen Haarkranz umrandet. Die Stimme klang streng und schroff. Seine Gesichtszüge waren jedoch im Grunde freundlich.
„Ja doch, Vater!", antwortete der Junior gereizt.
Er wollte vor der Agentur nicht in so einem Ton von seinem Erzeuger gemaßregelt werden.
„Die Gäste kommen erst noch. Das ist Herr Dr. Breitzke. Der Inhaber unserer neuen Media Agentur mit seinen zwei hochqualifizierten Mitarbeitern." Er zwinkerte Anna und Kosmo auf schmierige Art und Weise zu. „Ich hatte Dir von ihnen erzählt und ..."
„Ja, ja."
Der alte Goltz war inzwischen unten angekommen und begrüßte zunächst Robert, dann Anna und letztlich Kosmo mit einem überraschend kräftigen Handschlag.
„Er hat mir von Ihnen erzählt. Aber ehrlich: Ich habe keine Ahnung von dem, was Sie machen. Ich bin Unternehmer und Spirituosenproduzent. In dem Metier macht mir keiner etwas vor. Aber diese neumodischen

Werbegeschichten sind böhmische Dörfer für mich."
Kay musterte den alten Mann, die schroffe Stimme und
das freundliche Gesicht passten nicht zusammen und
machten ihn sicher zu einem undurchschaubaren
Geschäftspartner. Sicherlich war er ein starker
Verhandler mit allen Tricks, den man sich nicht zum
Feind machen sollte.

„Jeder macht das, was er kann, was?" Goltz Senior
schaute seinen Sohn an, der gequält lächelte und dann
wieder das Gespräch aufnahm:

„Also meine Herrschaften, schauen Sie sich um. Der
Empfang wird hier im Foyer und hinten im Garten
stattfinden. Es gibt ein Buffett hier drinnen und
draußen wird es einen großen Grill geben. Das Wetter
gibt es her und Heizpilze haben wir auch. Zum
Empfang wird noch Presse dabei sein. Später wird die
dann herauskomplimentiert und die Feier hoffentlich
Fahrt aufnehmen. Schließlich steht die Goltz Brennerei
für Spaß..."

„Schnaps, das war sein letztes Wort – dann trugen ihn
die Englein fort", summte der alte Goltz und zitierte den
alten Karnevalssong von Willy Millowitsch. Er fing an,
herzlich zu lachen. Alle lachten höflich mit.

„Ja, ja - Vater. Also später wird dann getanzt. Sowohl
hier im Foyer als auch im 1. und 2. Saal oben im ersten
Stock." Goltz Junior deutete genervt die Treppe nach
oben. „In jedem Raum steht unser Personal mit
Getränken für die Gäste parat. Ich denke einem
erfolgreichen Abend steht nichts im Wege."

36

Er war spät dran, trotzdem war es ihm wichtig, Jens
noch heute Abend von seiner Entdeckung zu berichten.
Die Zeit musste er sich nehmen. Also ging er over-
dressed im dunklen Anzug und hellem Hemd, aber

wenigstens ohne Krawatte und mit seinen geliebten Sneakers ins *Bürgereck*. Tatsächlich saß Jens in Malerkluft am Tresen, genau wie er gehofft hatte.

„Sharky, Du hier?", fragte sein Freund verwundert. „Ich dachte heute Abend ist Dein Meet-and-Greet mit Gustav Gantz, der den weiten Weg aus Entenhausen hierhergefunden hat?"
„Ja, das ist auch heute. Aber ich muss nochmal mit Dir sprechen und Deine Meinung zu einer Sache hören."

Er breitete die aktuelle Zeitung vor Jens aus, schilderte ihm die Titelstory und erzählte von Fabian, der mit ziemlicher Sicherheit von einem Mitglied einer Drogenbande erstochen wurde. Er beendete seine Zusammenfassung mit dem römischen Fascio und zeigte die Symbol-Abbildung unter dem Artikel.

„So, so. Ich wusste gar nicht, dass Du Sport treibst?"
Jens schaute Sharky prüfend an.
„Jens, ich finde das alles überhaupt nicht lustig", protestierte Sharky.
„Ok, also ernsthaft. Die Überschriften habe ich heute Morgen natürlich mitbekommen. Mir aber nichts dabei gedacht. Wer rechnet denn damit, dass ein Bekannter oder gar Freund in so eine Sache verwickelt sein könnte?"
„Sharky, möchtest Du etwas trinken", fragte Sybille dazwischen, die gerade aus dem hinteren Küchen-bereich nach vorne in den Schankraum trat.
„Nein, danke. Ich muss gleich noch weiter", antwortete Sharky abweisend. Dann richtete er das Wort wieder an Jens: „Ich hätte es mir auch nicht vorstellen können. Wenn so etwas passiert, sind es doch immer die anderen. Daher bin ich so schockiert. Was soll ich denn nun machen?"
„Du bist Dir ganz sicher, es handelt sich bei dem toten Fahrer um Deinen Trainingskumpel?"
„Zu 99 Prozent ja! Da ist eindeutig seine Sporttasche

auf dem Bild." Er deutete mit dem Zeigefinger auf das Titelfoto. „Ich habe mehrmals versucht, Fabian zu erreichen, es geht nur die Mailbox dran. Dann habe ich im Trainingscenter angerufen. Dort hat ihn heute auch niemand gesehen, normalerweise trainiert er jeden Tag. Ich habe die Nummer von seiner Frau leider nicht, sonst würde ich die auch noch kontaktieren. Wobei die beiden aktuell eh getrennte Wege gehen und sich nicht so oft sehen."

„Meinst Du es könnte damit zusammenhängen? Eine Beziehungstat? Hat er einmal erwähnt, dass sie ihn aufgrund eines Typen verlassen wollte oder sowas?", fragte Jens.

„Nein, gar nichts in diese Richtung. Das glaube ich auch nicht. Es hörte sich immer nach Auseinander-leben an. Eine einvernehmliche Trennung sozusagen."

„Ok, eine Beziehungstat schließen wir dann aus. Glaubst Du, er könnte anfällig für so eine faschistische Wahnidee sein? Ist ... ähm, ich meine, war er wirklich der Typ, der sich mit solchen Leuten einließ?"

Sharky überlegte lange, ehe er antwortete:

„Na ja, wenn man die Fascio-Anhänger als eine nationalgesinnte Gruppierung einordnen möchte, dann sicher nicht. Fabian hatte venezolanische Wurzeln, die sah man ihm auch an."

Jens nickte nachdenklich.

„Und wenn man diese Szene nicht als ultra-nationalistisch betrachtet? Wenn sie vielmehr eine Systemkritikerin ist? Wäre er dann anfällig?"

Sharky schwieg. Er wusste nicht, was er sagen sollte.

„War dieser Fabian zufrieden mit seinem Leben?", hakte Jens nach.

„Naja, er hatte schon einiges an Frustration in sich. Angefangen mit seinem Vater. Soweit ich weiß, hat der ihn und seine Mutter geschlagen und ist schließlich früh aus seinem Leben abgehauen."

„Aha."

„Ansonsten hat er zwar Abitur gemacht, konnte damit aber nie so richtig etwas anfangen."

„Aha."

„So ist er nun seit vier Monaten für die DHL gefahren. Sicherlich nicht der erhoffte Traumjob. Der Sport hat ihm geholfen, solche Dinge zu ertragen. Der war sowas wie sein Blitzableiter."

„Aha."

„Aha, was? Kannst Du bitte dieses Aha sein lassen?"

„Ich fasse zusammen: Sein Vater hat ihn geschlagen und ist ungestraft davongekommen. Sein Job hat ihn nicht erfüllt. Seine Frau ihn so gut wie verlassen. Vielleicht fühlte er sich aufgrund seines Aussehens sogar als Randgruppe." Jens schaute Sharky ernst an. „Gerade so jemand ist anfällig für Verschwörungs-theorien und Ideologien, die ihm einen Ausweg aus der Situation aufzeigen können!"

„Wenn man es so dreht: Ja. Aber Du hast mir doch auch erst vor ein paar Tagen eine Standpauke über unsere Gesellschaft gehalten. Bist Du auch anfällig für diese Faschos?", fragte Sharky provozierend.

„Punkt für Dich mein Lieber. Ich sehe, Du hörst mir gut zu."

„Sharky, willst Du nicht doch was Trinken?", fragte Sybille wieder. Sie versuchte nochmal ein wenig Umsatz mit Sharky zu machen, auch weil sie sehr wohl wusste, bei ihm blieb es selten bei einem einzigen Getränk.

„Nein, danke Sybille. Ich habe wirklich nicht so viel Zeit heute Abend ..." Zu Jens: „Also bist Du auch anfällig?"

„Wenn Du wirklich meine persönliche Meinung hören willst: Systemkritik ist generell in Ordnung. Denn es gibt einiges an Dingen, die falsch laufen. Großkonzerne, die keine Steuern zahlen. Fußballprofis, die im Jahr mehr bekommen wie andere in einem Leben. Oder unser Wachstumsmantra, ohne Rücksicht auf Umweltaspekte. Es gibt genügend Punkte, die kritikwürdig sind. Sie schaffen dankbare Plattformen für Populisten. Meine Frage wäre daher: Ist unsere kapitalistische Gesellschaft schuld am Populismus? Oder ist der Populismus das Problem für unsere Gesellschaft?"

„Baoh – Jens!" Sharky verlor allmählich die Geduld. „Ok, ok. Also, ich glaube nicht. Ich bin nicht anfällig für solche Theoretiker. Aber das kann niemand zu 100 Prozent sagen. Vielleicht bin ich auch selbst einer dieser Prediger. Alles eine Frage der Sichtweise. Meine Meinung: Unsere Gesellschaft muss sich grundsätzlich ändern. Allerdings liefern die Populisten und Ver-schwörungstheoretiker dafür keine guten Ansätze. Im Gegenteil, sie versuchen die Schwächen unseres Systems so zu verdrehen und möglichst einfach zu beschreiben, dass die einzige Lösung die Zerschlagung ist. Das Ergebnis wäre totales Chaos. Kurzfristig müssen wir dem Populismus eindämmen. Langfristig dürfen wir ihm aber auch keine Plattformen mehr geben. Letzteres ist deutlich schwieriger."

Sharky atmete hörbar aus.
„In Ordnung. Dann haben wir das geklärt", sagte er ungeduldig. Er blickte auf die Uhr an der Wand hinter dem Tresen und versuchte zum Ausgangspunkt zurückzukommen:
„Also gut. ich glaube, es ist schon wahrscheinlicher, dass Fabian den Fascio-Leuten zuhörte, als dass er weglief."
„Alles klar. Das denke ich nach Deinen Schilderungen auch." Jens nickte. Dann fügte er an:
„Für mich stellt sich noch eine Frage."
„Ob ich zur Polizei gehen sollte?"
„Stimmt, das auch. Aber im Wagen war ja noch eine weitere Leiche: Hat Fabian die Frau getötet oder was steckt hinter diesem ganzen Vorfall?"
„Ich denke, diese Frage sollten wir den Profis überlassen. Ich werde morgen gleich zur Polizei gehen

und eine Aussage machen." Sharky war erleichtert. Die Frage hatte ihn seit heute Mittag nicht losgelassen. Jetzt hatte er sie endlich für sich selbst beantwortet. „Mach das auf jeden Fall. Entweder sagt die Polente dann: Schönen Dank, Herr Schark, aber Fabian Gonzalez ist wohlauf und hat nichts mit der Sache zu tun. Oder aber, Du hilfst ihnen tatsächlich mit Deinen Infos ein wenig weiter."

„Gut, gut." Sharky wurde nun hektisch. Er war viel zu spät dran und würde bereits jetzt unpünktlich beim Empfang der Hamburg Open erscheinen.

„Ich muss los", verabschiedete er sich eilig.

Er prüfte, ob er zumindest die Eintrittskarte eingesteckt hatte und wedelte zum Abschied Sybille und Jens damit zu. Dann verließ er das *Bürgereck* und spurtete zum Bus, der ihn zur Goltz-Villa nach Winterhude bringen sollte.

37

In einem Taxi rauschte sie in Richtung Winterhude, blickte durch das Seitenfenster auf die vorbeirauschenden Häuserfassaden der Altbauwohnungen und dachte nach:

Andi war tatsächlich mehr als eine gute Freundin. Bea hatte so manches mal nicht gewusst, was sie ohne sie gemacht hätte. Andis Sorgsamkeit erinnerte an die einer großen Schwester, die stets auf die jüngere aufpasste. Sie unterstützte Bea zudem auch noch in all ihren Vorhaben.

Seitdem Bea ihr von den eigenen Zukunftsplänen als Modebloggerin erzählt hatte, war sie auch diesmal wieder Feuer und Flamme dafür gewesen. Sicher spielte es eine Rolle, dass Andi sich keine Sorgen mehr machen musste, Bea mit einem Typen namens Kosmo zu teilen oder sie gar ganz an ihn zu verlieren. Andis Eifersucht war aktuell nur ein kleines Störgeräusch für Bea. Sie musste es trotzdem im Blick behalten, denn früher oder später würde ein Mann in ihr Leben treten und Andi musste ihn dann akzeptieren und mit ihm auskommen.

Andi selbst war eine Einsiedlerin. Bis auf Bea ließ sie niemanden dicht an sich heran. Sie vertiefte sich in ihre Serien und in ihr Sprach- und Literaturstudium. So lernte sie nie attraktive Typen kennen. Dennoch machte ihr das Leben als Eigenbrötlerin nichts aus, sie war fast durchgängig gut gelaunt.

So auch heute Vormittag, als Bea früh wieder zurück in der WG war.

„Was machst Du denn schon wieder hier? Hast Du Dich noch einen weiteren Tag krankschreiben lassen?", fragte Andi überrascht.

„Wir haben doch gestern alles bekommen für heute Abend oder müssen wir nochmal los?"

Bea zog ihren Hoodie über den Kopf und pfefferte ihn Richtung Couch.

„Nein und Nein. Ich bin weder krank noch müssen wir nochmal los." Sie stand bedröppelt vor ihrer Freundin, die sie am liebsten in den Arm genommen hätte.

„Die Spahn hat mich gefeuert!", schluchzte Bea nun. „Sie will mich sogar anzeigen. Ich glaube das nicht. Ich habe wochenlang für fast nichts bei ihr gearbeitet. Den ganzen Laden geschmissen ...!"

„Gefeuert? Nur weil Du gestern auf krank gemacht hast?" Andi fühlte sich schuldig, es war schließlich ihre Idee gewesen. „Hat sie uns beim Shoppen gesehen, oder wie?"

„Nein." Bea schnäuzte ihre Stupsnase mit einem Taschentuch. „Der verplante Typ ist gestern in den Laden gekommen und hat mich reingeritten. Ich hatte Dir ja erzählt, wie ich diesem Sharky einen Gefallen getan und ihm kostenlos seinen Einkauf rausgegeben habe. Er sollte mir nur schnell sein vergessenes Präsent wiederbringen, so dass alles im Reinen ist. Natürlich hat das nicht geklappt und er verplappert sich auch noch bei Frau Spahn."

Andi erinnerte sich vage an jene krude Geschichte, die sie nicht wirklich für wichtig erachtet hatte.

„Okay. Und er hat es gestern Frau Spahn gegeben, oder was?"

„Der hat mich richtig reingeritten. Frau Spahn denkt nun, ich habe das ständig gemacht und irgendwelche teuren Kosmetikprodukte mitgehen lassen oder an irgendwelche Freunde verteilt. Sie will mich anzeigen!"

„Bea! Ruhig." Andi lächelte sie an.

„Hey, ist doch alles gut. Du hattest sowieso keine Lust mehr auf den Job, es kann Dir egal sein wie Frau Spahn über Dich denkt. Soll sie Dich doch anzeigen. So ganz ohne Beweise wird das schwierig. Und überhaupt: Du hast bereits neue Pläne, konzentriere Dich darauf. Sei froh, dass Du die Erfahrung mit Deinem Praktikum gemacht hast und Du die letzten Wochen nicht auch noch für die Alte buckeln musst."

Andi nahm ihre Freundin in den Arm. Wieder hatte sie es geschafft, Bea aufzubauen und den Fokus nach vorne zu richten. Sie hatte, wie meist, Recht mit dem, was sie sagte. Bea war es immer gewohnt gewesen zu funktionieren und nie einen Fehler zu machen. Die aktuelle Erfahrung war vielleicht sogar eine gute Vorbereitung auf eine mögliche Selbständigkeit als Modebloggerin. Da würde mit Sicherheit auch nicht immer alles glatt laufen.

„Das macht zweiundzwanzig Euro, bitteschön!"

Der Taxifahrer holte Bea zurück aus ihren Gedanken an heute Vormittag. Sie rundete auf fünfundzwanzig auf und ließ sich eine Quittung ausstellen. Dann stieg sie in ihrem schicken Abendkleid und der neuen Lederjacke aus dem Wagen. Sie schritt zur Villa, vor der es sehr ruhig war. Nur ein Security Mann und eine Handvoll Angestellte waren zu erkennen. Einige verschoben hektisch Absperrungen, andere bauten sie bereits ab. Wenn der Parkplatz neben dem Gebäude nicht brechend voll von Luxuskarren gewesen wäre, hätte man denken können, das Event wäre bereits gelaufen.

Bea schaute auf ihre schmale Armbanduhr. Kurz nach acht! Sie war tatsächlich zu spät gekommen. Sie wollte knapp vor Beginn hier auftauchen, weil sie dann den größten Trubel vermutete und es leichter gewesen wäre, durch die Security zu schlüpfen. Jetzt hatte sie sich verkalkuliert. Sie atmete tief durch und ging so selbstbewusst wie möglich auf den glatzköpfigen Türsteher zu.

„Guten Abend! Bin ich zu spät?", trällerte sie fröhlich.

„Guten Abend", grüßte der große Mann zurück. „Iwo, die Herrschaften sind nur bereits alle in den Garten durchgegangen, noch ist es schön warm und man kann den Blick auf die Alster genießen. Ihren Namen und das Ticket brauche ich bitte."

Verdammt. Bea kramte in ihrer Handtasche und dachte verzweifelt nach.

„Wo ist sie denn nur – Moment. Hier? Nein, auch nicht", murmelte sie und tat so, als wenn sie hektisch etwas suchte.

„Nur die Ruhe, ich sagte ja: Der offizielle Beginn steht noch aus", beruhigte der Glatzkopf.

„Es ist nur ..." Sie kramte weiter in der Tasche.

„Ich glaube, ich habe sie zu Hause vergessen. Es war alles so hektisch heute. Sie müssen wissen, ich bin gerade erst aus Mailand gekommen und war nur kurz zu Hause", log sie.

Sie rückte ihr Dekolleté zurecht und lächelte ihn an.

„Können Sie nicht eine kleine Ausnahme machen?"

Der Glatzkopf schien zwar beeindruckt, aber weiterhin pflichtbewusst. „Tut mir leid, wie ist denn der Name?"

Er nahm ein Klemmbrett von einem kleinen Tisch

hinter sich. Wahrscheinlich die Gästeliste. Bea konnte leider keinen Namen im Halbdunkel entziffern. Es war ein Ratespiel:

„Mein Name ist Scholz", versuchte sie es.

Etwas Besseres fiel ihr nicht ein, als einen möglichst häufigen Namen zu nennen. Und vielleicht waren ja auch Angehörige vom früheren Hamburger Bürgermeister geladen. Sie könnte ja eine Nichte sein.

„Scholz, Scholz, Scholz. Tut mir leid. Schulze habe ich noch einige offen. Scholz steht nicht auf der Liste." Der Mann zuckte mit den Schultern.

„Das muss ein Missverständnis sein." Bea drückte sich nun ganz eng an ihn und schaute zusammen mit ihm auf die Liste.

Er stieß sie sanft zurück: „Ich muss Sie bitten, zu gehen. Sie hören ja: Ein Fräulein Scholz steht nicht auf der Liste und ein Ticket haben Sie auch nicht. Tut mir leid."

„Aber ..."

„Tschüss, Kleine!"

Bea zog traurig von dannen und ging die lange Ausfahrt herunter. Das war eine schöne Pleite, was hatte sie sich nur gedacht? Dass sie einfach so in die Glitzerwelt einmarschieren könnte und die Promis nur auf sie warteten?

Sie schüttelte sauer den gesenkten Kopf. Was war sie bloß für eine dumme, naive Kuh?

„Nee, ne!?"

Beas Kopf zuckte erschrocken nach oben. In der Dunkelheit hatte sie niemanden kommen sehen und war nun umso überraschter.

„Was machst Du denn hier?", fragte die Stimme mindestens ebenso überrascht, aber auch freudig angetan, Bea hier zu treffen.

„Das Gleiche könnte ich Dich fragen, Sharky!", antwortete Bea perplex. Sie fasste sich aber schnell wieder: „Eigentlich müsste ich Dir eine schmieren!

Wegen Dir bin ich meinen Parfümeriejob los und habe wohl auch eine Anzeige an der Backe."

„Auweia!" Sharky ging lachend einen Schritt zurück und deutete eine Deckung mit seinen Fäusten an.

„Ich meine das vollkommen ernst. Frau Spahn hat mich heute gefeuert, sie denkt, dass ich Waren gestohlen habe. Nur weil Du Dich verplappert hast. Dir tue ich nie wieder einen Gefallen!"

„Was? Die Spahn hat Dich rausgesetzt? Mich hat sie erpresst und ich Trottel habe ihr den vermeintlichen Schaden und noch mehr sofort erstattet!" Er schaute Bea mitfühlend an:

„Ich bin zwar manchmal echt ein Tollpatsch. Aber diesmal war ich mir sicher, wirklich alles gerade-gebogen zu haben. Ich möchte Dir doch nicht schaden!"

„Hast Du aber", sagte Bea kalt, „und was machst Du hier? Wie ein Kellner siehst Du nicht gerade aus." Sie zeigte auf seine abgetretenen Sneakers.

„Nein, nein. Ich arbeite hier nicht. Ich bin eingeladen." Er registrierte Beas irritierten Blick.

„Also eigentlich nicht ich, sondern meine Mutter. Sie verkehrt in so einem elitären Tenniskreis und da sie heute Abend verhindert ist, bin ich hier. Und Du? Gehst Du schon?"

„Ach", sagte Bea und machte eine wegwerfende Handbewegung. „Ich fühle mich heute nicht so richtig gut", log sie mehr schlecht als recht.

„Ja? So siehst Du aber nicht aus!", lobte Sharky und begutachtete Beas Garderobe.

„Schade, wir könnten sonst zusammen reingehen. Mein Ticket ist für mich und eine Begleitperson gültig. Ich freue mich, wenn ich Gesellschaft habe!"

Bea sah ihn groß an - sollte es das Schicksal doch gut mit ihr meinen? Diese zweite Chance musste sie annehmen.

„Na gut", tat sie genervt, „dann komme ich eben mit Dir mit, wenn es unbedingt sein muss."

Sie hakte sich tatsächlich bei Sharky ein und sie marschierten zum Eingang.

Der Security Mann runzelte die Stirn, als Sharky ihm das Ticket reichte:

„Guten Abend. Hier die Einladung. Schark mein Name."

„Scholz?"

„Nein, S-C-H-A-R-K. Mit einfachen K."

„Achso, ja alles klar. Hier habe ich Sie – willkommen Herr Schark und das ist Ihre Begleitung?"

„Genau, Scholz. Bea Scholz!", bestätigte Bea und lächelte besserwisserisch

.

38

Im Garten der Goltz-Villa war die Stimmung unter den geladenen Gästen prächtig. Der milde Oktoberfreitag erinnerte alle ein letztes Mal an den schönen Sommer, den sie in diesem Jahr gehabt hatten und den sie gebührend verabschieden wollten. Der Gartenbrunnen war edel ausgeleuchtet, die imposanten und akkurat geschnittenen Büsche wurden prächtig und bunt durch Scheinwerfer angestrahlt. Auf der großzügigen Terrasse standen Stehtische, daneben Heizpilze und überall waren Kellner mit Tabletts voller Drinks oder mit Fingerfood. Abgerundet wurde das Bild durch auffällige Beachflags: Fahnen, die das Goltz Logo zierten und mit einem metallenen Fuß verbunden waren. Sie waren so aufgereiht, dass einem nirgends entgehen konnte, wessen Party dies hier war. Die Gäste standen in kleinen Gruppen und redeten angeregt miteinander. Man kannte sich oder tat zumindest so als ob.

Kay stand zusammen mit Anna mitten im Trubel. Er war hier in seinem Element. Er hatte es sich nicht nehmen lassen und im Vorfeld mit einem extra mitgebrachten Selfie Stick ein paar Bilder vom luxuriösen Ambiente geschossen. Jetzt war allerdings Showtime! Er musste es schaffen, mit ein paar prominenten Gesichtern ins Gespräch zu kommen. Ein erstes hatte er bereits gesichtet:

Der etwas in die Jahre gekommene südamerikanische Spielmacher des Hamburger SV stand in einer Traube junger Leute. Kay wies Anna an, dort zu bleiben, wo sie gerade war und schlängelte sich durch die Menge. Dann stolperte er vermeintlich und stieß seine Zielperson an.

„Hey, pass auf!", schimpfte der Fußballprofi und drehte sich zu Kay um.

„Sorry." Kay lächelte entschuldigend. „Ach! Das glaub ich nicht, Sie sind mein Idol? Darf ich Du sagen? Ich habe mir letztes Jahr erst das Trikot mit der 10 und Deinem Namen geholt. Wahnsinn, Du hier?"

„Claro. Immer da, wo gute Leute mit viel Spaß sind", antwortete der HSV-Star etwas holprig.

„Klasse. Dein Freistoß letzte Woche, der hätte echt ein Tor verdient gehabt. Nur zwei Zentimeter haben gefehlt! Und die hier, das sind alles Deine Freunde?" Er blickte in die Gesichter der umstehenden Groupies. Sie waren deutlich jünger als der Fußballer, nickten aber brav.

„Jawohl, er ist unser Freund", meldete sich ein vielleicht zwanzigjähriger Schönling.

„Wahnsinn. Echt! Ein Kindheitstraum geht in Erfüllung. Ich bin so lange HSV-Fan und jetzt treffe ich meinen Lieblingsspieler persönlich hier ...", freute sich Kay gekünstelt euphorisch.

„Bist Du nicht dieser Kosmo?", eine blonde Freundin neben dem Schönling unterbrach ihn.

„Ähm..." Tatsächlich, sie erkannten ihn. „Ja, der bin ich. Kennt ihr mich?", fragte Kay stolz.

„Na sicher, zumindest Deinen Waschbrettbauch habe ich erst heute Morgen wiedergesehen!" Die Blonde klimperte mit ihren künstlichen Wimpern.

„Ja. Mich gibt es auch angezogen. Höhö!" Kay blickte sich suchend um und wendete sich nochmal an den

Sportler:

„Du, sag mal – kann ich ein Foto mit Dir machen? Vielleicht mit Dir und Deinen Freunden?"

Kay zeigte mit einer drehenden Handbewegung auf die Runde.

„Kosmo, ist Dein Name? Aber klar. Kommt zusammen! Amigos!", trällerte der Profi und gab seiner Clique Anweisungen wie auf dem Spielfeld.

„Wartet mal kurz!" Kay hatte nun gefunden, wonach er suchte und winkte eine Kellnerin heran. Sie eilte mit einem Tablett herbei, auf dem zahlreiche kleine Gläschen gefüllt mit dem *Göltzenen Klaren* standen.

„Freunde – nehmt Euch alle einen! Heute wird gefeiert!", rief Kay euphorisch. Er zückte seinen Selfie Stick. Dann zeigte er an, dass die Gruppe eine Reihe bilden sollte, in deren Mitte er und HSV-Star standen. Sie prosteten sich alle zu – und Kay hatte sein erstes richtig gutes Bild des heutigen Abends.

Er bedankte sich, stellte sein unberührtes volles Glas zurück auf das Tablett und drängelte sich zurück durch die Menge zu Anna.

Die hatte die Szenerie beobachtet und lachte: „Kennst Du den wirklich?"

„Nein." Kay grinste. „Ich kenne ihn höchstens aus ein paar Sportschau-Ausschnitten. Aber er ist bekannt in der Stadt und die Leute lieben ihn. Genau das richtige, um dem *Göltzenen Klaren* zu neuem Glanz zu verhelfen."

„Kosmo, Du bist mir so einer." Anna hakte sich bei Kay ein. Der platzte fast vor Stolz und hielt schon wieder Ausschau nach der nächsten Gelegenheit.

„Meine Damen und Herren!"

Die leise Hintergrundmusik erlosch und auch das Gemurmel der Gäste verstummte nach und nach. Lediglich das angenehme Brutzeln vom Grill war noch leise zu hören.

„Meine Damen und Herren!" Der alte Goltz hatte sich ein Mikrofon geschnappt und stand vor der offenen Glasfaltwand zum Innenraum.

„Ich bin so froh, Sie alle an diesem lauen Abend hier bei mir begrüßen zu dürfen. Schöner hätte ich es mir nicht ausmalen können. Wenn ich an das letzte Jahr denke, da war an eine Gartenparty nicht zu denken. Gut, dass die Arena ein verschließbares Dach aufweist, was Michael?" Er suchte in der Menge das Gesicht des Turnierdirektors ehe er fortfuhr:

„Die Goltz Brennerei ist unglaublich stolz, im fünften Jahr in Folge den Empfang für die Hamburg Open ausrichten zu dürfen. Das Buffett werden Sie bereits entdeckt haben und die netten jungen Menschen mit den Erfrischungen sind den ganzen Abend für Sie da. Falls Ihnen etwas fehlt, stehen ich und auch mein Sohn ...", er deutete auf Helmut Goltz Junior, der grimmig mit einer Zigarette im Mund ein paar Meter abseits stand, „... wir beide stehen Ihnen jederzeit zur Verfügung. Heute darf bis in die Nacht gefeiert werden. Ab morgen soll dann der Sport im Vordergrund stehen. Der Tennissport, und das Wissen Sie alle hoffentlich, ist und bleibt eine Leidenschaft von mir."

„Helmut, Helmut, Helmut!" eine Gruppe von älteren Herren grölte nun in Richtung des Redners.

„Ja, ja – meine Mannschaft weiß es natürlich." Der alte Gastgeber lachte. „Ich bin nun inzwischen seit fast dreißig Jahren aktives Tennismitglied, wenngleich inzwischen schlagbarer geworden."
„Hahaha!", die Männergruppe feierte Goltz Senior für die Anspielung auf seine vermeintliche Spielstärke.
„Bevor ich nun das Buffett eröffnen möchte, will ich noch ein paar besondere Gäste begrüßen. Ich freue mich sehr, dass unser bereits erwähnter Turnier-direktor auch in diesem Jahr zusammen mit ein paar

Starspielern bei uns ist. Michael, ohne Dich gäbe es keine Hamburg Open. Das ist Dein Applaus!"
Freundliches Klatschen erfüllte den Garten.

„Dann bin ich stolz und froh, dass es unser Erster Bürgermeister zusammen mit dem Innensenator trotz vollem Terminkalender geschafft hat, uns zumindest zu Beginn des heutigen Abends Gesellschaft zu leisten. Ihr Applaus, Herr Bürgermeister. Ihr Applaus, Herr Senator! Sie beide stehen stellvertretend für die Sportstadt Hamburg."
Wieder feierte die Menge. Ein kahlköpfiger freundlicher Mann hob die Hände und deutete zusammen mit seinem Nebenmann eine Verbeugung an.
„Schließlich möchte ich noch ganz besonders unseren Polizeivizepräsidenten begrüßen. Er ist lange ein Mitspieler von mir gewesen und teilt meine innige Tennisleidenschaft. Ich bin so glücklich darüber, dass er es heute einrichten konnte – denn wie Sie vielleicht mitbekommen haben, ist unserer Hamburger Polizei ein großer Schlag gegen das organisierte Verbrechen gelungen. Ich weiß, es gibt in dem Fall noch einiges zu tun und aufzuarbeiten – aber dieser Erfolg ist nicht hoch genug einzuschätzen. Meine Damen und Herren, begrüßen Sie bitte: Gustav Gantz! Er und unsere Polizei stehen für die Sicherheit in dieser Stadt."

Die Gesellschaft applaudierte und reckte die Köpfe bis die Blicke auf einem gutaussehenden älteren Herrn neben Helmut Goltz Junior ruhten.
„Gustav, schön, dass Du da bist."
Der alte Goltz lächelte verschmitzt und erhob ein Schnapsglas, was er die ganze Zeit in einer Hand balancierte.
„Auf einen schönen Abend!"
Die Zuhörer prosteten ihm zu.
„Das Buffett ist natürlich hiermit eröffnet!"
Ein letztes Mal brandete Applaus auf.

Sharky machte große Augen.

Er hatte zwar geahnt, in was für Kreisen seine Mutter verkehrte. Aber dass Gustav Gantz so eine exponierte Stellung im Polizei-Apparat innehatte, überraschte ihn dann doch. Die namentliche Begrüßung seines vermeintlichen Mentors für die Polizei Akademie machte es sicher nicht einfacher, ins Gespräch mit ihm zu kommen. Auch Bea, der er inzwischen vom Anlass seines Partybesuchs erzählt hatte, schaute ihn überrascht an.

„Diesen Gustav Gantz kennst Du und wegen dem bist Du hier? Ich glaube, ich habe Dich doch verkehrt eingeschätzt," bemerkte sie anerkennend.

„Nun, ich kenne ihn nicht. Zumindest noch nicht. Meine Mutter spielt mit ihm im gleichen Club. Ich hoffe, ich kann heute mit ihm reden – damit die Sache mit der Akademie geklärt wird und alle, besonders meine Mutter, wieder ruhig schlafen können", erwiderte Sharky, wobei er seine Zweifel selbst nicht ganz verbergen konnte.

„Ich bin gespannt, wie Du an ihn herankommen willst", sagte Bea.

Sie war mit ihren Gedanken aber schon wieder woanders. So ging es bereits seitdem Sharky und Bea den Eingang passierten. Ständig hing ihr Blick an anderen Gästen fest und sie flüsterte ihm zu „Das ist doch der-und-der" oder „Die da kennt man aus Show so-und-so". Er selbst kannte wenige Gesichter und fühlte sich etwas eingeschüchtert in dem feinen Ambiente. Es war so gar nicht seine Welt. Er folgte ihrem Blick und stellte fest, dass der einen dunkel-blonden Jungen im grauen Jackett und Selfie Stick fokussierte.

Er stockte. Das war doch nicht möglich? Es bestand aber kein Zweifel: Der gutaussehende Typ im edlen Zwirn war Kay. Sharky schüttelte innerlich den Kopf.

Erst sieht man sich jahrelang nicht und nun das zweite Mal innerhalb einer Woche.

„Kennst Du den?", fragte er Bea interessiert und deutete auf seinen früheren Schulkameraden, der gerade mit einem älteren Ehepaar ein Selfie knipste. „Das ist Kosmo. Dem folge ich auf Instagram und ich habe ihn vor ein paar Tagen in der Bahn getroffen. Eine peinliche Geschichte."
Bea zupfte sich das Kleid zurecht, zog die Lederjacke aus und drückte sie Sharky in die Hand.
„Kannst Du die für mich halten, bitte?"
Sie war schon halb auf dem Weg zu Kosmo, den Sharky nur als peinlichen Außenseiter Kay in Erinnerung hatte. Sollte ausgerechnet der ihm jetzt alle Chancen bei Bea kaputt machen? Sharky sah Bea eifersüchtig hinterher auf den tiefausgeschnittenen Rücken ihres Kleides, da drehte sie sich nochmal um:
„Sorry, aber es ist doch ok, wenn ich Dich kurz allein lasse?", brüllte Bea durch zwei Personen hindurch.
„Äh, ja klar. Ich wollte mich hier eh noch umschauen", antwortete Sharky betont gleichgültig. „Lass uns in einer halben Stunde wieder hier am Rand der Treppe treffen. Okay?"
Bea nickte zwar, Sharky war sich aber nicht sicher, ob sie ihn verstanden hatte. Er blickte ihrem nackten Rücken hinterher, bis er in der Menge verschwand. Dann schaute er sich um und entdeckte eine Angestellte mit einem Biertablett ein paar Meter weiter. Ein kühles Bier war genau das richtige jetzt, um darüber nachzudenken, wie man diesen Abend möglichst reibungslos überstehen konnte.

Kay hatte seinen nächsten Coup erfolgreich abgeschlossen und ein gemeinsames Bild mit dem Ehepaar Otto gemacht. Er konnte bisher sehr zufrieden sein. Ob Sportler, Schauspieler oder erfolgreiche Unternehmer – er hatte bisher mit allen posiert. Er blickte sich in der wuselnden Menge nach Anna um, konnte sie aber nicht entdecken. Sicher holte sie sich etwas vom Buffett. Auch er musste dringend etwas essen. Er versuchte zwar so wenig wie möglich vom *Göltzenen Klaren* zu trinken, aber nippen musste er schon immer mal wieder mit seinen Fotobekanntschaften. Eine Essensgrundlage konnte nicht verkehrt sein.

„Hoppla!" Kay stieß mit einer jungen Frau zusammen. Das aufreizende Kleid zeigte mehr, als es verdeckte.

„Hey Kosmo!" Sie lächelte ihm zu. „Schön, dass Du hier bist."

„Kennen wir uns?" Kay versuchte, sich an das Gesicht zu erinnern.

„Wir haben uns Montag am Hauptbahnhof getroffen. Ich bin die, wegen der Du fast nicht aussteigen konntest. Die verplante mit den Kopfhörern."
Bea deutete mit ihren Händen zwei Schalen über ihre Ohren an.

„Ah ja, stimmt." Kay drängte weiter in Richtung Buffett. „Ich like inzwischen jeden Post von Dir. Du machst das wirklich gut ...", lobte Bea.

„... danke, ich weiß." Kay versuchte die Nervensäge irgendwie abzuschütteln und drängelte sich durch die Gäste.

„... ehrlich gesagt, bin ich auch nur hier, um Dich zu treffen!"; sagte Bea und bliebt an ihm dran. Sie dachte sich ehrlich währt am längsten.

„Was?" fuhr Kay sie an und schaute auf die etwas billig wirkende Frau herab. „Sag mal, wir kennen uns doch gar nicht!"
Er schüttelte den Kopf.

„Das stimmt. Ich bin Modebloggerin. Na ja, ich bin auf dem Weg dahin. Und ich wollte fragen, ob wir vielleicht ein Bild machen könnten? Es würde mir helfen, wenn Du auf mich verweisen würdest. Ich setze natürlich auch im Gegenzug entsprechende Hashtags." Bea lächelte freundlich und schaut Kay direkt ins Gesicht.

„Geht's noch? Hör mal: Ich habe hier einen Job zu erledigen, Baby. Ich habe keine Zeit zu verplempern und bin eine Nummer zu groß für Dich." Kay sah Bea verächtlich an: „Komm, zisch ab!"
Er deutete auf ihre kaum zu übersehenden Brüste: „In diesem Aufzug könntest Du heute Nacht sicherlich noch irgendwo anders arbeiten."
Er zeigte in eine Ecke, in der sich reifere Männer bei Zigaretten und Zigarren unterhielten.
„Sicherlich findest Du hier Kundschaft, die mit Dir mehr als nur ein Foto machen möchte."
Er ließ Bea stehen und verschwand in Richtung Außenbereich, um sich dort etwas vom Grill zu holen.

Bea blieb bedröppelt zurück. Sie schaute an sich herab und kam sich billig vor. Andi hatte recht gehabt, sie stand hier wie ein Boxenluder, ließ sich von allen begaffen, um dann letztlich von irgendeinem Möchtegern Flavio Briatore flach gelegt zu werden. Ihr schossen Tränen in die Augen, die sie schnell verwischte. Die Blöße wollte sie sich nun doch nicht geben. Zufällig eilte ein Kellner mit einem Tablett vorbei. Sie fischte sich einen Schnaps, trank ihn in einem Zug aus und nahm sich auf die Schnelle gleich ein weiteres Glas. Sie wollte zurück zu Sharky und blickte sich um. Sie konnte ihn nicht entdecken, am Ende der Treppe stand er zumindest nicht mehr.

Sharky hatte seinen Rundgang mit Bierglas im Garten begonnen. Es war weiterhin noch warm, so dass eine Jacke nicht zwingend nötig war. Entsprechend viele Menschen drängten sich noch draußen um die Tische. Er erkannte den südamerikanischen HSV-Spielmacher, der schon einigermaßen angetrunken mit zwei Mädchen in den Armen an einem Tisch stand. Er ging weiter und bemerkte DJ Chill unter den Gästen, einer der erfolgreichsten Newcomer der norddeutschen Musikszene. Sharky nahm noch einen Schluck Bier und entschied, sich in die Wartereihe am Grill einzureihen. Der Rauch- und Fleischgeruch war verlockend. Nach einigen Minuten, in denen er zwei ATP-Tenniscracks mit Wassergläsern entdeckte, kam er an die Reihe. Er wählte ein Rib-Eye-Steak und ließ sich zusätzlich noch eine Bratwurst mit Senf auf den Teller legen. Bewaffnet mit Teller und Besteck stellte er sich etwas abseits, aß und beobachtete weiter die illustren Gäste.

In der Warteschlange entdeckte er Kay. Bea war weit und breit nicht zu sehen, wie Sharky erleichtert feststellte. Stattdessen drängelte sich der neureich aussehende Influencer an drei Gästen vorbei und tippte einer Dunkelhaarigen im schicken Kleid auf die nackte Schulter. Sie drehte sich um und lächelte. Die beiden kannten sich wohl.

Bea war sicher drinnen weiter unterwegs auf Promi-fang, Sharky machte sich daher keine Sorgen um sie. Er ließ seinen leeren Teller auf einem Tisch stehen und drängelte zurück in den Innenraum. Er wollte Aus-schau halten nach Gustav Gantz und das Gespräch, weswegen er eigentlich hier war, schnell hinter sich bringen. Im Erdgeschoß war der vorhin so gelobte Polizeivizepräsident nicht. Dafür aber der alte Goltz. Er war gerade dabei, den Bürgermeister und seine Begleiter zu verabschieden. Sharky schlängelte sich durch die Leute zur Treppe und ging in den ersten Stock. Hier waren zwei weitere Säle, in jedem stand ein DJ-Pult samt Boxen aus denen leise Musik erklang.

Im ersten Saal erblickte Sharky endlich Gustav. Er stand mit Helmut Goltz Junior und zwei anderen Anzugträgern zusammen. Gustav wirkte nicht bei der Sache und blickte immer wieder zu den umstehenden Leuten. Ganz so als wäre er auf der Suche nach einer Gelegenheit, aus der aktuellen Gesprächsrunde heraus gelöst zu werden. Die Chance wollte Sharky nutzen. Er ging auf die Gruppe zu.

„Guten Abend, die Herren. Entschuldigung, darf ich kurz stören?" Alle vier sahen ihn etwas irritiert an.
„Herr Gantz, haben Sie kurz zwei Minuten?", fragte Sharky zurückhaltend. Gustav Gantz schien tatsächlich über die Unterbrechung froh zu sein, genau wie er es erhofft hatte.

„Entschuldigen Sie mich einen Moment, meine Herren?", vertröstete er die Runde. Und dann an Sharky gewandt: „Bitte mein Junge, was gibt es denn?"
„Schön, danke für Ihre Zeit. Mein Name ist Sven Schark. Sie kennen mich nicht, meine Mutter ist im gleichen Tennisclub wie sie. Verena Schark."
„Verena! Ja klar. Eine nette Frau, Ihre Mutter – und wirklich lernfähig, was den Umgang mit einem Schläger angeht." Er lachte freundlich. Sharky war froh, die erste Hürde war genommen.

„Ja, das sagt sie selbst auch immer. Ich konnte es nie richtig glauben. Aber wenn Sie mir das ebenso versichern, dann muss es wohl stimmen." Er räusperte sich: „Ich will es gar nicht umständlich machen, also meine Mutter meinte, dass Sie ganz gute Verbindungen zur Polizei Akademie hätten?"
„Naja, ich bin schließlich der Vizepräsident", stellte Gustav fest.

„Ja. Wissen Sie, ich studiere gerade BWL und Medienwissenschaften an der Universität Hamburg und meine Mutter meinte, die Ausbildung an der Akademie sei qualitativ deutlich höher anzusehen. Da wollte ich einmal fragen, ob Sie ein gutes Wort einlegen könnten?"
Die zweite Hürde war genommen. Der Grund des Gesprächs stand im Raum.

„Sie wollen also sowas wie eine bevorzugte Behandlung?", fragte Gustav ernst. Dann lachte er wieder und schlug Sharky mit den Worten auf die Schulter:
„Also Sven – so war der Name, oder?" Sharky nickte.
„Natürlich, das bekommen wir hin. Hier meine Karte."
Er reichte ihm eine Visitenkarte, Sharky erkannte das Logo der Hamburger Polizei darauf.

„Das ist meine direkte Durchwahl. Falls ich nicht persönlich anwesend sein sollte, lassen Sie sich von meiner Sekretärin nicht einschüchtern, sie muss so kratzbürstig sein, um mir unliebsame Presseleute vom Hals zu halten." Er lachte wieder.

„Also rufen Sie mich am Montag an. Ich bin sicher, ich kann da etwas für Sie ausrichten. Meines Wissens werden sogar Ihre bereits absolvierten Uni-Prüfungen an der Akademie anerkannt."

„Das hört sich gut an, vielen Dank", sagte Sharky. Hürde Nummer drei war bewältigt. Er steckte die neu erhaltene Karte ein.

„Das ist selbstverständlich. Letztlich sind wir genau deshalb in einem gemeinsamen Club, hier hilft man sich. Viele Grüße an Deine Mutter!" Gantz wollte sich bereits umdrehen. Sharky hatte aber das Gefühl, noch etwas sagen zu müssen:

„Den Gruß werde ich gerne ausrichten. Ich wollte Ihnen auch nochmal meinen Glückwunsch aussprechen: Ich habe die Sache mit dem Drogenclan in der Zeitung gelesen. Junge, Junge ...", Sharky wedelte mit einer Hand in der Luft, „... so viele Gangster setzt man ja auch nicht jeden Tag fest. Ein toller Erfolg. Vielleicht kann ich darüber am Montag auch nochmal mit Ihnen sprechen? Ich kenne das Opfer Fabian Gonzalez und glaube auch, dass dieses Fascio-Symbol mit einem kursierenden Video im Netz zusammenhängt."

Gustav Gantz schaute Sharky stirnrunzelnd an, dann auf die wartende Männergruppe. Er lächelte schließlich und sagte entschuldigend:

„Ich kann darüber nicht sprechen, es ist ein laufendes Verfahren. Aber überlass die Ermittlungen ruhig den Profis. Wir sorgen für die Sicherheit."

Damit dreht er sich endgültig um und wendete sich wieder der Männerrunde zu.

Draußen näherte sich zur gleichen Zeit ein Mann mit Baseballkappe der prachtvollen Stadtvilla. Er schritt langsam mit gesenktem Kopf über den roten Teppich bis er schließlich am Eingang vom glatzköpfigen Sicherheitsmann angehalten wurde.

„Guten Abend, der Herr. Wo soll es denn hingehen?", fragte der.

Der Mann torkelte ein wenig, fand aber sein Gleichgewicht schnell wieder. Er richtete sich auf.

„Umberto, alter Freund. Erkennst Du mich nicht mehr?"

„Daniel. Was willst Du hier?", zischte Umberto.

Er blickte sich verstohlen um, aber niemand war in Hörweite.

„Ist Balbo auch hier? Ich muss ihn sprechen", fragte Daniel.

„Psst!" Wieder schaute Umberto sich um.

„Sei still", flüsterte er dann. „Was willst Du von Balbo? Kann das nicht bis morgen warten? Du bist doch betrunken."

„Es kann nicht bis morgen warten", erwiderte Daniel verzweifelt. „Ich habe meinen Freund verraten. Er ist tot. Ich kann nicht schlafen. Ich weiß nicht, ob ich so weiterleben kann." Daniel fing an zu schluchzen.

„Reiß Dich zusammen!" Umberto schaute sich nochmal um, ein Kellner auf dem Parkplatz guckte zu ihm herüber.

„Alles ok. Ein verspäteter Gast, der schon ein bisschen vorgefeiert hat", rief ihm Umberto beschwichtigend zu.

Der Kellner nickte und ging dann weiter zu einem der parkenden Autos.

„Daniel, ich bitte Dich. Wenn Du so weiter machst, wirst auch Du bald tot sein. Geh dahinten hin zu den Bäumen. Da sieht man Dich nicht sofort. Ich versuche, Balbo zu erreichen."

Daniel wischte sich den Rotz von der Nase, gehorchte und trottete zum gezeigten Wäldchen an der Einfahrt.

Umberto fluchte innerlich. Dann zückte er ein Telefon, bediente die Kurzwahl und sprach in sein Headset:

„Balbo! Daniele ist hier, er will Dich sprechen. Er ist

ziemlich durch den Wind und ich glaube es wäre gut, wenn Du ihn beruhigen könntest ..." Umberto schaute unruhig in die Dunkelheit.

„Nein, es hat keiner mitbekommen. Er wartet hier abseits bei den Bäumen. Falls ihn jemand entdeckt, wird er denken es ist ein Pressefuzzi ... alles klar. Danke, Chef."

Der Kellner kam nun mit einer Tasche vom Parkplatz zurück.

„Na, bist Du den betrunkenen Penner losgeworden?", fragte er.

„Ja, er war der Meinung auf der Gästeliste zu stehen. Ich habe ihm aber deutlich gesagt, dass er hier nichts verloren hat. Ich habe hier draußen alles im Griff. Kümmere Du Dich um die Gäste drinnen, mein Lieber."

Der Kellner nickte und verschwand im Gebäude.

Eine Stunde später war die Tanzfläche voll. Der DJ holte die Gäste mit einem Mix aus aktuellen Charthits und Electro-Pop gut ab. Kay hatte sich seines Jacketts entledigt und tanzte ungehemmt. Er war durchgeschwitzt, sodass sein halbgeöffnetes Hemd nur mit Schwierigkeiten seinen Oberkörper bedeckte. Er war komplett euphorisiert. Der ganze Abend lief bisher hervorragend. Er hatte mit so vielen Promis Bilder machen können, er wusste gar nicht, welche er veröffentlichen sollte. Und wenn auch nur ein oder zwei von denen ihn liken würden, dann würden seine Abonnentenzahlen endgültig in die Höhe schießen. Kay hüpfte wie ein Flummi zum Beat und sah Anna mit glänzenden Augen an, die vor ihm zur Melodie der Musik tanzte. Kays Glück war perfekt und er konnte seine Augen nicht von ihrem Traumkörper lassen. Er schob sich dichter an sie heran, so dass er ihren Duft und ihre Wärme spüren konnte. Und ihr konnte seine Erregung ebenfalls nicht verborgen bleiben ...

„Hier seid Ihr beiden, ja!" Robert stand plötzlich neben

ihnen auf der Tanzfläche und schrie Kay ins Ohr.

„Kosmo, ich muss los. Ich habe einen dringenden Anruf erhalten."

Anna, die bis eben mit geschlossenen Augen weitergetanzt hatte, registrierte ihren Chef erst jetzt. Sie riss erschrocken die Augen auf.

„Morgen muss ich nochmal ins Büro", brüllte Robert die Musik übertönend weiter.

„Komm Du doch auch mittags in die Agentur. Dann besprechen wir den Abend und gehen fein was essen!"

Kay nickte und hielt einen Daumen in die Luft zum Zeichen dafür, dass er verstanden hatte. Robert wandte sich nun auch noch an Anna:

„Anna, Du solltest morgen früh mit mir zusammen in die Agentur fahren. Frau Stader hat sich doch noch gemeldet und bis Montagmorgen muss der Plan für die Hautpflege stehen."

Robert zuckte entschuldigend mit den Schultern.

„Wir sollten spätestens um zehn anfangen. Ich denke, das Beste wäre, wenn ich Dich jetzt kurz rumfahre. Tut mir leid für Euren Abend, aber ich glaube, wir haben hier das erreicht, was wir wollten. Was Kosmo? Haha!"

Er haute Kay auf den Rücken und deutete an Anna gewandt mit einem Finger auf seine Rolex:

„Abfahrt in fünf Minuten."

Kay schaute Anna an, die entschuldigend zurück lächelte.

„Tut mir leid. So ist das wohl, wenn man auf einer Veranstaltung zum Arbeiten ist. Man muss immer damit rechnen, dass der Chef neben einem steht", sagte sie und stellte sich auf die Zehenspitzen, um Kay zu umarmen. Der genoss die körperliche Nähe und versuchte ihren Duft zu inhalieren.

„Tschüss, Kosmo. Bis morgen!"

„Ja, bis morgen. Vielleicht können wir abends noch ins *Citytown* gehen. Die Cocktails dort waren ja nicht schlecht ... höhö!"

„Ja, eine gute Idee! Ich würde mich freuen."

Anna verließ die Tanzfläche und ging mit Robert Richtung Ausgang. Kays Tanzwut war verflogen. Er ging zur nächstgelegenen Bar und bestellte sich einen *Göltzenen Klaren.*

Der Barkeeper stellte ihm den Schnaps innerhalb weniger Sekunden vor die Nase. Er nahm das Glas und prostete sich selbst im Spiegel hinter der Bar zu.
Es ist trotzdem ein gelungener Abend, dachte er bei sich und leerte das Glas. Er kniff die Augen zusammen und schüttelte sich. Als er sie wieder öffnete, sah er im Spiegel ein paar Meter weiter die junge Frau, die ihn vorhin nach einem gemeinsamen Bild angebettelt hatte. Sie sah betrunken aus und ihr eh schon knappes Kleid war weiter verrutscht, es gab noch mehr preis als ohnehin schon. Sehr zur Freude von Toralf Gottschalk, der direkt neben ihr stand und sie regelrecht sabbernd anstarrte. Kosmo bestellte sich einen weiteren Klaren und ging dann zu den beiden herüber.
„Toralf, ein gelungener Abend, nicht wahr?", fragte er ohne Vorwarnung.
Toralf war überrascht und schaute ihn finster an. Kay wusste, er wollte lieber mit der betrunkenen Frau allein sein. Aber Kay sann auf Revanche dafür, dass Toralf ihn in Gegenwart von Robert wie ein Dümmling behandelte.
„Ja, sicher. Wir haben die Feier auch lang genug geplant und durchdacht!", antwortete Toralf schmallippig.
„Kosmoooo ... da bist Du ja wieder", lallte die Frau als sie Kay entdeckt hatte, „wie nett, dass Du Dich opferst und mit dem Fußvolk blicken lässt. Hicks." Sie schluckte einmal: „Aber das Boxenluder macht nun auch gleich Feierabend ..."
Sie hielt sich an der Bar fest, um nicht umzufallen.
„Kosmo, Du siehst, ich muss mich um die Dame kümmern. Wir sehen uns nächste Woche zur Endauswertung der Kampagne", wimmelte Toralf Kay

ab. Der grinste und nickte.

Beim Umdrehen stieß er mit einem anderen Typen zusammen, der abgetretene Sneakers zu einem ansonsten tadellosen Outfit trug.

„Sorry, Alter. Hab Dich nicht kommen sehen", sagte Kay und stutzte:

„Sharky? Was machst Du denn hier?"

„Kay! Das habe ich mich vorhin auch bereits gefragt, als ich Dich entdeckt hatte. Du bist hier ganz in Deinem Metier, oder?" Das Wort Metier klang sarkastischer, als Sharky es beabsichtigt hatte.

„In meinem Metier? Wie meinst Du das denn?"

Kay musterte seinen früheren Mitschüler von oben bis unten. All seine erlittenen Demütigungen kamen ihm wieder in den Sinn.

„Nur weil Du den Absprung aus Deinem verschissenen Studentenheim nicht packst, musst Du mir nicht meinen Lebensstil vorwerfen. Du nicht!"

Kay echauffierte sich so sehr, dass er Sharky beim Sprechen ins Gesicht spuckte. Der wischte sich die Speicheltröpfchen mit dem Ärmel ab und bemerkte erschrocken die derangierte Bea hinter Kays Rücken.

„Nichts für ungut, Kay. Oder Kosmo ... whatever ...", sagte er und eilte an Kay vorbei.

„Genau! Kosmo! Ich bin Kosmo für Dich – und ich lache am Ende über Euch Versager. Du und Ihr alle!" Kay deutete mit einem Arm in den Raum, ohne das klar war, wen er genau meinte:

„Ihr Ameisen werdet Euch noch alle bei mir und bei meinen Fans entschuldigen müssen!"

Sharky erwiderte nichts, sondern ließ den keifenden Kay links liegen und war bereits bei Bea. Er legte ihr die Jacke über die Schultern, um sie zumindest wieder einigermaßen zu bedecken.

„Komm Bea, wir müssen los. Ich werde uns ein Taxi bestellen."

„Ey, Digga!", meldete sich Toralf, der sich seiner Chance beraubt sah. „Das ist meine Freundin, Du kannst nicht einfach so dazwischen platzen."

„Ich glaube kaum, dass es Ihre Freundin ist. Ich glaube auch, sie ist mindestens fünfzehn Jahre zu jung!", erwiderte Sharky schroff und führte Bea heraus aus dem Tanzraum.

„War ja klar. Die besoffene Schlampe gehört auch noch zu Dir!", grölte Kay Sharky belustigt hinterher.

Der hielt schützend einen Arm um Bea und half ihr die Treppe zur Eingangshalle hinunter. Er kam ihr dabei so nahe, dass er das leise Schluchzen hören konnte. Sie tat ihm unglaublich leid. Er konnte nur erahnen, wie heute für sie ein Traum geplatzt und in einem Albtraum geendet war. Sie musste sich unglaublich schmutzig und entwertet vorkommen.

„Alles wird gut, Bea", tröstete er sie.

Er zückte sein Telefon und bestellte ein Taxi zur Villa. Dann ging er mit Bea nach draußen an die frische Luft. Der Eingangsbereich war ruhig. Es verließen gerade zwei Autos den Parkplatz, ihre roten Rücklichter fuhren die langgezogene Ausfahrt zur Straße herunter. Der Sicherheitsmann telefonierte offenbar, zumindest sprach er mit jemanden über sein Headset. Sharky schaute sich um und entdeckte einen kleinen geschützten Vorsprung hinter einer Säule. Hier setzte er sich mit Bea behutsam hin, nahm sie in den Arm und wartete mit ihr auf das Taxi.

„Na endlich." Umberto hörte auf nervös von links nach rechts zu tigern: „Da bist Du ja, Balbo!"

Balbo zündete sich eine Zigarette an als er aus der Villa trat.

„Was ist denn genau los?", fragte er barsch.

„Daniel ist hier und meint, er könne nicht weiterleben, weil er sich am Tod von Fabian schuldig fühlt."

„Daniele, dieser Idiot! Er bringt uns alle in Gefahr durch sein Auftauchen. Die *Meute* lebt davon, im Untergrund zu arbeiten. Wie oft habe ich ihm das eingebläut und er hat nichts Besseres zu tun als hier

aufzukreuzen und den Fascio zu verraten? Wo ist er?"
„Dahinten bei den Bäumen. Er will nur mit Dir
sprechen. Glaube mir, wenn Du ihn beruhigst und
versicherst, dass Fabian als Märtyrer für die Sache
gestorben ist, wird er zufrieden sein."
Balbo schnippte seine Zigarette weg und zückte eine
Pistole aus der Innentasche seines Anzugs.
„Du willst ihn doch nicht abknallen – nicht hier Balbo!
Die Leute werden den Schuss hören!", stieß Umberto
schockiert hervor.
„Und wenn ich ihn damit eine verpasse und ihn danach
aufschlitze. Er ist unzuverlässig und somit kein Arditi!"
Autoscheinwerfer erhellten den Eingang als ein Wagen
die Einfahrt herauffuhr. Balbo steckte schnell die Waffe
wieder ein und blickte auf das einfahrende Taxi.

Sharkys Herz hämmerte wie verrückt: Balbo!
Das war der Name aus dem Video und die beiden
Männer sprachen über einen getöteten Fabian.
Eines fügte sich zum anderen. Sie gehörten definitiv der
faschistischen Organisation an und sie wollten noch
jemanden töten, der sich in den Bäumen am Ende der
Einfahrt versteckte. Was sollte er nur tun?
Er konnte sich hier kaum mit Bea noch länger ver-
stecken. Wenn die zwei Männer sie entdeckten, würden
sie auch mit ihnen skrupellos umgehen und kurzen
Prozess machen.

Das einfahrende Taxi hatte inzwischen vor dem
Eingang angehalten. Der Fahrer stieg aus:
„Guten Abend. Taxi bestellt?"
„Hallo", sagte der Security-Glatzkopf, „nein wir nicht.
Auf welchen Namen wurde denn bestellt?"
Der Taxifahrer kam näher und schaute auf sein
Smartphone: „Schark"
Sharky erkannte die Gelegenheit. Die Männer waren
mit dem kurzen Gespräch einen Augenblick abgelenkt.
So bekamen sie vielleicht nicht mit, woher er und Bea

kamen. Blitzschnell stand er auf und zog Bea mit sich nach oben. Leise flüsterte er ihn ins Ohr:
„Sag jetzt bloß nichts, komm einfach mit mir mit!"
Er winkte mit dem freien Arm.
„Ja, hier: Schark! Ich habe das Taxi bestellt. Wie schön, das ging wirklich sehr schnell."
Sharky hielt Bea wie seine Partnerin eng umschlungen und ging mit ihr auf dem roten Teppich dem Taxifahrer entgegen.
„Ein wirklich wunderbarer Abend. Vom Wetter übers Essen bis hin zur Stimmung. Die Hamburg Open können kommen", plauderte Sharky weiter, ging am Sicherheitsmann vorbei und nickte diesem zum Abschied zu.

Anschließend schritt er an Helmut Goltz Junior vorbei. Lächelnd sagte er und deutete dabei auf Bea:
„Herr Goltz! Wir wären sehr gerne länger geblieben, aber für einige war die Stimmung und die Drinks wohl etwas zu gut."
Er zwinkerte scherzhaft mit einem Auge, dann half er Bea auf die Rückbank. Er selbst setzte sich auf den Beifahrersitz. Das Taxi fuhr an und ließ die Goltz-Villa langsam hinter sich. Sharky atmete erleichtert aus.
„Fahren Sie bitte noch einen Tick langsamer, ja?", bat er nach ungefähr 50 Metern.
„Wieso? Noch langsamer? Muss die Kleine sonst kotzen, oder wie?", sorgte sich der Fahrer und schaute erschrocken nach hinten als wenn Bea bereits die Sitzpolster verunstaltete.
„Nein, nein." Sharky blinzelte angestrengt aus dem Fenster. Da war jemand.
„Halt!", brüllte er und stieß seine Tür auf.
Er lief so schnell er konnte zu einem Mann mit Baseballkappe und zerrte ihn aus der Dunkelheit.
„Du bist Daniel, richtig? Stell keine Fragen. Komm schnell, auf die Rückbank!"
Er zog den scheinbar angetrunkenen Mann mit sich

und nach wenigen Metern waren sie am Wagen. Sharky öffnete die hintere Tür und stieß den perplexen Mann hinein. Dann warf er sich in die geöffnete Beifahrertür. „Fahr los, Mann. Fahr!!!", schrie er.

Das Ganze hatte vielleicht dreißig Sekunden gedauert. Bis die beiden Männer am Eingang verstanden hatten, was vor sich ging, waren sicher einige Sekunden verronnen. Vielleicht dachten sie auch jetzt noch, dass sich Bea in die Büsche übergeben musste. Es war Sharky egal. Hauptsache sie alle waren heil aus der Villa entkommen und niemand folgte ihnen. Besorgt blickte Sharky durch die Heckscheibe nach hinten. Er konnte keine Scheinwerfer ausmachen. Erleichtert pustete er durch. Sein Herz pochte wie wild und nun fing er auch an zu zittern.

Goltz Junior war Balbo!

Sharky hatte ihn gesehen und sie hatten seinen Namen.

„Wo soll es denn hingehen?", fragte ein unbeeindruckter Taxifahrer.

„Fahren Sie uns ins *Bürgereck*."

39

Sharky klingelte Sturm.

Es war 1 Uhr morgens geworden. Eine Viertelstunde vorher waren sie erfolglos vor dem dunklen *Bürgereck* ausgestiegen. Die abgestellte Außenbeleuchtung war bereits ein unheilvoller Indikator gewesen und tatsächlich standen sie letztlich vor abgeschlossener Tür. Hastig war Sharky zurück zum bereits anfahrenden Taxi geeilt und bat den weiterhin sehr relaxten Fahrer darum, sie noch ein Stück weiter mitzunehmen.

„Sharky? Bist Du das?"

Sharky hörte auf, die Klingel zu drücken und ging zwei
Schritte von der Haustür zurück. Er blickte nach oben:
Jens blinzelte von seinem Balkon herab und versuchte,
die Gestalten vor der Tür zu erkennen.

„Jens, mach um Gottes Willen die Tür auf. Es geht um
Leben und Tod!"

„Meine Güte", gähnte Jens, „ein bisschen weniger
Drama würde es auch tun. Ich mach ja schon auf. Aber
seid leise im Treppenhaus."

Der Bitte von Jens konnte Sharky leider nicht
nachkommen. Denn mit Bea und dem faschistischen
Typen hatte er zwei angetrunkene Handicaps dabei, die
sich lautstark polternd die Treppe nach oben mühten.
Als sie endlich Jens Tür erreichten, stand der
kopfschüttelnd im Treppenhaus.

„Na wunderbar. Ich denke, Ihr habt nun wirklich alle
lieben Nachbarn aufgeweckt. Kommt rein. Vielleicht
kann ich Euch auch noch was anbieten", begrüßte er
sie süffisant.

Wenig später saßen die drei Männer am Esstisch im
Wohnzimmer. Jens in einem weißen Bademantel,
Sharky und Daniel mit einem Glas Wasser vor sich.
Bea hatten sie auf die Couch gelegt, wo sie innerhalb
von Sekunden eingeschlafen war.
Als Jens die Kurzversion des turbulenten Abends von
Sharky hörte, versuchte er zu begreifen:
„Diese faschistische Vereinigung dreht sich also um
den dubiosen Goltz Junior?", fragte er.
„Zumindest nennt er sich Balbo und ist damit auf dem
Video zu sehen und zu hören", bestätigte
Sharky und blickte zu Daniel:
„So, Du Held! Sicher kannst Du uns noch mehr
erzählen, oder?"
Daniel blickte von der Tischplatte auf. Der Blick war
leer und müde. Er nahm einen Schluck Wasser:

„Ich muss schlafen – ich erzähle Euch morgen was zur *Meute*", jammerte er.

„Hast Du es nicht begriffen?" Sharky sprang vom Stuhl auf: „Ich habe Dir das Leben gerettet. Der Goltz wollte Dich umbringen. Ich glaube, Du schuldest uns eine klitzekleine Erklärung!"

Daniel starrte Sharky ausdruckslos an, setzte seine Baseballkappe ab und kratzte sich an beiden Schläfen: „Also gut, aber danach muss ich wirklich schlafen. Ich brauche Ruhe."

Sharky setzte sich wieder. „Wir sind ganz Ohr."

„Ich wusste, Umberto und Balbo würden heute Abend in der Goltz-Villa sein."

„Der Türsteher und Glotz Junior?", versuchte Sharky zu präzisieren.

„Genau, wobei ich bisher nicht wusste, dass Balbo dieser Goltz ist."

„Wie jetzt?"

„Naja, er nannte sich bei der *Meute* immer nur Balbo. Italo Balbo."

„*Meute*? So nennt Ihr Euch?"

„So heißt unsere Squadra. Wir sind eine von mehreren im Land und Teil des Fascios. Balbo ist unser Wortführer. Er vertritt die *Meute* bei den nationalen Versammlungen und leitet unsere Mitgliedertreffen." Daniel blickte nun auf. „Auch die Mitgliederakquise läuft über ihn und letzte Woche habe ich Fabian mit zu so einem Treffen genommen."

„Langsam, langsam!" Sharky runzelte die Stirn. „Ich verstehe nicht, wieso das ganze italienische Getue und Gefasel?"

„Sharky", jetzt meldete sich Jens, der sich mit verschränkten Armen in seinem Bademantel zurücklehnte: „Wenn ich das so höre, dann ist Daniel Mitglied einer faschistischen Bewegung. Es sind Einzelpersonen oder Kleinstgruppen, die sich ganz ihrer Ideologie verschrieben haben und dieser Goltz hat es verstanden, die Einzelgruppen zusammenzuführen. Dafür hat er sich mit Italo Balbo einen ziemlich brutalen Handlanger Mussolinis als historisches Vorbild ausgesucht."

Er wendete sich jetzt an Daniel:

„Warum aber der Fascio? Ihr könntet doch auch Neonazis sein, wie andere Armleuchter auch?"

Daniel zuckte und antwortete bestimmt:

„Wir sind keine Nazis!"

Jens lehnte weiterhin ruhig in seinem Stuhl und ließ Daniel weitersprechen.

„Wir sind der Faschismus. Nicht der National-sozialismus. Wir sind die ursprüngliche Bewegung! Wir gehen auf die 2000-jährige Geschichte des römischen Reiches zurück. Unsere Geschichte ist grundlegend für die der modernen Zivilisation. Wir stehen für Kultur und nicht für bestialische Gewalt."

„Na, in diesem Video sah das noch anders aus", merkte Jens ironisch an.

„Natürlich müssen wir auch zeigen, wie wir durch-greifen können. Aber unser Ziel ist nicht die Gewalt-herrschaft. Wir stehen für die Mehrheit und möchten dieser ihre Stimme geben."

„Amen." Sharky konnte sich dieses ideologische Gefasel kaum anhören.

„Scheinbar bist Du ja ein treuer Jünger dieser Geschichtswiederbelebung. Trotzdem wärst Du jetzt wohl tot, hätte ich Dich nicht eingesammelt."

„Das behauptest Du! Ich wollte lediglich mit Balbo sprechen. Denn er hat mit Fabian einen Freund von mir geopfert."

„Ich weiß. Auch ich kannte Fabian", Sharky redete nun leiser.

„Und letztlich mache ich mir Vorwürfe," jammerte Daniel. „Fabian war manchmal naiv, aber im Grunde ein guter Kerl. So einen ehrlichen Arbeiter sollte man nicht einfach ins offene Messer laufen lassen!" Er vergrub seinen Kopf in beiden Händen und war sichtlich bewegt.

„Daniel?", fragte Jens. „Wie lange folgst Du schon diesem Balbo?"

„Eineinhalb Jahre, vielleicht ...", grübelte Daniel.

„Und Du wusstest bisher nicht, dass es sich um Goltz Junior handelte?"

„Nein. Unsere Maxime ist: Schaffung von größtmöglicher Anonymität. Laut Balbo unterwandern wir die Gesellschaft und besetzen am Ende wichtige Schaltzentralen, ehe wir offen zuschlagen."

Daniel erzählte daraufhin wie Fabian anhand von detaillierten Fahndungsfotos Mustafa Baldür und Moritz Yassier identifizieren konnte und wie Mitglieder der *Meute* diesen dann auflauerten und das Video drehten. Jens und Sharky hörten sich alles entgeistert an. Nach einigen Minuten stellte Jens fest:

„Also ist Anonymität für Euch unabdingbar und ein einzuhaltender Ehrenkodex. Wenn jemand von Euch geschnappt wird oder desertieren möchte, dann kann er die anderen, insbesondere die Spitze der Verschwörung, nicht verraten."

Er fixierte Daniel als er fortfuhr: „Den Ehrenkodex hast Du heute Abend verletzt, indem Du zur Villa gefahren bist. Du weißt nun, wer Balbo ist. Ich kenne jetzt Eure glorreiche Vereinigung nicht genau, aber so wie ich es einschätze, steht auf Verletzung des Kodex sicher die Todesstrafe."

Daniel konnte Jens Blick nicht standhalten und ließ seinen Kopf auf die Tischplatte sinken:

„Ich muss schlafen," stöhnte er. „Ihr macht mich wirr. Lasst uns morgen weitersprechen."

Sharky und Jens tauschten Blicke aus und nickten unmerklich. Sie erlaubten Daniel, eine Dusche zu nehmen. Bei der Gelegenheit konnte Sharky gleich die Klamotten auf Waffen oder sonstige gefährliche Gegenstände überprüfen. Nach der Dusche bugsierten sie ihn ins Gästezimmer, wo er nach Sekunden anfing zu schnarchen.

„Das ist wie ein wahr gewordenes Experiment", stellte Jens fest als er allein mit Sharky im Wohnzimmer stand. „Vor zwei Tagen haben wir noch von der Macht der Kommunikation gefaselt und wie gefährlich die Meinungsblasen im Netz sind und nun beweist uns dieser Balbo, wie man die Macht in der Praxis einsetzt."
„Das ist wirklich unheimlich. Glaubst Du Daniel ist gefährlich?", fragte Sharky besorgt.
„Für mich ist er ein Mitläufer. Er hat zwar Balbos Doktrin auswendig gelernt, aber letztlich scheint ihm die Sache auch nicht mehr geheuer. Jetzt wo Menschen gestorben sind, merkt er selbst wie irre das alles ist."
„Wir sollten uns auch hinlegen und wenigstens ein paar Stunden Schlaf bekommen", schlug Sharky vor. Er ging zum Gästezimmer, schloss die Tür und drehte den Schlüssel leise von außen um.
„Zur Sicherheit. Nicht, dass das Schwein doch noch gefährlich sein sollte", flüsterte er.
Dann zückte er eine Visitenkarte aus seiner Jacketttasche:
„Und morgen früh, rufen wir den leitenden Ermittler an, um dem Albtraum schnell ein Ende zu setzen."

40

Bea wachte als erste von ihnen auf. Erschrocken fuhr sie hoch und schaute sich in der unbekannten Wohnung um. Es dauerte ein wenig, ehe sie sich an den gestrigen Abend vage erinnern konnte. Sie schämte und versteckte sich unter der dünnen Wolldecke als Sharky gähnend aus einem angrenzenden Zimmer herein schlurfte.
„Guten Morgen, auch so beschissen geschlafen wie

ich?", fragte er lächelnd.

Er streckte sich und ging weiter Richtung Küche. Kurz bevor er sie betrat, drehte er sich noch einmal um: „Möchtest Du auch einen Kaffee? Ich mache den stärksten in ganz Hamburg."

Sie nickte dankbar.

„Ich glaube, wir können den alle gut brauchen."

Während Sharky in der Küche klapperte, kam Jens im Bademantel als nächster ins Wohnzimmer.

„Moin", begrüßte er Bea salopp, „ich weiß nicht, ob Dir das passt, aber bequemer als der knappe Fummel von gestern sollte es sein."

Er warf ihr einen grünen Kapuzenpullover und eine hellblaue Jeans zu. Sie schaute auf die Kleidungs-stücke und dann auf Jens. Dieser verstand und verschwand ebenfalls in der Küche. Schnell schlüpfte sie aus ihrem Kleid und in die etwas zu große Behelfskleidung. Sie fühlte sich nun wesentlich angezogener und wohler. So traute sie sich zu den beiden in die Küche.

„Bea! Gut siehst Du aus." Sharky lächelte sie an.

„Ich ahne wie ich aussehe und fühle mich auch so. Du bist ein schlechter Lügner!", antwortete sie und ging auf Sharky zu: „Aber ein guter Freund. Danke, dass Du mich da gestern weggeholt hast."

Sie umarmte ihn dankbar und für Sharkys Geschmack ein wenig zu lange. Peinlich berührt schaute er zu Jens und räusperte sich:

„Na klar, das hätte doch jeder gemacht. Immerhin waren wir gemeinsam auf der Party. Das hier ist übrigens mein guter Kumpel Jens." Er deutete auf Jens, der Bea lässig zunickte.

„Er sieht übrigens fast immer so aus", ergänzte Sharky lachend in Anspielung auf Jens Bademantel und drückte Bea einen warmen Kaffeebecher in die Hand. Sie nahm einen Schluck und fing an zu husten:

„Nicht zu viel versprochen, da wachen die Toten ja von auf."

„Apropos: Bea, setz Dich. Wir müssen Dir ein paar Dinge erzählen."

Sharky holte Bea thematisch ab und erzählte ihr von Fabian, der *Meute*, Daniel, Balbo und der Wahnvorstellung eines neuauflebenden Faschismus nach italienischem Vorbild. Beas Augen wurden größer und größer bis Sharky schließlich geendet hatte.

„Oh, man! Du kanntest diesen getöteten Fabian?", fragte sie Sharky. Der nickte. „Das tut mir leid."

Bea nahm noch einen Schluck Kaffee, langsam weckte er die Lebensgeister in ihr:

„Was tun wir denn jetzt?", fragte sie besorgt.

„Wir haben es mit Mördern zu tun." Jens goss sich einen zweiten Becher Kaffee ein und fuhr fort:

„Wir sollten natürlich die Polizei einschalten. Keine Frage."

„Was?! Warum habt Ihr das denn nicht längst getan?", Bea klang nun wie eine Mutter, die ihre Kinder fragte, warum die Mathehausaufgaben nicht längst erledigt waren.

„Na ja ..." Sharky schaute auf die Küchenuhr. Es war kurz vor sieben. Er legte die Visitenkarte von gestern auf den Tisch.

„Ich ... Wir dachten, es wäre besser, gleich beim Vizepräsidenten anzurufen, ehe wir eine Polizeistreife hier antanzen lassen. Die wäre doch komplett überfordert mit der Situation."

Es polterte im hinteren Bereich der Wohnung. Daniel war aufgewacht und hämmerte gegen die abgeschlossene Tür. Bea fuhr erschrocken rum und blickte dann Sharky entgeistert an.

„Ihr habt sie doch nicht alle! Wir sollten keine Zeit verlieren, wer weiß – vielleicht ist der Fascho dahinten bewaffnet!"

„Keine Sorge", Sharky versuchte so beruhigend wie möglich zu klingen, „ich habe alles überprüft. Er ist unbewaffnet und er steht in unserer Schuld. Immerhin haben wir ihn vor Balbo gerettet."

Daniel hämmerte unentwegt weiter gegen die geschlossene Zimmertür.

„Ich hole ihn mal, ehe er mir wieder alle Leute im Haus aufweckt", seufzte Jens.

Als er die Küche verlassen hatte, legte Bea Sharky die Hand auf den rechten Arm:

„Sharky, ich habe Angst. Wir rufen jetzt die Polizei und überlassen denen den Rest. Du brauchst hier nicht mehr den Helden zu spielen. Du bist bereits mein Held für das, was Du gestern für mich getan hast."

„Ich spiele nicht den Helden! Keine Sorge, ich rufe jetzt Gustav an und in einer halben Stunde steht das SEK vor der Goltz-Villa."

Daniel und Jens kamen zurück in die Küche. Daniel schaute finster drein, Jens grinste und stupste ihn scherzhaft in die Seite:

„Jetzt mach nicht so ein Gesicht. Wir hätten Dich da schon nicht verhungern lassen. Es war eine reine Vorsichtsmaßnahme."

Daniel verzog den Mund, sah dann aber den Kaffee. Jens folgte seinem Blick.

„Becher sind da hinten im Schrank", sagte er und deutete auf einen Hängeschrank rechts neben der Balkontür.

„Ich muss erstmal auf die Toilette", grummelte Daniel und schlurfte aus der Küche.

Jens gab Sharky sein Telefon:

„So, ich denke um sieben Uhr sollte der Hüter des Gesetzes, auch an einem Samstagmorgen, schon wach sein. Egal wie bescheuert er heißt. Das Verbrechen schläft bekanntlich nie!", meinte er und lachte über seinen eigenen Witz, während Sharky die auf der Visitenkarte angegebene Mobilfunknummer ins Telefon eintippte. Dann suchte er den Knopf für den Lautsprecher. Als er ihn nicht fand, riss Jens ihm das Telefon aus der Hand und drückte die gesuchte Taste unten in der Mitte des schnurlosen Hörers. Das Freizeichen erklang und erfüllte die Küche mit einem Piepton. Nach zweimal Läuten ertönte die kräftige Stimme von Gustav Gantz.

„Hallo? Gantz!", erklang es streng, aber wach.
„Guten Morgen Herr Gantz, entschuldigen Sie die frühe Störung. Ich hoffe, Sie haben nicht mehr geschlafen ..."
„Wer ist denn da? Woher haben Sie diese Nummer?"
Gustav Gantz klang wirklich hart am Telefon, so musste ein gehobener Polizeibeamter wohl auch klingen, um sich entsprechenden Respekt zu verschaffen.
„Ach, Entschuldigung: Hier spricht Sven Schark."
„Schark? Bist Du der Junge von gestern Abend? Ich hatte doch gesagt, Du sollst mich Montag im Büro anrufen. Jetzt kann ich Dir noch nichts sagen zu freien Plätzen an der Akademie. Schon gar nicht um diese Uhrzeit!" Der Polizeivizepräsident klang verärgert.
„Darum geht es gar nicht", erwiderte Sharky freundlich.
„Herr Gantz, es geht um den Fascio und den Mordfall von vorgestern Nacht."
„Auch dazu hatte ich Dir doch schon meine Meinung mitgeteilt. Überlass das bitte uns Profis..."
„Ja, ich weiß – das möchte ich auch, genau deswegen rufe ich Sie an. Damit Sie sich darum kümmern können. Helmut Goltz Junior hängt in der Sache mit drin. Er nennt sich Balbo und geht über Leichen!"
Es war einen Moment still am anderen Ende, dann sagte Gustav Gantz:
„Na, Junge, das ist jetzt überraschend. Du weißt, dass ich mit seinem Vater gut befreundet bin. Bist Du Dir tatsächlich sicher? Warum hast Du mir das denn nicht schon gestern gesagt?" Er machte eine nachdenkliche Pause, ehe er fortfuhr: „Pass auf, ich werde meine

Leute gleich informieren. Ich brauche Deine Aussage persönlich und eine Unterschrift von Dir, damit wir auf der rechtlich sicheren Seite sind. Wo kann ich Dich ..."

„Auflegen!", schrie Daniel. „Sofort auflegen!"

Er platzte in die Küche und schlug Sharky das Telefon aus der Hand. Es landete auf dem gefliesten Boden und der Plastikkörper zersprang in diverse Einzelteile.
Die Stimme von Gustav Gantz verstummte.
Jens hatte sich ein Brotmesser genommen und bedrohte damit den aufgebrachten Daniel.
„Was ist denn jetzt los? Beruhige Dich!", schrie er.
„Los, setz Dich dahin. Wir werden Herrn Gantz jetzt wieder anrufen und dann diesen Goltz verhaften lassen."
„Mit wem habt Ihr gesprochen? Wie hieß der?", fragte Daniel verständnislos und setzte sich an den Küchentisch.
„Gustav Gantz. Seines Zeichens Polizeivizepräsident. Hier ist seine Karte."
Sharky schob die Visitenkarte in Daniels Richtung. Der starrte auf den Namen und das Logo der Hamburger Polizei. Er wurde blass und blickte auf:
„Ich kenne diese Stimme! Sie gehört Gustavo – ein böser Mann, der von Balbo auch Duce genannt wurde!"

41

Es nieselte leicht, ein feuchter Film bildete sich auf dem Asphalt. Seine Hände verkrampften sich wütend am Steuer des schwarzen Mercedes. Es war Samstag, vor neun Uhr und auf den Hamburger Straßen kaum Verkehr. Der Anruf von diesem Milchbubi hatte das Fass endgültig zum Überlaufen gebracht. So konnte es nicht weitergehen. Ihm war stets bewusst gewesen, wie abhängig sein Unterfangen von unberechenbaren, sadistischen Menschen war. Nur aufgrund dieser Charaktereigenschaften war es möglich, in ihnen einen Fanatismus zu wecken, der in einer ergebenen Treue mündete. Es war schon einkalkuliert worden, auch einmal über ein Ziel hinaus zu schießen. Aber: So viele dilettantischen Fehler in so kurzer Zeit, das hatte die Planung massiv in Gefahr gebracht. Er musste reagieren, um die Kontrolle behalten zu können.

In diesem Wissen parkte er auf dem Altonaer Hinterhof und schritt zügig zur Hintertür des Dekoladens. Er schloss die Tür auf und betrat das Lager. Es roch nach frischem Zigarettenrauch. Die Jungs, seine Arditi, waren bereits da. Wenigstens in Sachen Pünktlichkeit zeigten sie noch Disziplin. Grimmig stapfte Gustav Gantz die Treppe zum Sitzungsraum herunter. Dort saßen Amerigo, Umberto und Balbo am kargen Holztisch und rauchten. Sie sahen aus wie ein Häuflein Elend und wussten, dass sie Mist gebaut hatten.

„Buon giorno Gustavo!", versuchte Balbo die Angespanntheit zu überspielen und lächelte gequält. „Lass mal Deine Sperenzien sein, Balbo!", schnaubte Gantz. Er blieb im Raum stehen, während die drei anderen sitzen blieben. Er sah sie reihum an. Selbst Balbo wich dem Blick aus.
„Wisst Ihr, was ich heute für einen Anruf bekommen habe?", schrie er und durchbrach die Stille. Er schaute

fragend in die Runde und gab sich selbst die Antwort:
„Ein Junge namens Sven Schark ruft mich morgens an,
um mir zu sagen, er wüsste wer Balbo ist und wo ich
diesen finden könnte!"
Er ging auf Balbo zu und bückte sich, seine
Nasenspitze war kurz vor dessen Gesicht.
„Nicht nur, dass Ihr nicht aufgepasst habt und dieser
Fettsack in seinem DHL-Auto einen Fascio-Sticker für
alle gut sichtbar platziert ..."
„Da hat Daniele nicht aufgepasst. Der war doch mit im
Wagen und hätte ...", protestierte Umberto zaghaft.
„Schnauze!", schrie Gantz.
„Fabio war ein Nervenbündel. Das wussten wir,
insofern war die Konstellation perfekt. Mit ihm konnten
wir die Falle für Baldür wunderbar aufspannen und
zuschnappen lassen. Aber es ist doch klar, diesen
fetten Verlierer muss man kontrollieren! Es war doch
klar, dass der in uns seine neuen Idole sehen und uns
anhimmeln würde!"
Gantz ließ seiner angestauten Wut freien Lauf. Dann
wendete er sich direkt an Balbo:
„Und Du? Was machst Du? Anstatt Dich selbst darum
zu kümmern, schickst Du Daniele vor. Mit einem
Funken Menschenkenntnis hättest Du erkennen
müssen, auch dieser Arditi ist zu weich!"
„Immerhin hat er ja die Geisel ..."
„Ruhe!" Gantz blickte Balbo böse an und fuhr fort:
„Er hat die Geisel beseitigt, richtig. Aber das war nur
nötig, weil ihr Vollidioten Eure Visagen gezeigt habt. Sie
hätte doch keinen Schimmer gehabt, mit wem sie es zu
tun hatte. Erst die verdammte Unvorsichtigkeit mit
Eurem bescheuerten Video hat es nötig gemacht, sie
zum Schweigen zu bringen."
Er tobte von einer Seite des Raumes zur anderen.
„Und dann lasst Ihr den Mord von Daniele erledigen,
der sich danach noch fast in die Hose macht. War ja
klar, dass er einknickt und winselnd zur Villa kriecht,
anstatt sich an unsere Abmachungen zu halten! Aber

auch hier hättet Ihr ... hättest Du, Balbo, noch einiges geradebiegen können."

Er sprach nun ruhiger weiter:

„Leider hast Du es wieder verbockt und Daniele laufen lassen. Jetzt ruft mich dieser Schark an, sagt er wüsste, wer hinter dem Fascio steckt und an seiner Seite ist ... tatataaaa: Daniele. Überraschung!"

„Duce! Wir machen es wieder gut", sagte Balbo kleinlaut.

„Das will ich hoffen!" Gantz zog sich einen Stuhl heran: „Die Aufgabe sollte auf der Hand liegen, oder?"

„Well! Wir schnappen uns Schark und Daniele und beseitigen sie!", platzte Amerigo hervor und schaute mit großen Augen in die Runde.

„Bingo!" Gantz zeigte mit einem gestreckten Zeigefinger auf Amerigo.

„Vorher müsst Ihr aber noch aus Ihnen herauskriegen, wem sie alles von ihren Erkenntnissen erzählt haben, klar?"

Umberto schlug sich mit der flachen Hand gegen die Stirn, ihm ging ein Licht auf:

„Schark! Das ist der Typ von gestern, der mit dem Mädel – wie hieß sie noch? Scholz! Mit der kleinen Scholz war er auf der Feier", sagte er zu Balbo, der ihm verkniffen zunickte.

„Na wunderbar!" Gantz schüttelte fassungslos den Kopf. „Dann sind wir schon bei drei Personen! Wieso hast Du uns nicht gleich gestern bei der Eröffnungsrede allen vorgestellt, Balbo?"

„Wir kümmern uns um die drei, keine Sorge", erwiderte der.

„Das will ich hoffen! Und dann gibt es noch einen weiteren Part ..." Gantz stand von seinem Stuhl auf: „Ihr werdet uns den Goltz Senior holen!"

„Meinen Vater?"

„Genau, Balbo. Dein Herr Vater, der Dich Dein ganzes Leben lang nicht ernst genommen hat." Er machte eine

Pause. „Bevor Du losjubelst: Diesmal solltet Ihr Masken tragen und Euch nicht zu erkennen geben. Er wird der Stadt als treuer Bürger und Unternehmer ein Sümmchen Wert sein. Nur mit gefüllter Kriegskasse können wir zum entscheidenden Schlag ausholen und den Marsch auf das Rathaus starten!"

Umberto und Amerigo nickten pflichtbewusst, Balbo schaute finster.

„Was ist Balbo?", Gantz lächelte hinterlistig:

„Denk dran, wie Dein Alter Dich ein Leben lang verachtet hat. Für ihn bist Du doch ein Nichtsnutz, der lediglich auf das Erbe wartet!"

Dann wendete sich Gantz an alle drei:

„Also Arditi! Ihr habt die Befehle gehört – noch haben wir das Heft des Handelns in der Hand. Der Faschismus gewinnt wieder an Höhe. Im Rückblick werden wir uns noch oft an diese Stunde erinnern. Avanti!"

„Let´s go!" Amerigo war Feuer und Flamme und sprang von seinem Stuhl auf.

„Wo fangen wir denn an?", fragte Umberto nachdenklich. „Wir haben keinen Schimmer, wo wir Daniele und Konsorten suchen sollen."

„Ich habe eine Idee", Balbo hatte alle Zweifel über Bord geworfen. Er war voller Tatendrang und wollte die Fehler wieder ausbügeln. Die Aussicht, es seinem Vater endlich heimzahlen zu können, beflügelte ihn dabei. Er zündete sich eine Zigarette an, dann klappte er sein Notebook auf und schaltete den Bildschirm an der Wand ein: „Ich muss nur kurz recherchieren."

42

Sie waren immer noch geschockt und konnten es nicht glauben. Daniel schwor ihnen mehrmals hoch und heilig, dass er die Telefonstimme kannte und es sich bei Gustav Gantz um Gustavo handelte. Einen der Vorsitzenden des angeblich existierenden faschistischen Großrats.

„Wisst Ihr, was das bedeutet?", fragte Sharky in die Runde.
Alle nickten und Bea sprach aus, was sie dachten: „Wenn schon der Polizeivizepräsident mit in der Sache steckt. Wen können wir dann überhaupt noch trauen?"
„Die Polizei würde ich jetzt zumindest nicht mehr anrufen", es klang zynischer als er wollte, daher schob Daniel schnell nach:
„Ich meine, jetzt verstehe ich auch, woher Balbo die Fahndungsfotos der Dealer hatte. Er sprach oft darüber, wie der Fascio nach und nach wichtige gesellschaftliche Institutionen besetzen und unterwandern müsste. Die Hamburger Polizei ist dann wohl eine davon."
„... oder sie ist sogar der Ursprung Eurer kranken Bewegung!" Bea schaute Daniel feindselig an.
„Leute, vertragt Euch noch eine Weile." Jens war weiterhin die Ruhe selbst und ergänzte:
„Immerhin hat Daniel bewiesen, dass er auf unserer Seite steht. Er hätte uns schließlich auch in die Arme von Gantz laufen lassen können."
„Da bin ich gerade rechtzeitig gekommen, sonst hättet Ihr ihm die Adresse verraten!", ergänzte Daniel zufrieden.
Ruckartig fuhr Sharky hoch: „Wir müssen hier weg."

„Was ist denn? Ich sagte doch: Ich bin gerade noch rechtzeitig in die Küche gekommen", wiederholte Daniel verständnislos seine Feststellung.

„Das ist es nicht. Balbo und Gantz kennen meinen Namen. Außerdem hat Gantz nach unserem Anruf nun auch Jens Festnetznummer. Die müssen doch nur eins und eins zusammenzählen und stehen hier vor der Tür. Wir müssen los!" Sharky sprang auf und schnappte sich sein Jackett.

„Sharky, ich verstehe Dich ja!" Jens hielt seinen Freund am Arm fest. „Wir werden hier gleich abhauen, sollten aber vorher kurz überlegen wohin."

„Wir könnten zu mir gehen", schlug Daniel vor.

„Ich gehe zu keinem Faschisten nach Hause!", protestierte Bea sofort vehement. Daniel warf ihr einen bösen Blick zu.

„Außerdem hat Gantz mit Sicherheit Deine Stimme gehört, Daniel. Wenn wir nicht bei mir oder bei Jens sind, ist Deine Wohnung das nächste Ziel. Sofern sie nicht sowieso alle parallel durchsuchen", stellte Sharky fest und merkte selbst wie bedrohlich seine Worte klangen.

„Oh man, ich habe Angst. Wir müssen hier wirklich so schnell wie möglich weg!" Bea war nun drauf und dran die Nerven zu verlieren.

„Vielleicht sollten wir zu Marko? Der wohnt doch drei Bahnstationen von hier entfernt", dachte Sharky laut nach.

„Auch keine gute Idee." Jens überlegte: „Die haben Deinen Namen und meine Nummer und somit die Adressen von uns beiden sowie die von Daniel. Gantz ist ja kein Amateur! Er wird die sozialen Netzwerke durchsuchen und dort unsere Kontakte durchgehen und bei mir Marko finden. Wir sind gläsern für ihn." Er kaute auf seiner Unterlippe und blickte zu Bea: „Bea, kennen Sie Deinen Namen?"

„Ich glaube nicht, nur meinen Vornamen und einen falschen Nachnamen."

„Ok – und seid Ihr irgendwo verdrahtet? Auf Facebook, WhatsApp? Wo auch immer?" Er schaute Sharky und

Bea eindringlich an.

„Nein." Sharky schüttelte den Kopf. „Ich mache mir nichts aus diesem Kram."

Er legte sein altes Nokia Telefon auf den Tisch.

„Auch könnte ich es nicht so ohne weiteres."

Jens musste trotz der ernsten Lage grinsen.

„Sehr schön, Sharky! Deine Kauzigkeit muss auch einmal Vorteile haben. Du solltest Dein Telefon dennoch jetzt ausstellen. Das gilt für uns alle. Ich habe keine Ahnung, wen Gantz da alles noch rekrutiert hat, aber wir sollten vom Worst Case ausgehen. Also davon, dass er unsere Handys orten kann." Nun stand Jens auf: „Los, wir gehen zu Bea. Beeilt Euch."

Sie packten eine kleine Tasche, nahmen Wasser, ein paar Schokoriegel und Bananen sowie eine Decke mit. Es fehlten eigentlich nur noch Zahnbürsten, dachte Sharky. Sie wussten nicht, ob sie überhaupt von den Dingen etwas brauchen konnten. Es fühlte sich nur besser an, nicht mit leeren Händen loszumarschieren. Daniel ging in die Küche und kam mit dem Brotmesser zurück.

„Ich glaube, das Messer benötigen wir nicht. Sollten wir denen in die Hände fallen, wird es eh zu spät sein", bemerkte Jens und schüttelte den Kopf, während er sich zu Beas Entsetzen des Bademantels entledigte und im Wohnzimmer gemächlich Jeans, T-Shirts und Pullover anzog.

Daniel legte das Messer auf den Tisch und grummelte etwas von: „Pazifisten … werdet schon sehen …"

„Was hast Du gesagt?", fragte ihn Jens und fuhr in strengem Ton fort:

„Ich möchte Dir jetzt einmal etwas mitgeben. Du scheinst ja gut geschult worden zu sein und überhaupt: Gantz und seine Freunde haben offenbar gut im Geschichtsunterricht aufgepasst. Ich weiß nur nicht, ob sie Dir auch die ganze Wahrheit erzählt haben. Italo Balbo mag ja ein ziemlich humoriger

Grobian gewesen sein. Grausam war er allemal – aber er ist erst zum italienischen Fascio gestoßen, als es ordentlich Geld zu verdienen gab. Ein feiner Legionär. Am Ende haben ihn seine eigenen Faschistenfreunde abgeschossen. Wusstest Du das?"

Jens redete sich in Rage und wurde lauter:

„Und Faschistischer Großrat! Ich lache mich kaputt. Als wenn dort jemals weise Leute zusammensaßen und darüber abstimmten, was gut sein sollte für die Bevölkerung. Es war lediglich ein Unterbau zu Mussolinis Politik und sollte entsprechenden Druck auf alle öffentlichen Ämter ausüben. Das Witzige daran ist, am Ende hat es der Großrat tatsächlich geschafft, den Duce selbst zu stürzen. Du weißt, dass Mussolini letztlich kopfüber an einer Tankstelle aufgehängt wurde? Hat Dir Gantz das auch erzählt?"

Daniel schaute Jens wütend an.

„Du brauchst mich gar nicht so anzuschauen!", brüllte Jens nun fast.

„Lass gut sein", Sharky versuchte ihn zu beruhigen. Sie mussten los. Es war kein guter Zeitpunkt, einen Streit mit Daniel vom Zaun zu brechen.

„Ja, ja – Du hast recht. Ich spreche eh mit einer Wand. Einer braunen Wand!"

Jens zog sich seine Schuhe an, drehte sich dann aber doch nochmal zu Daniel:

„Ihr faselt davon, Gerechtigkeit für die Menschen zu fordern. Sie für ihre Leistungen zu entlohnen, wie sie es sich verdient haben. Ich sage Dir mal, was uns die Geschichte gelehrt hat:

Ihr Faschisten habt kein Konzept für die Zukunft! Und Eure Führer wissen das. Sie nutzen dieses Manko für sich aus. Ihr Motto ist: Man darf es mit der Wirklichkeit nicht zu genau nehmen und muss seine eigene Meinung immer den Gegebenheiten ein wenig anpassen. Letztlich ist es Euch egal, wen ihr in die Ecke stellt. Linke, Schwule, Juden oder Liberale. Es gilt: Volle Flexibilität. Es kommt nur darauf an, den Hass der Gruppe zu schüren. Bis er sich endlich in Gewalt entlädt. Ihr möchtet nicht den wahren Willen der Mehrheit offenlegen oder ihm gar dienen. Ihr möchtet nur Euren Platz in der Geschichte. Ihr versprecht nichts! Und das haltet Ihr!"

Jens war rot angelaufen vor Wut. Daniel schaute zwar weiterhin grimmig aus der Wäsche, aber eher aus Trotz, wie ein Junge, der beim Schummeln erwischt wurde.
Bea griff sich Sharkys Arm und richtete das Wort an alle: „Los jetzt, wir sollten aufbrechen."
Alle vier rafften sich auf. Jens verteilte am Eingang noch seine Jacken von der Garderobe – sogar an Daniel, der sie schweigend entgegennahm. Dann polterten sie die Treppe hinunter. Eine ältere Frau lugte aus einer der Eingangstüren. Als sie Jens erkannte, winkte er ihr nur:
„Guten Morgen Frau Siebert, machen Sie sich keine Sorgen. Wir waren ein wenig laut gestern Nacht. Das wird nicht wieder vorkommen, versprochen!"
Er deutete eine Verbeugung an und schon stand der merkwürdige Haufen auf der Straße.
„Wo müssen wir überhaupt hin?", fragte Jens an Bea gerichtet.
„Zur nächsten Bushaltestelle und dann Richtung Uhlenhorst", antwortete sie.
„Ok, dann hier die Straße runter und da vorn nach rechts!"
Sie gingen zügigen Schrittes, am liebsten wären sie gelaufen – aber das wäre bei vier Erwachsenen sicher merkwürdig und auffällig gewesen. Kaum waren sie in die nächste Straße abgebogen, da hielt ein Fiat vor Jens Wohnhaus. Der Fahrer hatte das Fenster heruntergekurbelt und schnippte seine Zigarette weg. Aus dem Inneren des Wagens ertönte ein italienisches Lied.

43

Kays morgendliche Laune hätte besser kaum sein
können. Selbst der Nieselregen und der trübe Himmel
konnte daran nichts ändern. Obwohl er erst gegen drei
Uhr im Bett war, hatte er Schwierigkeiten gehabt zur
Ruhe zu kommen. So war er nach knapp fünf Stunden
Schlaf bereits wieder euphorisch aufgewacht. Sein
Glücksgefühl verstärkte sich weiter, als er ausgepowert
von seiner Joggingrunde um die Außenalster
zurückkam. Er musste immer wieder an die nahezu
perfekte Performance von gestern Abend denken.
Nur das überraschende Zusammentreffen mit Sharky
war für ihn ein kleiner Wehrmutstropfen, den er aber
verkraften konnte. Hatte er ihm doch ordentlich die
Meinung gegeigt und gezeigt, wer jetzt über wen lachte,
als Sharky mit seiner peinlich betrunkenen Schlampe
abgehauen war.
Noch auf der Party hatte Kay gestern eine Story mit
diversen Schnappschüssen von sich zusammen mit
Prominenten jeglicher Art gepostet und mit zahlreichen
Hashtags versehen. Gleich nach dem Aufstehen hatte
er damit weiter gemacht und das Bild mit dem
zuprostenden HSV-Star veröffentlicht und mit einem
„Danke für den besonderen Abend" für die Goltz
Brennerei versehen. Zusammen mit den in der Woche
geleisteten Beiträgen und Stories war er den vertrag-
lichen Verpflichtungen seines Engagements voll und
ganz nachgekommen. Der Zuwachs an Followern und
Abonnenten war die Bestätigung, es war kein Fehler
der Goltz Familie auf Kosmo zu bauen. Sicher, das
Unternehmen hatte durch ihn noch keine Flasche mehr
verkauft. Aber das würde kommen. Die Saat war gelegt
und das Produkt in den Köpfen der jungen Zielgruppe
platziert. Jetzt musste sie nur noch aufgehen, dann
konnte reichlich geerntet werden.

Ähnlich verhielt es sich bei Anna und Kay selbst. Sie waren sich in den letzten Tagen immer nähergekommen. Kay war ungemein selbstbewusst ihr gegenüber geworden. Er wusste, sie erkannte seine gestiegene Bedeutung für die Agentur und kannte auch die Höhe seiner Gage. Sicherlich würde sie ihn dafür bewundern und respektieren. Anna konnte es nachfühlen, sein Erfolg war nicht von allein gekommen, sondern nur durch harte Disziplin und Arbeit möglich. Er freute sich und fühlte sich geschmeichelt, endlich das Interesse seiner Traumfrau geweckt zu haben. Die ganze Plagerei war nicht umsonst gewesen – er hatte Geld und Anerkennung. Das Beste daran war, dass es in seinem Business in der Tat so lief, wie Robert es ständig heraus posaunte: War erstmal die kritische Menge an Followern erreicht, war es ein Selbstläufer. Er war eine Lawine geworden. Eine Social-Media-Lawine mit enormer Reichweite, die immer weiter Fahrt aufnahm und dabei weiterwuchs.

Mit diesen Gedanken im Kopf rollerte Kay Richtung Hafencity. Er stellte den E-Scooter ab und holte sich seinen Starbucks-Kaffee. Diesmal blieb er ein wenig länger im Laden stehen, griff sich eine Zeitung vom Stapel auf dem Tresen und blätterte sie aufmerksam durch. Ein Mord im Drogenmilieu bestimmte weiterhin die Aufmacher des Regionalteils. Im Sportteil waren die bevorstehenden Hamburg Open aber bereits Topthema – vom Empfang gestern Abend waren jedoch noch keine Bilder abgedruckt. Sicherlich war der Redaktionsschluss gestern zu früh gewesen. Leicht enttäuscht legte Kay das Exemplar zurück auf den Stapel und verließ den Laden. Er ging hinüber zur Agentur. Bestimmt würde in der morgigen Sonntagszeitung über das Event in der Goltz-Villa berichtet. Sonntags waren die Leser sowieso empfänglicher für seichte Nachrichten aus der Promiwelt.

Die Fahrstuhltür öffnete sich und gab den Blick auf den schwarzgefliesten Eingangsbereich frei. Kay wusste nicht, was er erwartet hatte. Sicherlich kein Empfangskomitee, aber eine komplett leere Agentur und die Stille irritierten ihn doch.
Er schaute auf sein Telefon, es war bereits viertel vor Zwölf. Robert wollte doch heute früh anfangen und diese Kosmetikkampagne vorbereiten? Kay stellte seinen Pappbecher auf dem Empfangstresen ab und ging den Flur Richtung WC herunter. Da hörte er ein Geräusch aus Roberts angrenzenden Büro. Verwundert blieb er stehen. War das ein Hund? Seit wann hatten sie einen Agenturhund?

Er öffnete langsam und vorsichtig die Tür – und wünschte sich nur wenige Augenblicke später es nicht getan zu haben. Ihm bot sich ein Bild, was ihn zurück taumeln ließ:
Robert hing zurückgelehnt auf seinem Drehstuhl. Seine Augen waren geschlossen und die Hose bis zu den edlen Lederschuhen heruntergezogen. Zwischen seinen Beinen lutschte eine halbbekleidete Anna den erigierten Penis ihres Chefs. Sie hatten Kay nicht bemerkt. Die Stille im Raum wurde nur durch Annas Schmatzen durchbrochen, während sie Dr. Robert Breitzke einen blies. Der öffnete abrupt die Augen, erblickte Sharky und stieß Anna beiseite. Unbeholfen zog er seine Hose hoch. Sein immer noch steifes Glied baumelte dabei albern hin und her.

„Kosmo, was machst Du denn schon hier?"
„Ich ... ähm ...", Kay wusste nicht was er sagen sollte. Am liebsten hätte er losgeheult und wäre davongelaufen. Stattdessen stotterte er:
„Entschuldigung. Ich hatte etwas gehört und wollte nachschauen ..."
Er blickte auf Anna herab, die weiterhin auf den Boden kniete, ihren Oberkörper mit der geöffneten Bluse

verdeckte und sich ihre Lippen mit der Hand abwischte.

„Ich warte dann mal draußen", stammelte Kay und flüchtete fast zurück zum Empfang.

Er wusste nicht recht wie er reagieren sollte und setzte sich wie ein wartender Gast auf einen der dafür vorgesehenen Stühle rechts vom Fahrstuhl. Dann stand er auf und drückte den Fahrstuhlknopf. Sollten die beiden doch schauen, was sie ohne ihren Influencer-Star machten. Der Fahrstuhl kam, Kay stieg aber nicht in die Kabine. Sollte er vielleicht doch eine Szene machen? Es war eine peinliche Situation. Aber doch nicht für ihn, sondern für die beiden anderen! Die Fahrstuhltür schloss sich wieder. Gleichzeitig öffnete sich die Bürotür und Anna sowie Robert erschienen in Kays Blickfeld. Sie tippelte mit roten Wangen auf ihren hochhackigen Schuhen Richtung WC am anderen Ende des Flures, während er in seine Richtung blickte. Kay war sich nun sicher, was zu tun war. Wütend marschierte er mit geballten Fäusten auf Robert zu. Der blieb zunächst in der Tür stehen und wich erst zurück als Kay kurz vor ihm war.

„Komm rein, Kosmo. Wir sollten einmal reden", sagte Robert gelassen.

Kay erwiderte nichts, ging an seinem Chef vorbei und nahm unaufgefordert auf dem Besucherstuhl vor dem Schreibtisch Platz. Robert schloss die Tür, ging um den Tisch herum und setzte sich auf seinen Sessel. Kays Pupillen verengten sich vor Wut, da er daran denken musste wie er seinen Chef eben in flagranti genau auf diesem Stuhl mit herunter gelassener Hose ertappt hatte. Am liebsten wäre er aufgesprungen und hätte dem notgeilen Bock die Fresse poliert. Stattdessen sagte er:

„Anna könnte Deine Tochter sein. Aber gut, Du musst es ja wissen." Kay schaffte es professionell zu sein und erstaunlich ruhig zu bleiben: „Von mir wird keiner

etwas erfahren." Er blickte Robert aus engen
Augenschlitzen an als er ergänzte: „Sofern wir mein
Honorar verdoppeln!"

Robert schaute Kay einige Sekunden an.
Es wirkte als ob er Chancen und Risiken im Kopf
abwog. Er blickte aus dem Fenster und dann wieder zu
Kay. Schließlich fing er laut zu lachen an und
schüttelte den Kopf: „Kosmo, Kosmo, Kosmo."
Er lachte weiter. Kay kochte nun vor Wut.
„Ich glaube, Dir ist die Höhenluft nicht bekommen."
Roberts Lachen erstarb plötzlich und er sprang aus
seinem Sessel:
„Was glaubst Du, wer Du bist? Willst Du kleiner Pisser
mich erpressen?", schrie er laut.
Der plötzliche Wutanfall erschrak Kay zwar, dennoch
antwortete er so ruhig er noch konnte:
„Na ja, ich denke inzwischen bin ich fast zu groß für
Deine Agentur geworden. Da wäre eine monetäre
Anpassung das Mindeste – und wenn ich dann auch
noch meinen Mund bezüglich Deines Techtelmechtels
halten würde ..."
Wieder verfiel Robert in ein schallendes Gelächter. Er
prustete los: „Wie bitte? Du bist zu groß für mich
geworden? Entschuldige," er schüttelte sich, ehe er
ernst weiterfuhr: „Du scheinst einiges nicht
mitbekommen zu haben! Du denkst, Du wärst wichtig?
Du denkst, Du wärst relevant? Du denkst, Deine Fans
vergöttern Dich?"
Kay dachte an seine gestiegenen Abonnenten- und
Followerzahlen und an die Groupies, die ihn auch
gestern auf der Party angesprochen hatten.

„Ja," antwortete er ein wenig verunsichert.
Robert funkelte ihn finster an.
„Falsch gedacht, mein lieber Kosmo! Glaubst Du
wirklich, die gestiegenen Zahlen hätten was mit Dir zu
tun? Mit Deinen Posts? Mit Deiner Person? Ich sage Dir

mal eins: Genau so schnell wie die Zahlen gestiegen sind, werden sie auch wieder fallen. Ohne Anschubhilfe ist noch niemand weitergekommen. Auch Du nicht! Ich sage Dir jetzt mal die Wahrheit über die Kosmo Community: Die Hälfte der Fans ist gekauft. Das sind keine Menschen, das sind Fakes! Fake-Profile, die wir eingekauft haben für Dich und die Goltz-Kampagne. Genau die Zielgruppe, die wir brauchten und die sich der Kunde gewünscht hat. Verstehst Du?"

Kay schaute ungläubig, er verstand nichts.

„Du bist ein Niemand! Eine Mogelpackung mit einer Schattenarmee von Fans im Rücken, die es in der Realität überhaupt nicht gibt."

Er fing wieder lauthals an zu Lachen. Kay sackte auf seinem Platz regelrecht in sich zusammen, als Robert weiter mit der Abrechnung fortfuhr:

„So jemanden wie Dich finde ich an jeder Straßenecke. Es war Zufall, dass die Wahl auf Dich gefallen ist. Ich hätte auch jeden anderen Typen aus unserem Portfolio hochzüchten können. Das Schöne ist, ich kann Dir alles erzählen. Denn Du bist auch noch so blöd und schaffst es, Dir trotz meiner Hilfe ein eigenes Grab zu schaufeln."

Kay blickte bestürzt, was kam denn noch?

„Du bist so dumm und postest ein Gewinnspiel mit der Frage zur Unternehmensgründung. Abgesehen davon, dass diese Frage einfach nur langweilig ist - hast Du mal nachgedacht, was auf dem Bild zu sehen ist?"

Robert tippte schnell auf seiner Computertastatur am Schreibtisch, schließlich drehte er den Bildschirm in Kays Richtung.

„Hier Deine schön durchdachte Gewinnspielfrage: Wann wurde das Traditionsunternehmen gegründet?"

Kay sah das gepostete Bild, welches ihn zusammen mit dem Brennerei-Mitarbeiter sowie Helmut Goltz Junior im Schankraum zeigte. An der Wand hingen zahlreiche Etiketten einzelner Schnapsmarken. Robert deutete auf ein gut sichtbares, direkt neben Kays Grinsen. Es zeigte einen gemalten Wehrmachtshelm, darunter das Goltz-Logo und in geschnörkelter Schrift *Heimatschnaps*. Eingerahmt durch zwei kleine Hakenkreuze. Zu allem Überfluss zeigte der junge Goltz auch noch wie zufällig auf genau diesen Rahmen an der Wand. Wie konnte ihm so ein Fauxpas passieren, dachte Kay erschrocken. Er schämte und ärgerte sich zugleich über sich und seine naive Dummheit.

„Gut gemacht, Kosmo. Besser hätte man einen Shitstorm nicht provozieren können. Du gottverdammter Idiot! Toralf Gottschalk und vor allem der alte Goltz Senior sind außer sich und just in diesem Moment auf dem Weg zu mir!"
„Das, das kann man doch sicher löschen ...",
stammelte Kay hilflos.
„Löschen? Sicher, das ginge. Bei der Gelegenheit kann ich dann auch die Fakes mitlöschen lassen. Dann ist der ach so große Kosmo wieder klein und normal und kann für die Muckibude um die Ecke lustige Blogartikel schreiben. Haha!"

Kay war blass geworden. Er hatte einen trockenen Mund und fühlte sich wieder wie der gehänselte Schüler, den niemand mochte. Das konnte doch alles nicht wahr sein. Der schöne Morgen war zu einem Albtraum mutiert. Es schnürte ihm die Kehle zu und Tränen stiegen ihm in die Augen. Es war alles eine Scheinwelt, sein Ruhm und seine Bekanntheit existierten nur in der digitalen Welt der sozialen Netzwerke. Die Bürotür wurde leise geöffnet und Anna kam frisch hergerichtet herein. Sie flüsterte:
„Robert, Herr Goltz Senior ist gerade angekommen und möchte mit Dir sprechen." Ihr Blick fiel mitleidig auf Kay. „Kosmo, Du weinst ja!"

Kay sprang auf und stürmte aus dem Büro an den verdutzten Toralf Gottschalk und Helmut Goltz Senior vorbei zum Fahrstuhl. Er musste hier so schnell wie möglich weg. Unten auf der Straße ließ er seinen Tränen freien Lauf. Sein Lebenstraum war soeben geplatzt. Er und alle anderen wurden getäuscht. Er zückte sein Smartphone und überprüfte die Abonnenten seines Profils. Das sollten alles Fakes sein?

Plötzlich ploppte eine Nachricht auf:
Hallo Kosmo, hier ist Bea. Die von gestern Abend. Bitte melde Dich bei mir so schnell es geht. Es ist wirklich sehr, sehr wichtig meine Nummer lautet ...

Kay schniefte. Es war ein Trost, zumindest diese Bea war ein realer Fan und wollte noch etwas von ihm und nicht etwa von Sharky wissen. Er tippte auf die angegebene Nummer, um sie anzuwählen. Die Verbindung wurde aufgebaut.

44

Andi hatte nicht schlecht gestaunt, als Bea plötzlich mit drei fremden Männern in der WG aufgekreuzt war. Sie hatte in der Nacht schlecht geschlafen, weil ihre Freundin nicht von der Party zurückgekommen war. Allerdings kannte sie Bea und wusste genau, auf guten Partys war sie gerne eine der letzten Gäste. Die Tatsache, dass sie selbst heute Morgen noch nicht in ihrem Bett war, ließ ihre Unruhe aber endgültig in ernsthafte Sorge umschwenken. Zumal das Handy ausgestellt war. Gerade als Andi ernsthaft überlegte, die Polizei oder gar Krankenhäuser abzutelefonieren, öffnete sich die Haustür und Bea stand mit drei merkwürdigen Männern in der gemeinsamen Wohnung. Bea stellte ihr Sharky als denjenigen vor, der ihr die Kündigung eingebracht hatte. Jens als Sharkys Maler-Freund und den dritten Typen als Daniel, einen abtrünnigen Faschisten. Sie hätte doch sicher die Story mit dem erstochenen Paketboten in der Stadt mitbekommen. Andi hatte von dem Mord natürlich gelesen. Es machte ihr die Gäste aber noch suspekter, zumal Sharky ihr dann die Details des gestrigen Abends auftischte.

„Ihr versteckt Euch in unserer WG vor einer rechten Verbrecherbande, die über Leichen geht, die mit der Polizei zusammenhängt und die Euch als nächstes auf der Abschussliste hat? Ist das so korrekt zusammengefasst?", fragte Andi mit sarkastischem Unterton.

„Öhm. Ja, genau so ist es." Sharky war aufgrund der präzisen Zusammenfassung irritiert.

„Gut, dann haben wir ja nun alle im Boot", ergänzte Jens und nahm das Zepter wieder in die Hand:

„Andi hat es ja nochmal auf den Punkt gebracht: Wir werden die Nächsten sein. Es sei denn wir unternehmen etwas."

„Nur was?", Bea war weiterhin unruhig und klang nervös.

„Wenn ich etwas sagen darf?" Daniel lehnte lässig mit dem Rücken an der Schlafzimmertür: „Der Fascio ..."

„Jetzt fang nicht wieder mit Deinem kranken Gedankengut an", schnitt Jens ihm scharf dem Ton ab. Daniel machte mit beiden Händen eine beschwichtigende Geste:

„Ruhig, Genosse. Lass mich bitte ein einziges Mal ausreden: Der Fascio ist streng hierarchisch. Angenommen ich hätte ein Problem mit Balbo, ich würde Gustavo informieren."

„Aha. Leider ist Gustav Gantz aber auf der falschen Seite", merkte Sharky an.

„Ich möchte ja auch nicht ihn um Hilfe bitten!"

„Hierarchisch ... mmh.," Jens überlegte, „Du meinst, wenn wir den Vizepräsidenten der Polizei gegen uns haben und vielleicht noch weitere Stellen der Polizei unterwandert sind, dann sollten wir uns an die nächsthöhere Instanz wenden?"

„Genau! Je höher wir kommen, desto unwahrscheinlicher ist es, dass der Fascio hier bereits Fuß gefasst hat. Letztlich sind es ja die höchsten Instanzen die wir ... ähm ... die sie beseitigen wollen!"

„Leider fehlt mir aber die Nummer der Bundeskanzlerin – und auch der Kontakt zur obersten Heeresleitung ist vor kurzem abgerissen ...", warf Andi destruktiv in die Runde.

„Ja, Andi. Schon klar, wir können nicht von ganz oben nach unten durchgehen. Sondern wir müssen von unten nach oben schauen", erwiderte Sharky und hatte eine Idee:

„Gestern war der Hamburger Bürgermeister inklusive seiner Entourage vor Ort! Unter anderem auch der Innensenator. Er ist verantwortlich für die Polizei. Ich denke, ihn sollten wir vertrauen können. Ihn interessiert sicher brennend, was in seinem Laden abgeht, und er hätte entsprechende Kontakte nach noch weiter oben ..."

„Upps – auch er hat damals nicht auf meine Facebook-Anfrage reagiert und heute ist Samstag, in seinem Büro wird er kaum sein", seufzte Andi kopfschüttelnd.

„Andi, jetzt sei doch einmal ruhig", zischte Bea. Sie bemerkte wie Sharky angestrengt nachdachte.

„Er war gestern vor Ort. Der Goltz-Familie rund um den missratenden Sohn Balbo würde ich nun nicht unbedingt trauen. Wen könnten wir noch nach einem Kontakt zum Senator fragen?", fragte Sharky in die Runde.

„Toralf Gottschalk." Alle schauten nun Bea an.

„Der Typ, der mich gestern, nun ja, angesprochen hat", sie errötete leicht, denn ihre gestrige Betrunkenheit war ihr immer noch peinlich.

„Du meinst, er ist sauber?", fragte Sharky.

„Ich bin mir sehr sicher. Alle anderen von denen wir

wissen, tief im rechten Sumpf zu stecken, waren sehr kontrolliert: Ob dieser Türsteher, Goltz Junior oder Gantz. Toralf aber feierte sich selbst, die gelungene Veranstaltung und wollte schließlich mit mir ins Bett steigen."

„Ich glaube, wir müssen es einmal versuchen", meinte Jens nach kurzem Zögern:

„Eine andere Option sehe ich gerade nicht."

„Tja, Ihr Lieben. Ich möchte nicht wieder die Spaßbremse sein, aber ein Toralf Gottschalk hat sich auch nicht in meinem Poesiealbum verewigt ...", ätzte Andi weiter.

„Ich hab´s! Andi, gibt mir Dein Handy!", jubelte Bea und ergänzte als sie den fragenden Blick ihrer Freundin sah: „Du weißt doch, meins ist ausgeschaltet. Sag mir einmal Deine Nummer."

Dann verfasste sie eine Nachricht an Kosmos Social-Account und bat um Rückruf.

Kosmo nahm sich zusammen. Bea hatte er gestern Abend zwar eine sehr harte Abfuhr erteilt, aber sie wollte trotzdem noch etwas von ihm wissen. Sie war zwar nicht so attraktiv wie Anna, aber von der Bettkante würde er sie auch nicht schubsen – und er brauchte dringend eine Aufwertung seines Egos, bevor er endgültig wieder zum kleinen Außenseiter schrumpfte. Der Anruf wurde aufgebaut und Beas Stimme ertönte nach nur einem Freizeichen:

„Kosmo – super. Danke für Deinen schnellen Rückruf! Es ist wirklich sehr wichtig."

„Hi, ähm... entschuldige wegen gestern ... ich wollte nicht ...", stotterte Kay unbeholfen und verheult.

„Gestern ist schon vergessen", ließ Bea ihn nicht zu Wort kommen, „ich habe es überwunden. Kosmo, kannst Du mir die Kontaktdaten von Toralf Gottschalk senden? Es ist wichtig."

„Schon vergessen?" Kays Ego erhielt den nächsten Tiefschlag. Auch Bea trauerte ihm offensichtlich nicht hinterher. Müde sagte er:

„Ok. Toralfs Nummer? Ja, die habe ich – aber ich kann die doch nicht jedem einfach so rausgeben ..."

„Na komm schon. Du weißt doch, ich hatte gestern etwas mit ihm – und, nun ja, ich war nicht gerade in dem Zustand, um den Abend zu vollenden. Ich würde es gerne heute nachholen und denke Toralf würde sich sehr darüber freuen."

„Na gut", Kay klang resignierend. Er hatte es nicht anders verdient und Bea offensichtlich an Toralf Gottschalk verloren. Wenigstens nicht an seinen früheren Mitschüler Sharky.

„Ich sende Dir den Kontakt. Kommt in zehn Sekunden. Entschuldige nochmal wegen gestern bitte, vielleicht kann ich Dir ...!"

„Danke, Kosmo."

Bea legte auf. Sharky grinste sie an.

Einen Augenblick später empfing Bea die Kontaktdaten und wählte die Nummer. Sie stellte den Anruf auf Laut, so dass alle mithören konnten:

„Gottschalk", ertönte es schlecht gelaunt.

„Hallo Toralf. Hier ist Bea ... die, die betrunkene Frau von gestern", säuselte Bea freundlich in den Hörer.

„Bea? Betrunken? Ach so." Die Stimme klang nun ein wenig freundlicher.

„Ja, ich wollte mich entschuldigen für meinen Auftritt gestern ..." Bea hätte sich die Zunge abbeißen können für die Entschuldigung bei dem fiesen Macho, der ihren Zustand nur ausnutzen wollte.

„Schon okay", sagte Toralf gönnerhaft., „hör mal, es passt gerade ganz schlecht. Ich bin bei unserer Mediaagentur wir haben etwas Stress ..."

„Oh, verstehe. Ich möchte es kurz machen – ich habe eine Bitte: Ich brauche die Nummer vom Innensenator."

„Wie bitte?"

„Du hast doch sicher den Kontakt von allen auf der Gästeliste."

„Sicherlich. Aber was willst Du mit der Nummer – ich kann die nicht rausgeben. Die ist geheim!"

„Bitte", Bea säuselte so süß wie sie konnte, „ich würde wirklich alles dafür tun."

„Nein – und jetzt entschuldige bitte, ich habe hier wirklich zu tun."

„Halt, Toralf. Nicht auflegen. Es ist sehr, sehr wichtig – ich erzähle Dir warum. Können wir uns treffen?"

Andi winkte mit beiden Armen und forderte Bea auf, den Anruf abzubrechen.

„Ich erklär Dir die Lage persönlich und wir können da weitermachen, wo wir gestern aufgehört haben."

Andi schlug resignierend eine Handfläche gegen die Stirn.

„Hört sich vielversprechend an. Es kann hier aber noch ein wenig dauern, wir müssen den Agenturvertrag auflösen und einen Schadensersatz vorbereiten. Aber danach ... wo wollen wir uns treffen, vielleicht bei mir zu Hause? Ich wohne in Sasel."

Bea sah fragend in die Runde. Jens schüttelte energisch den Kopf, kritzelte etwas auf einen Zettel und schob ihr das Papier zu.

„Sasel ist etwas weit draußen. Lass uns doch ins ...," Bea kniff die Augen zusammen und entzifferte Jens Handschrift, „ins *Bürgereck*. Hier können wir noch eine Kleinigkeit trinken und danach eventuell zu Dir. Du weißt, wo das *Bürgereck* ist?"

„Mein Navi wird es finden. Alles klar. Sagen wir um 17 Uhr dort? Das sollte ich schaffen können."

„Ich freue mich," log Bea.

Jens Nachbarin Frau Siebert hörte derweil wieder merkwürdige Geräusche aus der Wohnung über ihr. Es klang so, als wenn Möbel verrückt oder handwerkliche Tätigkeiten verübt wurden. Sie wunderte sich, ihr

Nachbar war doch vorhin an ihr vorbei aus dem Haus gelaufen? Durch den Spion sah sie drei unbekannte Männer durch das Treppenhaus nach unten eilen: Balbo, Umberto und Amerigo waren weder bei Jens noch später bei Daniel zu Hause fündig geworden.

Auch bei Sven Schark trafen sie niemanden an. Zurück im Auto hielt Balbo immerhin zwei mit einem Kugelschreiber bekritzelte Zettel aus einem Rechnungsblock in der Hand.

„Balbo, wohin jetzt?", fragte Umberto vom Beifahrersitz. Balbo zündete sich eine Zigarette an und betrachtete die Rechnungen:

„Nun, ich glaube dieser Schark und sein Freund gehen gerne ins *Bürgereck*. Hier sollten wir mal vorbeischauen. Aber erst heute Abend. Nun kümmern wir uns um Helmut Goltz Senior. Mit ihm habe ich eine uralte Rechnung offen und familiäre Angelegenheiten gehen stets vor."

Er schaltete die Musik ein und ließ den Motor an.

45

Helmut Goltz Senior echauffierte sich maßlos. Er schimpfte vor sich hin, während er mit seinem Marketingleiter im Fahrstuhl auf dem Weg in die Tiefgarage war. Es war alles in Ordnung gewesen. Ein gelungener Empfang für die Hamburg Open sollte heute und am morgigen Sonntag durch einen persönlichen Vorort-Besuch des Turniers abgerundet werden. Bereits gestern hatte er zur Verabschiedung des Bürgermeisters ein Treffen mit eben diesem und dem Innensenator sowie weiteren politischen Größen vereinbart. Er hatte sich darauf gefreut, den Profis zuzuschauen und dabei alte Anekdoten aus seinem eigenen Tennisleben vor anderen Gästen zum Besten zu geben.

Die Pläne hatten sich mit einem Mal zerschlagen. Seit ihm der Anruf eines Journalisten während des Frühstücks erreicht hatte und der ihn auf eine laufende Hetzkampagne in den so genannten sozialen Netzwerken aufmerksam gemacht hatte:
Die alte Geschichte, über die er sich bereits mit seinem Vater verkracht hatte und die ihm beinahe sein Erbe gekostet hätte. Was hatte er nicht alles unternommen, um das Unternehmen Goltz von der leidigen Wehr- machtsvergangenheit zu befreien?
Er war Geldgeber für die Stolpersteine, die vor Hamburger Wohnungen auf den Bürgersteigen angebracht wurden. Sie erinnerten daran, wie Nazis aus diesen Häusern unschuldige Mitbürger in Konzentrationslager verschleppten.
Er hatte zusammen mit anderen Unternehmern Geld zum 70-jährigen Gedenken an die Kinder des Bullenhuser Damms gespendet. Arme jüdische Kinder, an denen Experimente verübt wurden und die, kurz vor Befreiung der Stadt 1945, noch in Kellern ermordet wurden, um die Grausamkeiten zu vertuschen.
Und er war stets bemüht, mit der Hamburger Partner- stadt St. Petersburg und dessen Unternehmern eine gute Beziehung zu führen, wenn die Russen zu Festlichkeiten zu Besuch waren. Helmut Goltz Senior wusste um die Schuld und die Verantwortung, die die Kooperation mit der Wehrmacht für das Unternehmen und für ihn persönlich bedeutete.
Und all seine jahrelangen Bemühungen wurden nun innerhalb weniger Stunden zerstört. Zertrampelt von einem naiven und ignoranten Jungen namens Kosmo, der nichts Besseres zu tun hatte als die dunkle Geschichte aus der Vergessenheit zurückzuholen und rückständige Geister aus den dunkelsten Ecken des Internets anzuziehen.

Was hatte sich sein Sohn nur dabei gedacht, so jemanden mit der Werbung für den *Göltzenen Klaren* zu betrauen? Und auch seinen Marketingleiter Gottschalk hätte er lieber heute als morgen fristlos gefeuert. Leider war das aufgrund der Rechtslage nicht so einfach. Genau wie so manches andere auch, wie er eben erfahren musste:

„Tut mir leid Herr Goltz, dass wir nicht ohne weiteres aus dem Vertrag mit der Agentur aussteigen können", murmelte Toralf kleinlaut.

„Ach wissen Sie, Gottschalk, wenn es nur das wäre – das Grundhonorar für diesen neureichen Dr. Robert Breitzke macht mir nichts aus. Es ist zwar ärgerlich, aber viel schlimmer wiegt der immaterielle Schaden. Das mühsam polierte Firmenimage ist wieder ruiniert. Das, was ich mir zur Lebensaufgabe gemacht habe, ist mit einem Wisch vergessen. Und wir selbst, in diesem Fall Sie und mein Herr Sohn, sind hierfür verantwortlich! Das macht mich wirklich wütend. Sie haben ihrem eigenen Arbeitgeber selbst die Grube gegraben, Gottschalk! Sie und mein eigener Sohn!", schimpfte Goltz Senior.

„Jawohl." Etwas besseres fiel Toralf nicht ein und fügte kleinlaut hinzu: „Wir sind rechtlich leider dafür verantwortlich, was in der Werbung unserer Influencer gesagt und getan wird. Hier hätten wir eingreifen und nicht alles durchwinken dürfen. Allein, ich wusste nichts von Fallstricken solcher Art ..."

„Dann müssen Sie sich verdammt nochmal informieren, Gottschalk! Nur so lernen wir aus der Vergangenheit und machen Fehler nicht zweimal."

„Jawohl."

Sie erreichten Toralfs Wagen und er schloss ihn via Fernbedienung auf. Beide Männer stiegen ein.

„Falls es Sie beruhigt, wird Herr Breitzke wenigstens den engagierten Influencer dafür bluten lassen und seinen Vertrag auflösen", sagte Toralf und startete den

Motor, „vielleicht können wir den Bubi doch noch irgendwie verklagen ..."

„Ach wissen Sie, das ist auch kein Trost", grummelte Goltz Senior, „da wird der Jüngling geopfert, für etwas, was Ihnen allen durchgerutscht ist. Ich müsste Sie auch sofort entlassen ... was machen Sie denn da?"

Toralf tippte etwas in das Navigationssystem ein.

„Ich ... ähm – Entschuldigung. Ich wollte nur schauen, wie die Adresse eines Lokals ..."

„... hören Sie mir zu? Offensichtlich nicht. Sonst würden Sie den Ernst der Lage ...", sein Blick fiel auf das Display: „... das *Bürgereck* in Eilbek?" Goltz Senior machte fragende Augen:

„Diesen Namen habe ich ja ewig nicht mehr gehört. Wussten Sie, dass ich selbst früher immer bei Auslieferungsfahrten mit dabei war? Schon als junger Steppke. Das *Bürgereck* war einer der wenigen Läden, der den Krieg und seine Bombennächte unbeschadet überstanden hatte. So wie viele Kirchtürme in den Trümmern noch standen, so stand auch das Gebäude dieser Eckkneipe noch. Als wenn Gott uns wenigstens etwas trostspendendes lassen wollten." Er lächelte gedankenverloren. Dann wandte er sich wieder Toralf zu: „Da möchten Sie hin?"

„Ich ... ähm ... naja, später. Ich wollte nur schauen, wo es ist. Jetzt fahre ich Sie selbstverständlich erst wieder nach Hause. Sie haben nicht viel geschlafen und müssen nach gestern ziemlich übermüdet sein."

„Später? Warum nicht sofort? Ich war bestimmt seit dreißig – ach, seit vierzig Jahren nicht mehr dort. Wusste gar nicht, dass es den Laden noch gibt. Als kleine Wiedergutmachung könnten Sie für mich da einen Zwischenstopp einlegen. Das wäre ein Anfang."

„Na ja, wenn Sie meinen, Herr Goltz."

Toralf linste auf die Uhr, es war bald 17 Uhr. Nach dem Desaster mit seinem Influencer-Marketing wollte er nicht auch noch mit der jungen Eroberung von gestern beim Chef unangenehm auffallen. Aber der wirkte wild entschlossen und nickte ihm zu. Er könnte ja so tun, als wenn er Bea zufällig dort traf und schnell wieder verduften, sobald der alte Herr seine nostalgischen Erinnerungen aufgefrischt hatte. Außerdem musste er sich wohl sowieso in Kürze einen neuen Job suchen, falls er seinen Fahrgast richtig verstanden hatte. Er legte den Rückwärtsgang ein und wenig später war der Wagen in der Abenddämmerung auf dem Weg zum *Bürgereck.*

46

„Was meinst Du mit: Ihr habt bisher noch nichts erreichen können?"

Gantz laute Stimme war durch das Telefon im ganzen Auto zu hören. Im Fiat saßen drei mit Sturmhauben maskierte Männer: Balbo, Umberto und Amerigo.
„Nun, wir haben bisher weder Sven Schark noch seinen Freund oder die Kleine gefunden", gab Balbo kleinlaut zu: „Und mein Vater ist auch nicht zu Hause."
„Ihr macht dort weiter, wo ihr gestern aufgehört habt, oder? Es ist einfach unfassbar!", tobte Gantz.
„Gustavo, Amigo!"
„Balbo! Hör mit diesem beschissenen Pseudo-Italienisch auf, sonst ...", fluchte Gantz weiter.
„Wir haben eine Spur," sagte Balbo erwartungsfroh.
„Zu Deinem Vater? Glückwunsch. Ich hätte Dir auch sagen können, dass er um diese Zeit, in einer Tennis-Loge zu finden ist!"
Balbo zuckte zusammen: Verdammt, Gantz hatte Recht. Er könnte sich ohrfeigen. Es war kein Wunder, seinen Vater nicht in der Villa anzutreffen. Er zog sich die Maske vom Kopf, raffte sich zusammen und ging nicht weiter auf die Bemerkung ein.
„Nein, das meine ich nicht. Ich meine Goltz", er

bevorzugte es, seinen Vater nicht als solchen zu bezeichnen, um Distanz zu wahren, „um Goltz kümmern wir uns später. Wenn er schläft geht es eh geräuschloser und schneller."

„Aber Balbo, wir wollten ihn doch eigentlich jetzt ...", bemerkte Amerigo von der Rückbank.

Balbo deckte das Telefon mit einer Hand ab:

„Halt Deine Fresse!"

„Was ist denn jetzt?" Gantz wurde ungeduldig.

„Wir haben eine Spur von Schark und seinem Freund. Sie führt ins *Bürgereck*." Balbo war froh endlich auch eine positive Nachricht zu haben.

„*Bürgereck*? Nie gehört. Was ist das?"

„Eine Kneipe in Eilbek. Wir werden sie observieren und dann unauffällig zuschlagen. Im Nahkampf sind wir Arditi doch unschlagbar – wie man bei Baldür gesehen hat." Es sollte eine aufmunternde Bemerkung sein. Gantz ging nicht darauf ein, sondern schwieg eine gefühlte Ewigkeit. Er schien nachzudenken.

„Ok", sagte er schließlich, „das klingt immerhin nach einem Plan. Aber bitte tut mir einen Gefallen: Ihr fahrt dort nicht zu Dritt hin. Balbo, schnapp Dir noch drei, vier weitere Mitglieder als Verstärkung. Wir müssen von mindestens drei Zielpersonen ausgehen. Damit diesmal nichts schief geht, solltet ihr zumindest die doppelte Mannstärke haben."

„Wird gemacht, Gustavo!" Balbo war froh, endlich aus der verbalen Schusslinie gekommen zu sein. Jetzt ging es wieder um konkrete Aktionen und nicht um unkorrigierbare Fehler.

„Gut, Balbo! Also dann. Beim nächsten Anruf möchte ich eine Erfolgsmeldung haben."

Gantz hatte, ohne auf eine Antwort zu warten, aufgelegt.

„Arschloch, mach Dir bloß nicht die Hände schmutzig", murmelte Balbo leise in sich hinein. Dann drehte er sich zu Umberto und Amerigo:

„Ihr habt es gehört, Arditi! Wir trommeln noch weitere
Mitglieder zusammen und dann geht es los. Umberto,
ruf am besten Michele an. Er ist in der Stadt und soll
mit seiner Truppe dort hinkommen. Aber unauffällig."
Umberto schaute Balbo wortlos an.
„Was ist? Spreche ich chinesisch?", fauchte Balbo
verärgert.
„Das nicht, Balbo. Nur die letzte Observierung endete
mit einem toten Arditi. Habe ich Dein Wort, diesmal
wird niemand wie Fabio geopfert?"
Balbo schüttelte den Kopf und legte Umberto eine Hand
auf die muskulöse Schulter.
Dann schaute er auf die Rückbank zu Amerigo:
„Arditi, Ihr habt mein Ehrenwort! Ich würde Euch nie
opfern. Wir sind der Kern, die Elite des Fascio! Und
glaubt mir, dies wird und muss Gustavo bald ebenso
erkennen. Wenn er es nicht tut, dann zeigen wir es
ihm!"
Er blickte beiden abwechselnd sekundenlang in die
Augen, um seinen Worten Nachdruck zu verleihen.
Dann lächelte er wieder: „Aber um auf Deine Frage
zurückzukommen: Bei der letzten Observierung hatten
wir auch jede Menge Spaß. Umberto, ist noch Rizinus-
Öl im Kofferraum?"
Umberto und auch Amerigo lachten auf.
„Jawohl Balbo! Genug für ein halbes Dutzend Hosen-
scheißer!"
„Sehr gut. Wir wollen der Stadt und unseren Leuten
zeigen, was Deserteure zu erwarten haben!"
Sie fuhren los, die altbekannte Melodie ertönte aus den
Lautsprechern.

47

Sharky und Jens staunten nicht schlecht, als sie zusammen mit Bea und Daniel den Schankraum betraten. Am breiten Tresen saßen drei Gäste und auch hinten an einem der Ecktische waren weitere Personen. So gut besucht, hatten sie das *Bürgereck* lange nicht mehr gesehen. Es lief zwar gerade die Fußball-Bundesliga im TV, aber normalerweise rief die auch höchstens ein oder zwei Männer auf den Plan, die den Ehefrauen zu Hause aus dem Weg gehen wollten. Oder auch Marko, aber ihr Freund war heute nicht am Start.

„Hallo Jungs – und Mädel", trällerte Sybille hinter dem Tresen. „Da schaut´s, wie? Muss wohl doch noch nicht schließen. Bin wohl weiterhin systemrelevant!" Sie zwinkerte Jens fröhlich zu und deutete mit einer Handbewegung auf die Gästeschar. Jens verstand die Spitze und lächelte zurück.
„Was kann ich Euch antun?", fragte die Wirtin freundlich.
„Erstmal nichts. Wir warten noch auf jemanden", sagte Sharky und blickte sich um.
„Ach was, wird dieses Nichts jetzt zur Gewohnheit bei Dir, mein Lieber?" Sybille schaute die anderen drei an.
„Für mich eine Cola", sagte Bea.
„Mach uns drei Wasser und eine Cola, bitte!" Sharky war angespannt.
„Ok, ok – ich weiß gar nicht, ob ich so viel Wasser im Hause habe", blaffte Sybille zurück.

Nachdem die Bestellung getätigt war, entschied sich die Gruppe am Kopf des Tresens zu bleiben. Drei Hocker waren dort über Eck noch frei. Jens blieb stehen.
„Meinst Du, Andi nimmt es uns Übel, sie nicht mitgenommen zu haben?", fragte Bea Sharky.
„Sie macht sich immer solche Sorgen um mich. Verstehe mich nicht falsch, aber Ihr und die ganze

Story macht es nicht gerade besser. Ich meine, da würde selbst ich mir Sorgen um mich selbst machen", sie versuchte zu lachen.

„Es ist zu ihrem eigenen Schutz, was sollen wir sie unnötig mit reinziehen. Wir haben doch ihr Handy dabei, sie kann Dich also jederzeit erreichen. Am liebsten hätte ich Dich auch bei ihr gelassen. Aber Du musstest ja unbedingt das Treffen mit diesem Ekel abmachen." Sharky wurde immer noch übel, wenn er daran dachte, wie billig Bea sich Gottschalk förmlich angeboten hatte. Er spürte ein lang vergessenes Gefühl in sich aufsteigen: Eifersucht.

„Glaube mir", versicherte Bea und holte Sharky zurück aus seinen Gedanken, „ich werde ihn zum Sprechen bringen. Bei so einem hilft nur weiblicher Charme. Dann klappt es auch mit der Senatornummer ..."
Bea hatte sich in der WG wieder fein gemacht und richtete keck ihr Dekolleté. Herausfordernd schaute sie Sharky mit einem Grinsen an.

„Was ist? Ich finde das nicht witzig, willst Du da weitermachen, wo Du gestern aufgehört hast?", fuhr Sharky sie an und ruderte schnell zurück:
„Entschuldige. Bin nur etwas angespannt. Sowas wie gestern und heute habe ich auch noch nicht erlebt. Erst wird ein Bekannter von mir ermordet und dann sind wir selbst auf der Liste."

„Sorry, Ihr beiden", mischte sich Jens ein. „Es ist nun schon zehn nach fünf. Kommt Gottschalk noch? Ansonsten würde ich es bevorzugen, lieber wieder in die sichere WG zu wechseln. Die Typen hier sind mir irgendwie nicht geheuer", er sprach im Flüsterton und deutete mit den Augen auf die anderen Gäste.
Sharky war es ebenfalls aufgefallen, es waren allesamt Männer und sie sprachen kaum ein Wort, sondern starrten stumm nach oben in ihre Richtung. Dort, über der Eingangstür, hing das TV-Gerät und lief die Fußballkonferenz.

„Sie verfolgen gerade die Endphase des Spieltags. Es beginnt gleich die Nachspielzeit. Daher sind sie vielleicht gerade nicht so gesprächig." Sharky versuchte sich selbst mit diesen Worten zu beruhigen. Die fünf Männer besaßen in der Tat nicht die freundlichste Ausstrahlung.

„Ich weiß nicht", flüsterte Jens weiter. „Daniel, kennst Du von den Gästen hier jemanden. Sind das Mitglieder der *Meute*?"

Daniel schüttelte den Kopf und flüsterte: „Nein, Herr Geschichtslehrer, ich erkenne hier niemanden von uns. Aber ich kenne auch nicht alle Arditi. Der Fascio ist eine gewachsene Bewegung. Ich hatte eher mit Balbo und seinen Leuten zu tun. Zu denen gehören sie auf alle Fälle nicht."

„Ok. Also ganz ausschließen können wir es nicht, dass es Jungs von denen sind", schloss Jens seinen Gedankengang ab.

„Sag mal, Daniel?" Sharky war gerade etwas Entscheidendes eingefallen:

„Du sagst, Du hattest eher mit Balbos Leuten zu tun. Ich hatte in der Zeitung noch gelesen, dass neben Fabian eine tote Geisel gefunden wurde. Wer hat die denn auf dem Gewissen? Einer von Balbos Leuten?"

Daniel blickte Sharky mit flackernden Augen an. Dann schwang die Tür auf und von der Straße wehte ein kalter Luftzug herein. Sie drehten sich um und sahen Toralf Gottschalk, der tatsächlich gekommen war. Zu ihrer Überraschung aber nicht allein, hinter ihm erschien Helmut Goltz Senior. Der alte Mann schaute mit großen Augen nach rechts und links durch den Raum.

„Hat sich hier ja kaum verändert. Sieht aus wie damals!", bemerkte er mehr zu sich als zu seinem Begleiter. Der entdeckte Bea, war aber irritiert von deren Begleitung. Der Typ bei ihr hatte sie doch gestern von der Party weggelotst. War das etwa ihr Freund, der nun auf Rache aus war? Toralf verwarf den Gedanken, als er Sharky näher musterte. Mit diesem halben Hemd würde auch er noch in seinem fortgeschrittenen Alter fertig werden.

Bea stand von ihrem Barhocker auf und ging freudig auf ihn zu: „Toralf, schön, dass Du gekommen bist!" Sie umarmte ihn. Sharky verfolgte es mit bösem Blick.

„Hey, ich dachte Du bist alleine hier?", fragte Toralf als er sich aus der Umarmung befreit hatte.

„Das dachte ich auch von Dir." Sie deutete auf Goltz Senior, der neugierig mit einer Hand über die vertäfelten Wände strich.

„Das hat sich so ergeben. Ich wollte eigentlich ohne ihn kommen. Du wolltest mir etwas erklären?", lenkte Toralf ab.

„Äh, ja klar. Aber nicht hier. Ich meine, schon hier – aber wir sollten uns setzen. Vielleicht da, neben der Eingangstür? Dort sind wir ungestört. Willst Du etwas trinken?" Sie schob Toralf in Richtung des freien Tisches und deutete Sybille an, eine weitere Bestellung aufgeben zu wollen.

Sybille nahm ihren Block und ging um den Tresen herum. Sie quetschte sich vorbei an Jens und stieß mit Goltz Senior zusammen.

„Bist Du nicht Sybille?", fragte der alte Goltz. „DIE Sybille? Ich kenne Dich noch, da konntest Du kaum sprechen."

„Guten Abend der Herr. Tja, ich bin wohl DIE Sybille", die Wirtin witterte eine plumpe Anmache, „...kennen wir uns?"

„Goltz, Helmut Goltz. Ich war früher öfters hier. Habe zunächst meinen Vater und später meine Fahrer begleitet, wenn wir eine neue Lieferung aus der Brennerei gebracht haben. Da liefst Du hier so rum ..." Er deutete mit seinem Arm ihre geringe Körpergröße von damals an.

„Ja. Ja, ich erinnere mich vage," antwortete Sybille

freundlicher. „Das ist lange her. Mein Vater ist nun schon seit fast fünfzehn Jahren tot. Ich habe den Laden übernommen und führe ihn in alter Tradition weiter."
„Das tut mir leid. Ihr Vater war ein guter Kerl. Schade, heutzutage läuft alles über Großhändler. So geht der Kontakt zwischen Hersteller und Gastronomie ein Stück verloren."
„Ja, schade. Entschuldigen Sie mich bitte kurz. Ich muss eine Bestellung aufnehmen."
Sybille drückte sich weiter zum Tisch rechts vom Eingang.

„Was darf es sein?" Sie zückte ihren Stift.
„Einen Kaffee hätte ich gerne", sagte Toralf, „und einen Sekt für die Dame."
Bea wollte protestieren. Sie hatte nach gestern keine Lust auf Alkohol, besann sich dann aber und lächelte Toralf dankend an. Sybille verschwand wieder Richtung Tresen.
„Also, wo waren wir gestern stehen geblieben?", fragte Toralf und rückte ein wenig vor.
„Ich muss Dir vorher etwas erklären", wich Bea aus.
„Das da ist Dein Freund?" Toralf deutete mit dem Kopf in Sharkys Richtung, der sie beobachtete und schnell seinen Blick abwandte als er bemerkte, dass Toralf ihn musterte.
„Nein, nein. Er ist ein Freund. Aber doch nicht mein Freund! Ich wollte etwas anderes", sie flüsterte jetzt: „Hast Du gestern von diesem Mord im Drogenmilieu gehört?"
„Was? Wie kommst Du darauf? Welcher Mord?" Toralf schaute sie entgeistert und überrascht an:
„Ich war die letzten Tage komplett mit der Organisation unseres Tennisevents beschäftigt. Was soll ich gehört haben?"
Seine Reaktion beruhigte Bea ein wenig. Die Über-raschung war echt oder wirklich gut gespielt. Konnte sie davon ausgehen, dass Toralf nicht mit Goltz Junior

unter einer Decke steckte?

„Wie gut kennst Du Helmut Goltz, den Junior?"
„Naja, er ist mein direkter Chef." Toralf zuckte mit den
Schultern. „Ich sehe ihn aber kaum. Er lässt mir freie
Hand und überlässt mir auch die komplette Arbeit.
Aber beste Freunde sind wir nicht und werden wir auch
nicht mehr. Dafür ist er mir zu cholerisch. Ich dachte,
Du wolltest mich etwas zum Innensenator fragen?"
Sie ging nicht auf seine Frage ein, sondern bohrte
weiter: „Und der Goltz Senior? Was ist mit dem, wie gut
kennst Du den?"
„Der? Ach, er erkundigt sich wenigstens regelmäßig bei
mir. Will wissen, wie es so läuft und was ich so mache.
Er versteht dann zwar nur die Hälfte und erklärt, wie er
es früher gehandhabt hat. Aber so sehe ich ihn
immerhin öfter als seinen Sohn. Dem Senior fällt es
schwer, die Zügel aus der Hand zu geben. Sicherlich
auch, weil sein Sohn desinteressiert an der Zukunft des
Unternehmens ist. Heute mussten wir etwa die Agentur
wegen eines Shitstorms rund machen. Der Junior war
nirgends aufzutreiben, obwohl er den Marketingbereich
offiziell verantwortet. Ich musste schließlich Goltz
Senior informieren und er ist auch prompt mitgekommen, statt zu den Hamburg Open zu gehen."
„Okay – das Verhältnis zwischen Vater und Sohn ist
also nicht das Beste?", versuchte Bea zusammen-
zufassen.
„So könnte man es ausdrücken, wenn man es
beschönigen möchte." Er lachte auf und Bea lächelte
zaghaft mit.
„Toralf!" Sie rückte jetzt nahe an ihn heran und
flüsterte: „Ich muss Dir etwas Ungeheuerliches
erzählen."

Sharky und Jens ließen die beiden nicht aus den
Augen. Sie registrierten, wie Bea offenbar dabei war,
Toralf Gottschalk die Kurzfassung der Story zu

erzählen. Zumindest seine immer größer werdenden Augen deuteten darauf hin. Auch schaute er sich hektisch um und seine Gesichtsfarbe wurde ein wenig blasser. Sybille stiefelte mit einem kleinen Tablett durch ihr Blickfeld und stellte Kaffeetasse, Sekt und Zuckerdose vor Toralf ab, der dies ohne Regung hinnahm.

Auf dem Rückweg sprach der alte Goltz wieder Sybille an: „Sybille, ist der Platz bei Dir hier vorne noch frei?" Er deutete auf einen Barhocker direkt an der Kasse.

„Ja, sicher Herr Goltz. Nehmen Sie Platz", antwortete Sybille und war auch schon wieder in ihrem Arbeitsbereich hinter der Theke:

„Was kann ich Ihnen denn anbieten?"

„Gerne ein Bier. Was hast Du denn für Sorten? Ja, so ein Pils da, das nehme ich." Er deutete auf den rechten Zapfhahn. „Und einen *Göltzenen Klaren* auch gerne!"

Sybille nickte, griff ein Glas und zapfte das Bier an. Dann drehte sie sich zu den Spirituosen an der Wand. Sie griff eine Flasche und hielt sie prüfend schief in die Luft.

„Das wird leider eng. Ich glaube die letzte Runde Klaren habe ich vor drei Tagen an die jungen Herren dahinten vergeben", bedauerte sie und deutete auf Sharky und Jens. „Der Klare wird fast gar nicht mehr bestellt. Ich bin eigentlich froh, dass er nun endlich leer ist."

„Ach? Ist das so? Das höre ich aber gar nicht gerne. Und sonst, wie läuft es sonst so im *Bürgereck*? Erzähl doch mal, Sybille."

Bea stand auf und ging Richtung Toilette. Auf ihrem Weg dorthin wisperte sie zu Sharky:

„Er weiß jetzt Bescheid und hat nichts mit der Sache zu tun. Wir sollten auch den alten Goltz informieren."

„Bist Du sicher? Der steckt doch mit seinem Sohn unter einer Decke?" fragte Sharky im Flüsterton zurück.

„Toralf meint, die sind sich spinnefeind. Vertrau mir!"

Damit verschwand sie Richtung Damen-Klo. Jens hatte gelauscht und zuckte die Achseln. Er zog Sharky mit sich direkt neben den alten Goltz an der Bar.

„Guten Abend! Ich habe eben mitbekommen, wir sollen schuld an der leeren Flasche dort sein? Dürfen wir Ihnen stattdessen etwas anderes spendieren?", fragte Jens freundlich und nahm das Gespräch damit auf. „Haha!", lachte Goltz Senior laut auf. „Ich freue mich immer, wenn jemand den Klaren trinkt. Kein Vorwurf an Sie meine Herren. Seien Sie meine Gäste. Was darf es sein? Sybille hat mir bereits ihr Leid geklagt und freut sich über jedes Getränk, das über die Theke geht."

Helmut Goltz Senior war bester Laune und genoss sichtlich die Geselligkeit in dem engen Lokal. Auch Jens und Sharky wurden von seiner Laune kurzzeitig angesteckt und vergaßen für einen Augenblick die Situation. So merkte niemand, wie sich Daniel still und heimlich Richtung Ausgang schlängelte und die Tür-klinke nach unten drückte.

Die Tür flog mit einem Knall auf und drei maskierte Männer stürmten in den Schankraum. Einer war mit einer gezückten Pistole bewaffnet. Alle trugen Messer an ihren Gürteln.

„Die Feier ist beendet, meine Damen und Herren!", schrie einer der Männer und hielt dem entsetzten Daniel seine Pistole an den Kopf. Daniel war kreideweiß vor Schreck. Schweißperlen standen auf seiner Stirn. „Balbo, mach keinen Scheiß!", schrie er schrill.

Die unbekannten anderen Gäste waren ebenso auf-gesprungen und drängten alle übrigen Personen in den hinteren Bereich. Die beiden anderen Maskierten zogen Toralf von seinem Stuhl und schubsten ihn unsanft zu den anderen nach hinten.

„Wie schön, alle beisammen!", lachte einer unter der Sturmhaube auf.

„Du da!" Er zeigte auf Sybille. „Mach die Außenbeleuchtung aus und schließ die Tür ab. Das wird jetzt
eine geschlossene Veranstaltung!"
Die Männer fesselten die wehrlosen Opfer nach und
nach an Stühle. Nachdem Jens und Sharky verschnürt
waren, zog ein großer kräftiger Mann die kreischende
Bea aus der Damentoilette.
„Wunderbar – auch Fräulein Scholz findet sich ein. Die
Reise ist beendet", sagte eine zufriedene Stimme hinter
der schwarzen Sturmhaube.

„Und um Dich, mein Lieber, kümmern wir uns
separat." Balbo drückte seine Pistole wieder hart gegen
Daniels Schläfe: „Du wirst schon sehen, was der Fascio
mit Verrätern anstellt. Ich hoffe, Du hast Deinen
Liedtext gelernt."
„Balbo!" Einer der Maskierten deutete auf Goltz Senior.
„Das gibt es doch gar nicht. Das ist Dein Vater, der
Goltz da. Wir haben alle mit einer Klappe erwischt!"
„Umberto! Sei still", zischte Balbo und wedelte mit der
Pistole umher.
„Vater?", entfuhr es Goltz Senior. Er wollte von seinem
Stuhl aufstehen, ein Mann in Lederjacke hielt ihn aber
zurück.
„Was ist hier los, Helmut? Hast Du den Verstand
verloren?", schrie der alte Mann nun.
Balbo rammte Daniel die Waffe ins Gesicht, so dass
dieser blutend zu Boden ging. Er zog sich die
Sturmhaube vom Gesicht. Zum Vorschein kam das
verzerrte Gesicht von Helmut Goltz Junior. Er schritt
mit hasserfülltem Blick auf seinen Vater zu.
„Ob ich den Verstand verloren habe? Das fragt mich
der senile, alte Mann. Du hast doch noch nie an
meinen Verstand geglaubt! Du wolltest mir alles vor-
geben und bestimmen, was ich zu tun und zu lassen
habe. In guter alter Tradition! Und weißt Du was!?" Er
lächelte finster:
„Ich werde Deinem Ruf folgen. Die Brennerei Goltz wird

dem Fascio als Geldwaschanlage dienen. Sozusagen in alter Tradition. Da sind wir ja schon mit der Wehrmacht nicht schlecht gefahren."

Er lachte rasselnd, als er fortfuhr:

„Es ist mir gut gelungen, die damalige Kumpanei mit den Nazis pünktlich zu Deinem beschissenen Tennis- turnier wieder hochzuholen, oder Vater? Dank diesem Influencer wissen wieder alle, was für ein braunes Schwein Du bist!"

„Was erlaubst Du Dir, so mit mir zu sprechen?"

„Halt Deinen Mund, Vater! Ich kann Deine Stimme nicht mehr ertragen. Arditi," er wandte sich an die umstehenden Männer, „wenn ihr sie fertig gefesselt habt, beseitigt sie, schlitzt sie von mir aus auf. Wir ziehen hier jetzt andere Seiten auf. Eine Warnung an die komplett zersetzte Gesellschaft. Der Marsch auf das Rathaus kann beginnen!"

„Balbo, den Goltz brauchen wir doch als Geisel ...," erhob sich eine fragende Stimme.

„Haha, ich bin doch eh sein Erbe, Umberto!", frohlockte Goltz Junior. Er bückte sich zu seinem Vater herab: „Ich will Dich aufgeknüpft an einer Laterne hängen sehen. Mit vollgepisster Hose. So ein Ende hast Du Dir verdient, heuchlerischer Besserwisser."

Er spuckte seinem eigenen Vater ins Gesicht.

„Umberto! Amerigo! Wir kümmern uns um den Deserteur. Holt schonmal unsere Mundspülung für ihn. Wir wollen doch noch eine Spritztour mit Daniele unternehmen."

Die beiden Maskierten grunzten unter ihren Sturm- hauben – als mit einem Quietschen Autos vor dem *Bürgereck* zum Stehen kamen.

Bruchteile von Sekunden später zersplitterte die Fensterfront und die Tür wurde aufgestoßen.

„Auf die Knie!"

„Waffen weg!"

„Polizei!"

Die Maskierten lagen bereits überwältigt am Boden und wurden von SEK-Beamten fixiert. Die anderen Männer hoben ihre Hände hinter die Köpfe. Balbo alias Goltz Junior schrie: „Arditi! Wehrt Euch bis zum Ende ..." Dann ertönten zwei Schüsse.

Das Piepen in Sharkys Ohren war unerträglich. Er sah einen schreienden Goltz Junior am Boden liegen. Er hielt sich sein Knie. Neben ihm lag Daniel regungslos. Er blutete aus einer Kopfwunde. Es strömten weitere Beamte in den Schankraum. Sharky blickte auf seine Freunde, die nun genau wie er selbst von ihren Fesseln befreit wurden. Bea und Jens schien es, genau wie Sybille, dem alten Goltz und Toralf Gottschalk gut zu gehen. Sie waren unverletzt.
Das Piepen in den Ohren ebbte nur sehr langsam ab. Paralysiert schaute Sharky um sich und konnte es kaum glauben, als nun auch noch Gustav Gantz zufrieden das *Bürgereck* betrat.
Er klopfte einigen Beamten auf die Schulter und dumpf meinte Sharky vernehmen zu können:
„Einsatz erfolgreich abgeschlossen. Gut gemacht! Diesen rechten Irrlichtern haben wir den Stecker gezogen."

48

Eine Woche später schlenderte Sharky seine Straße hinunter zum Eckkiosk seines Vertrauens. Trotz des kühlen Wetters stand der dickbäuchige Betreiber vor der offenen Ladentür. Er hatte nicht viel zu tun, an diesem späten Samstagvormittag.
„Guten Morgen! Kaffee wie gewohnt?", rief er Sharky schon von Weitem zu.
Der hob den Daumen und der Mann verschwand in seinem Laden. Sharky war später mit Jens verabredet,

brauchte aber zunächst dringend Koffein, um auf
Touren zu kommen. Deshalb war er heute entgegen
seiner Gewohnheit ein paar Minuten zu früh am
Treffpunkt. Im Laden wartete der dampfende Kaffeebecher bereits auf dem Stehtisch. Sharky goss sich
einen Schuss Milch dazu und nahm dankbar den
ersten Schluck.

„Ist er gut?" Der Kioskbetreiber sah ihn gespannt an.
„Ich habe noch nie so einen guten Filterkaffee
getrunken", übertrieb Sharky süffisant.
Sein Gegenüber strahlte über beide Ohren:
„Das freut mich!"
Sharky überflog die Überschriften der Tageszeitungen
in der Auslage. Der freundliche Mann folgte seinem
Blick und witterte die Möglichkeit, seinen Arbeitstag
durch eine smarte Unterhaltung zu verkürzen:
„Wahnsinn, was hier im Viertel los war, oder? Da
denken wir, es ist eine sichere Gegend und plötzlich
steht der NSU fast vor der eigenen Haustür", bemerkte
er.
„Du meinst der SEK-Einsatz letzte Woche, bei dem es
einen Toten gab?", fragte Sharky und tat ahnungslos:
„Gibt es da etwas Neues zu?"
„Ja, ja! Sicher. Seit vorgestern überschlagen sich die
Neuigkeiten hierzu. Es waren wohl Faschisten, die
größenwahnsinnig geworden sind. Sie planten einen
bewaffneten Marsch auf das Rathaus und angeblich
sogar einen Marsch auf Berlin. So wie früher dieser
Massimo."
„Mussolini", korrigierte Sharky.
„Wie?"
„Der italienische Diktator hieß Mussolini. Nicht
Massimo."
„Ja, ja! Sicher. Auf jeden Fall haben sie diese Märsche
geplant. Obwohl sie nur rund fünfzig Leute waren,
wollten sie eine Revolution anzetteln. Verrückt."
Sharky stutzte: „50 Leute? Wer sagt das?"

„Ja, ja! Sicher. Hier," der Ladenbesitzer fischte sich eine
Zeitung aus dem Ständer und erläuterte weiter, „ein
Interview mit dem Einsatzleiter oder Oberkommissar
oder was auch immer er ist."
Er blätterte und landete schließlich bei einem
doppelseitigen Interview, das mit einem Bild von
Gustav Gantz porträtiert war.
„Was? Darf ich mal lesen?" Sharky bemerkte den
erwartungsfrohen Blick seines Gesprächspartners:
„Ich zahle für die Zeitung auch", fügte er an.
Der Mann lächelte und schob ihm das Exemplar über
den Tisch.

Sharky blätterte hektisch und begann sofort zu lesen:
Gantz sprach im Interview von einer irren Bande, die
wahnwitzige Pläne geschmiedet hatte. Neben den
erwähnten Märschen nach historischen Vorbildern
wollten sie den renommierten Unternehmer Goltz
entführen und von der Stadt Geld erpressen. Der so
genannte Fascio war verantwortlich für eine tote Frau
aus dem Drogenmilieu von vor zwei Wochen und für
eine tote Geisel am letzten Wochenende.
Auf der zweiten Seite des Textes stand etwas von der
Anzahl der Unruhestifter. Es handelte sich angeblich
um 50 Personen aus dem Norddeutschen Raum, die
inzwischen alle verhaftet wurden und bei denen
zahlreiche Waffen und verbotene Symbole bei
Hausdurchsuchungen gefunden werden konnten. Der
Fascio bestand aus einer Reihe von Einzeltätern, die
sich über das Internet vernetzt hatten. Ihre Anführer
waren größenwahnsinnig und höchstwahrscheinlich
drogenabhängig und manisch.

Gantz bemerkte im Interview belustigt, dass einige der
verhafteten Faschisten ihn als Anführer betitelten, was
natürlich völliger Quatsch wäre. Diese Personen
wurden in die geschlossene Psychiatrie eingewiesen
und auf Entzug gesetzt. Das Interview endete mit einem

Glückwunsch des Fragestellers an den Polizeivizepräsidenten, der nunmehr innerhalb von vierzehn
Tagen zunächst einen Drogenring und dann eine rechte
Terrororganisation dingfest gemacht hatte. Gantz
bedankte sich artig und deutete durch die Blume an,
für höhere politische Aufgaben zur Verfügung zu
stehen. Er mahnte, die ganze Gesellschaft müsste stets
aufmerksam bleiben und bei rechten Auswüchsen
aufstehen. Man sähe ja, zu was bereits eine solch
kleine Schattenarmee fähig gewesen wäre.

Sharky legte die Zeitung beiseite und nahm einen
weiteren Schluck Kaffee:
War Gustav Gantz der große Held? Hatte Daniel sie
belogen und aus welchen irren Gründen auch immer
ihn vermeintlich als Gustavo enttarnt und in Verbindung mit der *Meute* und dem Fascio gebracht? Was
für einen Sinn ergab das?

„Moin, Moin!" Sharky blickte ruckartig auf, als Jens
den Kiosk betrat.
„Ich nehme auch einen Kaffee bitte", bat er höflich.
Der Betreiber strahlte. Noch jemand wollte seinen
famosen Filterkaffee haben.
„Hast Du das hier schon gelesen?" fragte Sharky und
schob Jens die Zeitung rüber. Der überflog das
Interview. Dann lächelte er.
„Findest Du das witzig?", fragte Sharky seinen Freund
irritiert.
„Nein und Ja", antwortete Jens zweideutig.
„Nein, weil es erschreckend ist und es Tote zu beklagen
gibt. Ja, weil es so absurd klingt. Balbo und seine Gang
sind jetzt in der Klapse – und Gantz ist unser Erlöser."
„Meinst Du Daniel hat uns angelogen?"
„Warum sollte er das getan haben?", antwortete Jens
unsicher, dann ergänzte er noch:
„Schade, mit ihm wurde ausgerechnet die Person von
einer Kugel getroffen, die als Kronzeuge hätte herhalten

können."

Sharky nickte und grübelte.

„Komm!" Jens gab ihm einen Klaps auf die Schulter. „Lass uns los, ich nehme meinen Kaffee auf die Hand. Die Wiedereröffnung des *Bürgerecks* geht in einer halben Stunde los."

Sie zahlten jeder ihren Kaffee sowie die Zeitung, gaben noch jeweils einen Euro Trinkgeld und verließen den Kiosk und seinen glücklichen Betreiber.

Der Weg zum *Bürgereck* betrug etwa eine Viertelstunde. Die Freunde beschlossen einen Spaziergang zu machen, um wenigstens etwas Bewegung am heutigen Samstag zu bekommen.

„Ich verstehe Deine Skepsis", sagte Jens zögernd. „Wenn ich näher darüber nachdenke: Vielleicht hat uns Daniel doch angelogen, damit wir nicht die Polizei rufen. Vielleicht wollte er, dass wir das Vertrauen in den Staat verlieren?"

„Aber wer hat denn dann die Polizei gerufen?", dachte Sharky laut nach.

„Nach offizieller Aussage liefen seit Tagen verdeckte Ermittlungen."

Die Antwort überzeugte Sharky nicht, er grübelte weiter: „Mmh, ich find es dennoch komisch. Am Abend vor der Goltz-Villa war Daniel völlig von der Rolle und ich weiß doch auch, was ich gehört habe."

„Balbo und Umberto wollten ihn umbringen. Die zwei sitzen nun in der Klapse und warten auf ihre Verurteilung", erwiderte Jens. Er nippte an seinem Pappbecher und fuhr fort:

„Weißt Du, was mich richtig wütend macht? Die ganze Stadt hält den Fascio und seine Mitglieder für geistesgestörte Idioten. Aber es geht ja nun keine Gefahr mehr von der Bewegung aus, insofern wird das Thema bald durch sein und die nächste Sau durchs Dorf getrieben werden. Wir sollten endlich einmal anfangen uns zu fragen, warum solche Populisten mit irren Theorien erfolgreich sein können. Das ist wahrlich keine Ausnahme."

„Worauf möchtest Du hinaus?", fragte Sharky und er ahnte was kommen würde.

„Naja, solange es solche Menschen wie Deine Mutter gibt, zum Beispiel."

Sharky blieb fragend stehen, damit hatte er doch nicht gerechnet. Jens ergänzte:

„Nicht falsch verstehen, Sharky. Entschuldige. Aber es kann nicht sein, auf der einen Seite gibt es große Gewinner. Gewinner, die sich alles leisten können. Gewinner, die fünfmal im Jahr in den Urlaub düsen und sich einen Dreck um die Gesellschaft scheren. Ich will Deine Mutter jetzt nicht mies machen, sie ist nur ein Beispiel ..."

„Nein, nein – schon in Ordnung. Sprich weiter."

„... mit so einem asozialen Verhalten schadet ein elitärer Kreis der gesamten Gesellschaft, die von Neid zerfressen und letztlich zerrissen wird. Und nebenbei wird die Ausbeutung des Planeten gefördert. Und alles wird gedeckt durch unser bestehendes Gesellschafts-system. Vielleicht können wir endlich akzeptieren, Nachhaltigkeit muss vor Gewinnmaximierung kommen! Sonst haben wir in 50 Jahren wirklich ein Riesen-problem, weil dann tatsächlich die Mehrheit gegen die Elite protestiert. Nicht so ein Haufen Faschisten."

Jens kickte wütend ein auf dem Bürgersteig liegenden Stein weg, trank seinen lauwarmen Kaffee mit einem Zug leer und zerdrückte den Pappbecher:

„Es gibt keinen Grund mehr, am Wachstumswahn, ohne Berücksichtigung seiner ökologischen Folgen, festzuhalten. Es ist wissenschaftlich erwiesen, ungehemmtes Wirtschaftswachstum geht nicht einher mit der Zufriedenheit der Bürger. Das ist der abnehmende Grenznutzen: T-Shirt Nummer zwei macht Dich weniger glücklich als T-Shirt Nummer eins. T-Shirt Nummer drei weniger als Nummer zwei und so weiter. Und was tun wir? Wir erfinden Algorithmen, die das Wachstumsziel optimal bedienen und so immer weiter Öl ins Feuer gießen. Ich sage Dir, Sharky: Irgendwann bekommen wir alle die Quittung. Der Planet schaut sich das nicht Ewigkeiten an. Ob es jetzt Klimaerwärmung und steigende Meeresspiegel, Erdbeben oder Seuchen sein werden. Er wird den Menschen eine Antwort auf ihre Zerstörung geben."

Sharky atmete tief aus und hoffte, sein Freund war für heute fertig mit seiner Predigt.
„Jetzt hast Du aber weit ausgeholt", bemerkte er mit einem angestrengten Lächeln.
„Ja, das musste raus." Jens schnaubte. „Im Grunde glaube ich eben, dass wir dieses gemeinsame Ziel der Nachhaltigkeit mit aller Kraft verfolgen müssen. Ohne Ausnahme, auch Deine Mutter sollte lieber nach Sylt anstatt nach Südafrika. Wir müssen lernen, Verzicht zu üben."
„Stichwort abnehmender Grenznutzen?", ergänzte Sharky stolz.
„Genau, denn diese Art des Verzichts wird uns nicht einmal weh tun. Wir werden mindestens gleich zufrieden sein. Und auch die Populisten hätten es schwieriger, wenn die Bevölkerung wieder enger zusammenrückt und ein gemeinsames Ziel verfolgt."
„Der Populismus ist also eher ein Symptom, die Wurzel des Übels liegt tiefer?"
„Das glaube ich zumindest", sagte Jens. „Ja. Das glaube ich."

Sie gingen schweigend weiter, bis sich schließlich das *Bürgereck* am Ende der Straße abzeichnete.
„Sag mal Sharky?", fragte Jens unvermittelt.
„Bitte keine neue Lebensweisheit. Ich verdaue die anderen noch."
„Nein, keine Sorge. Was ganz anderes: Läuft da was mit Dir und dieser Bea?"
Sharky stoppte und schaute Jens an: „Wieso?"

„Nun ja. Ich bin zwar Malermeister und meine Sinne sind durch Farbstoffdämpfe sicherlich ein wenig vernebelt, aber so vernebelt können die ja gar nicht sein."

Er nahm seinen Freund in den Arm und sie schlenderten weiter.

„Auf jeden Fall habe ich ihr und Andi Bescheid gegeben", ergänzte Jens beiläufig:

„Ich meinte, sie sollten doch auch gerne zur Wiedereröffnung kommen, sofern sie an die Stätte des Grauens zurückkommen möchten."

„Was hast Du?" Sharky blieb wieder stehen.

„Na komm, freu Dich mal. Das wird gut."

Sie gingen weiter und einen Augenblick später die wenigen Stufen zum *Bürgereck* hinunter. Die Scheibe im Eingangsbereich war ausgetauscht, auch die Holzvertäfelung hatte einen neuen Anstrich und der Boden war abgeschliffen worden. Der Laden wirkte in der Tat wie neu.

„Hallo Jungs!" Sybille tauchte aus dem Lagerraum auf.

„Schön geworden, oder?"

Sie nickten und staunten nicht schlecht, als Helmut Goltz Senior ebenfalls aus dem Lagerraum kam.

„Ich habe die Kartons auf das hintere Regal gestellt. Der *Göltzene Klare* sollte Dir so schnell nicht wieder ausgehen ..." Er entdeckte die beiden Freunde und freute sich lächelnd: „Ah, wie ich sehe, sind die ersten Gäste schon da. Wollen wir uns vielleicht gleich schonmal einen Klaren gönnen?"

Er stellte drei Schnapsgläser hin, besann sich und nahm noch ein viertes. Er füllte sie randvoll und drückte auch der widerwilligen Sybille eines in die Hand

„Schnaps, das war sein letztes Wort..." fing er an zu trällern. „Zum Wohl!"

Sie tranken und schüttelten sich, ehe Sybille das Wort ergriff:

„Helmut wird mich zukünftig unterstützen. Ich

bekomme noch einen großen Spiegel und auch einen neuen Kühlschrank. Alles gebrandet mit dem Goltz-Logo – und wir werden außerdem regelmäßige Veranstaltungen gemeinsam aufziehen. Kulturelle Lesungen und auch Konzerte von kleinen Bands aus der Stadt. Die Kosten für Werbung und die Öffentlichkeitsarbeit werden komplett durch die Brennerei übernommen."

„Sybille, mach es nicht größer als es ist", wiegelte der alte Goltz ab: „Ich habe eben wieder gemerkt wie wichtig Traditionen sind. Sie stehen für überzeitliche Werte mit dem Anspruch auf Ewigkeit. Das passt doch: Goltz und das *Bürgereck* stehen für eine lange Tradition." Er schaute zu Jens und Sharky: „Wir beginnen kommende Woche mit einem Aufklärungsvortrag meines Unternehmens in Sachen Zwangsarbeit und Verstrickung der Wirtschaft mit dem NS-Regime. Wäre wunderbar, wenn Ihr zwei dann auch dabei wärt."

Zwei Stunden später war die Feier zur Wiedereröffnung im vollen Gange. Neben Sharky und Jens waren inzwischen auch Marko sowie andere Personen aus der Nachbarschaft eingetroffen. Auch Helmut Goltz hatte einige seiner Mitarbeiter eingeladen, um ihnen die nostalgische Kneipe zu zeigen, den Ursprung der Unternehmensgeschichte. Das aufgehübschte *Bürgereck* war somit gut besucht. Bea und Andi waren allerdings noch immer nicht zu sehen.

„Die beiden kommen schon noch", tröstete Jens als er Sharkys nervöse Blicke Richtung Tür wahrnahm.

„Ach was, ich habe eh nicht mit Ihnen gerechnet. Wieso musstest Du mir das auch erzählen?", schimpfte Sharky zurück und blickte wieder zu der sich öffnenden Eingangstür. Und tatsächlich:

Andi kam zusammen mit Bea herein. Sie hatten ihre Jacken bereits in den Händen. Sharky schaute Bea mit offenem Mund an. Sie trug ein schwarzes Kleid mit einem aufgedruckten, überdimensionierten Wellensittich. Andi lachte, als sie ihn und Jens entdeckte.

„Hallo Ihr zwei! Sorry für die Verspätung. Aber wir konnten uns einfach nicht entscheiden, was wir für den Anlass heute anziehen sollten." Sie machte eine präsentierende Handbewegung zu Bea:

„Und das ist dabei herausgekommen, haha! Aber immer noch besser als ein Boxenluder, was Sharky?"
Sharky starrte Bea nur sprachlos an. Sie sah zauberhaft aus.

„Ich organisiere uns ein paar Drinks, hilfst Du mir tragen Jens?", fragte Andi und zog den angesprochenen Jens einfach mit sich Richtung Tresen, ohne eine Antwort abzuwarten.

„Schön, dass Ihr gekommen seid", freute sich Sharky in der Hoffnung, möglichst unverbindlich das Gespräch zu beginnen.

„Aber klar doch. Was denkst denn Du!? Aber: Wie geht es Dir überhaupt? Hast Du die neuesten Entwicklungen in unserem Fall mitbekommen?", fragte Bea und drückte sich aufgrund der sich ballenden Menschen sehr eng an Sharky.

„Ja, verrückt!", antwortete der. „Gustav Gantz ist unser Polizist des Jahres – da haben wir uns wohl alle getäuscht."

„Meinst Du? Daniel war zwar ein rechter Spinner, aber irgendwie wirkte er ehrlich auf mich. Na ja, Hauptsache wir haben alles heil überstanden. Immerhin haben uns die Ereignisse rund um die Feier zusammengeschweißt. Wie geht es denn nun weiter mit Dir? Studieren auf der Akademie?"

„Ach was." Sharky wurde etwas nervös, da er durch das Gedränge im vollen *Bürgereck* dicht an Beas Körper gedrückt wurde und ihre Wärme durch das dünne Kleid spüren konnte.

„Ich mache mein Wirtschaftsstudium an der Uni fertig. Damit kann man alle beruflichen Richtungen zukünftig einschlagen. Wer weiß, vielleicht belege ich noch das Nebenfach Umwelttechnik. Und bei Dir?"

„In einer Shopping Mall werde ich jedenfalls nie wieder arbeiten." Sie lachte und drückte sich noch enger an Sharky. „Vielleicht werde ich doch Modebloggerin und steige in eine kleine inhabergeführte Boutique ein. Aber zunächst ..."

Sie stellte sich auf ihre Zehenspitzen und küsste Sharky auf den Mund.

„... wofür war der denn?", fragte dieser überrascht.

„Der war dafür, dass Du mich vor Toralf behütet hast." Sie küsste ihn wieder, diesmal länger.

„Und der dafür, dass Du mich nach Hause gebracht hast."

„Wow, was habe ich denn sonst noch alles gemacht?", er lachte glücklich: „Ich dachte ja, Du wolltest etwas von Kosmo und bist nur deshalb auf die Goltz-Party mitgekommen."

„So ähnlich war es ja auch. Bis ich den Kotzbrocken richtig kennengelernt habe. Übrigens", sie zückte ihr Smartphone, „schau mal, hier sein Instagram Account." Sharky blickte auf das Display.

„Was ist damit? Ich sehe nichts?", fragte er verwundert.

„Gelöscht. Es gibt ihn wohl nicht mehr. Keine Ahnung! So schnell wie Kosmo zum Star wurde, so schnell ist er nun wieder verschwunden."

„Ja, Kay war schon immer eine traurige Gestalt. Ich bin ihm aber dankbar. Mir hat er gezeigt: Ich möchte kein reicher Star oder erfolgreicher Unternehmer sein. Ich möchte Wichtigeres erreichen. Ich möchte Menschen dabei helfen, das Leben bewusster und glücklicher zu leben. Es gibt wichtigeres als immer noch mehr zu verdienen und zu besitzen. Es braucht ein gesellschaftliches Umdenken. Und mit Dir kann ich damit schon einmal anfangen", er zog Bea an sich heran und küsste sie nun seinerseits leidenschaftlich.

Andi und Jens hatten es endlich geschafft, sich nach vorne zu Sybille durchzudrängeln.

„Zwei Gin Tonic und ein Bier bitte", brüllte Jens. Sybille nickte. Andi stieß Jens in die Rippen und deutete mit ihrem Kopf auf die mit Sharky knutschende Bea.

„Ich wusste es doch!", schrie Jens Andi ins Ohr. „Ich habe ein feines Malernäschen."

„Ey, nicht so laut!", lachte Marko. „Andere Menschen wollen sich auch noch unterhalten können."

Jens hatte seinen Freund gar nicht bemerkt, der zusammen mit Helmut Goltz Senior hier vorne am Tresen saß. Beide feierten offensichtlich eine Art Verbrüderung und hatten bereits das ein oder andere Glas intus.

„Weißt Du was, Jens?", führte Marko weiter aus und nahm den alten Goltz Senior in den Arm:

„Ich werde ab dem nächsten Monat bei ihm anfangen. Beim besten Chef in der besten Brennerei Deutschlands."

„Haha! Marko, nicht so stürmisch, sonst überlege ich es mir nochmal", wehrte sich Helmut Goltz und befreite sich aus Markos Umklammerung, „hätte ich gewusst, was für einen famosen Typen mein Sohn entlassen hat, ich hätte ihn spätestens zu diesem Zeitpunkt enterben sollen!"

Marko grinste verlegen. Jens zuckte kurz zusammen als er an Goltz Junior und den Namen Balbo denken musste:

„Apropos enterben. Wie geht es Ihnen denn, Herr Goltz? So leicht ist es sicherlich nicht, wenn man erfährt, was sein eigener Sohn alles getan haben soll. Und vor allem, muss man es auch noch in jeder Zeitung lesen."

„Unser Verhältnis war leider schon immer nicht das Beste. Ich glaube, ich habe ihn früher zu sehr vernachlässigt und die Firma vorgezogen. Kein Wunder, dass er die Goltz Brennerei hasst." Helmut Goltz wurde wehmütig.

„Mit diesem Schicksal ist er aber nicht allein auf der

Welt. Kein Grund so auszuticken und Menschenleben auf dem Gewissen zu haben!", versuchte Jens zu trösten.

„Ja, Mord ist schon heftig", sinnierte Helmut Goltz Senior traurig und schwenkte nachdenklich ein halbvolles Schnapsglas in seiner rechten Hand. Dann ergänzte er:

„Ich habe übrigens gestern noch mit meinem Freund, dem Bürgermeister, telefoniert. Er ist froh darüber, wie glimpflich die Geschichte abgelaufen ist und dass ich der Entführung knapp entronnen bin. Er hätte nicht gewusst, ob er noch Steuergelder für mich hätte locker machen können. Die Stadt ist ja doch ziemlich in den Miesen, haha!", er lachte kurz auf, wurde aber schnell wieder ernst: „Er hat mir auch noch ein interessantes Detail gesteckt, was nicht an die Presse gedrungen ist." Goltz Senior blickte sich um, lehnte sich vor und flüsterte leise:

„Die Kugel, die diesen Daniel getötet hat, stammt aus einer Polizeiwaffe."

Jens schaute Goltz Senior an und verarbeitete die Information:

„Aus einer Polizeiwaffe? Kann man da nicht rausbekommen, wer geschossen hat?", fragte er.

„Kann man." Goltz Stimme wurde noch leiser: „Angeblich wurde die Kugel aus der Waffe von Gustav Gantz abgefeuert."

„Aber ..." Die Gedanken in Jens Kopf rasten: „Momentmal - dann hätte Gustav Gantz den einzigen Zeugen erschossen, der ihn glaubhaft als Mitglied des Fascios identifizieren könnte?"

Der alte Mann nickte und stürzte den Schnaps herunter: „So ist es. Aber das erzähle jetzt mal der Öffentlichkeit. Die halten Dich doch für bekloppt."

„Ja", seufzte Jens, „wenn ich das täte, wäre ich wohl der Verschwörungstheoretiker."

Epilog

Robert schenkte sich einen Cognac ein und blickte aus dem großen Bürofenster auf die Elbe. Die Schatten der Hafenkräne vor der untergehenden Sonne schufen ein herrliches Panorama und damit einen würdigen Abschluss eines gelungenen Tages. Die Anwälte konnten heute endgültig die Fronten zwischen der Goltz-Brennerei und der *Modern Media Agency* klären. Es stand nun fest, Robert konnte nicht für den Imageschaden finanziell belangt werden. Es wäre ja auch noch schöner gewesen, wenn sein erfolgreiches Business unter den Dummheiten des naiven Jünglings Kosmo hätte bluten müssen. So war es ein reines Gewinngeschäft für ihn, noch nicht einmal die Vorauszahlungen musste er dem Goltz zurückerstatten.

Sein Handy vibrierte in der Hosentasche. Robert zückte es und blickte erstaunt auf das Display. Die eingehende Rufnummer gehörte Helmut Goltz Junior. War der nicht in die Psychiatrie eingeliefert worden? Nachdenklich nahm er einen weiteren Schluck und dann den Anruf entgegen.
„Dr. Breitzke," meldete er sich.
„Guten Abend, Doctore!"
„Guten Abend. Mit wem spreche ich bitte?", Robert war die Stimme unbekannt. Sie gehörte nicht dem jungen Goltz.
„Ach, mein Name tut erstmal nichts zur Sache," sagte die Stimme. „Ich habe von Ihnen und Ihrer Agentur nur Gutes gehört. Sie haben exzellente Referenzen und zahlreiche virale Kampagnen erfolgreich umgesetzt."
Robert fühlte sich geschmeichelt, blieb aber skeptisch.
„Ja, das ist richtig", bestätigte er. „Ich sehe, Sie haben sich gut auf unserer Website umgesehen. Wenn Sie Interesse an einer Geschäftsbeziehung haben, melden Sie sich doch bei meinen ..."

„… das habe ich in der Tat," unterbrach ihn die Stimme: „Ich dachte an eine exklusive Zusammenarbeit zwischen Ihnen und mir. Ich würde Ihnen meine komplette Kommunikation übertragen. Die Strategien müssten wir im Vorfeld besprechen, danach haben Sie freie Hand."

„Moment, Moment." Robert ging es ein wenig zu schnell. „Exklusivität kann ich nicht zusichern, die finanziellen Einbußen wären für mich nicht abzusehen."

„Darüber brauchen Sie sich keinen Kopf zu machen. Geld wird kein Thema sein. Allein meine zahlreichen Investoren aus Osteuropa bürgen dafür."

„Äh," entgegen seiner Art wurde Robert unsicher.

„Trotzdem kann ich Ihnen telefonisch nichts zusagen. Und überhaupt: Über welche Branche sprechen wir denn? Ist schließlich nicht ganz unwichtig, wenn Sie Exklusivität wünschen, oder?", fragte er den dubiosen Anrufer gereizt.

„Ich möchte eine allumfassende Exklusivität! Sie arbeiten zukünftig nur noch für mich – für niemanden sonst. Sie setzen für mich virale Kampagnen um! Entwerfen Motive für Out-of-Home Aktionen und erstellen sogar ein Presseerzeugnis, eine Zeitung."

Die Stimme lachte freundlich und versicherte: „Wie gesagt: Geld soll keine Rolle spielen, auch kann ich Ihnen einen langjährigen Agenturvertrag anbieten."

Robert war hellhörig geworden, auch wenn die Sache weiterhin sehr merkwürdig daherkam.

„Am besten wir treffen uns persönlich", schlug er vor.

„Sie erläutern mir dann alle Details. Kann ich Sie unter der Nummer von Herrn Goltz erreichen? Wie heißen Sie denn überhaupt und wo kann ich Sie treffen?"

„Nennen Sie mich einfach Gustavo. Sie brauchen mich nicht treffen, meine Mitarbeiter werden Sie kontaktieren. Ich bin mir sicher, wir finden einen für alle Seiten zufriedenstellenden Weg."

Anmerkungen des Autors

Dieses Buch trägt keine autobiographischen Züge in sich. Obwohl mich, wie wahrscheinlich jedem Schreiber, persönliche Erlebnisse und Erfahrungen geprägt haben. Ich hoffe mit dem Werk „Kopflose Meute" Unterhaltung zu bieten – vor allem aber auch Denkanstöße zu geben. In der modernen Welt vergessen wir schließlich (zu) häufig, was wichtig ist und, dass es anderen nicht so gut ergeht oder ergehen wird wie uns.

Wichtig ist mir zu erwähnen, dass Balbos Reden auf den Seiten 98 und 99 eng an historische Reden Mussolinis angelehnt sind. Sie sind nicht angepasst worden, um zu zeigen wie präsent und aktuell der Rechtsextremismus weiterhin ist. Interessierten möchte ich das hervorragende Werk von Antonio Scurati „M. Der Sohn des Jahrhunderts" ans Herz legen. Es hat mich sehr inspiriert und nicht zuletzt die historische Figur Italo Balbos sehr gut beschrieben und mir die Vorlage zum Charakter geliefert.

Die verschiedenen Szenen in den öffentlichen Verkehrsmitteln sind tatsächlich geschehen und von mir notiert worden. Sie sollten uns daran erinnern, wachsam zu bleiben, an der Realität teilzunehmen und rücksichtsvoll zu sein.

Mit der Kopflosen Meute habe ich ein lange aufgeschobenes Projekt endlich zu Ende gebracht. Ich schulde wichtigen Menschen großen Dank! Sie haben mich unterstützt, beraten und ertragen. Zu allererst meine Frau Julia. Dann meinen Bruder Christian sowie Sonja Tinter und Karlheinz Tews. Danke.